游泳课

[英] 克莱尔·富勒（Claire Fuller）／著

王海颖／译

Swimming Lessons

中信出版集团｜北京

图书在版编目（CIP）数据

游泳课／（英）克莱尔·富勒著；王海颖译. -- 北
京：中信出版社，2019.7
书名原文：Swimming Lessons
ISBN 978-7-5217-0559-1

Ⅰ.①游… Ⅱ.①克…②王… Ⅲ.①长篇小说—英
国—现代 Ⅳ.①I561.45

中国版本图书馆CIP数据核字(2019)第087989号

游泳课

著　者：[英]克莱尔·富勒
译　者：王海颖
出版发行：中信出版集团股份有限公司
　　　　　（北京市朝阳区惠新东街甲4号富盛大厦2座　邮编　100029）
承 印 者：北京通州皇家印刷厂

开　本：880mm×1230mm　1/32　　印　张：11.5　　字　数：236千字
版　次：2019年7月第1版　　　　　印　次：2019年7月第1次印刷
京权图字：01-2019-3196　　　　　广告经营许可证：京朝工商广字第8087号
书　号：ISBN 978-7-5217-0559-1
定　价：49.80元

序章

　　吉尔·科尔曼从书店二楼的窗口望出去，楼下的人行道上站着一个人——他已死去多年的妻子。整个下午，他都在成排的书架间流连盘桓，把一本本旧书从头到尾匆匆翻阅一遍，看看书里有没有夹着纸条之类的东西，要是碰到折页或是画了线的词句，他也会停下来细细读上一读。薇芙给他泡的茶搁在靠窗的桌子上，早已经摆冷了。大约三点，他随手拿起另一本书，《谁变了，谁死了》，书名看着有些眼熟，自己家里好像也曾有一本。书没有合紧，原来里面夹着一张对折的黄色信纸，纸上印着极浅的蓝色横格线。

　　吉尔微颤着在那杯茶的旁边坐下来。他把书转了个方向，这样不必取出信纸就能看到上面写了什么。这是他的习惯：无论在书里发现了什么东西，他都尽量让它们留在原处，从不轻易挪动位置。他举起书，连带那张信纸靠向布满雨痕的窗子。又是一封信，黑色的墨迹，手写而成。他眯着眼仔细辨认写信的日期——

一九九二年七月二日，下午两点十七分，下面有他的名字，再往下便是信的正文，字体略小一些，写信的人并没有沿着信纸上的横格线书写，而是由着字行一路往下倾斜，看得出信写得十分仓促。

他拍拍胸口的衣袋，然后换了只手拿书，另一只手伸进内兜里，又摸了摸裤子两边的口袋，可是哪儿都没找着看书时戴的眼镜。他把书举得近些，又推远一点儿，直到找到一个恰到好处的距离能看清楚上面的字迹，接着往窗口那儿靠了靠。四周光线很暗。天气预报说周六来袭的暴风雨提早了一天。刚才在侏罗纪疯狂高尔夫球场边的停车场停车时，他看到大风卷起了一只塑料袋，它绕着霸王龙雕像抬起的前爪转个不停。那个大家伙像是下一秒就准备跨出铁栅栏，拎着袋子购物去了。吉尔沿着海滨人行道向书店走去，狂风从灰蒙蒙的海里抄起一股巨浪狠狠地砸向岸边，即便吉尔现在已经站在一堆旧书中，他依然能感到嘴唇上沾着海水的咸腥味。

大雨敲打着窗棂。就在这一刻，他转身看向楼下狭窄的街道。

在街对面的人行道上，有个女人正木然地盯着路面。她穿着一件极不称身的长大衣，袖管外只露出一小截指尖，衣服的下摆几乎长及脚踝。密集的雨水和海浪拍岸时溅起的水花打湿了大衣，衣服显出一种乌糟糟的黄绿色，吉尔忽然想到小女儿弗洛拉肯定知道这种颜色的学名。女人抬起手，用手腕的外侧抹开了黏在脸上的一绺湿发，然后朝着书店转过身。这个动作对吉尔来说再熟悉不过了，他猛地站直了，浑然不觉自己带翻了身边的那杯茶。女人像是察觉到了什么，微微仰起一张心形的脸朝楼上看过来，就在两人目光交汇的瞬间，吉尔一下子认出了她。虽然面容沧桑了不少，但他知道他没有看错。是她。头发淋湿后颜色深了许多，发丝软塌塌地贴在额上，雨水顺着面颊往下滴。她没有移开目光，就这样看着他，如同他们当年第一次见面时那样，目光中满含轻藐挑衅的意味。无论身在何处，他都忘不了这个眼神，还有这个女人。

英格丽德。

吉尔用力拍打窗子，可是女人却转过头重新看着通往市中心的街道。过了一会儿，她像是忽然看到她在等的人或车那样毫不迟疑地举步离开了。他继续拍窗，可女人没有停下脚步。他把脸贴在冰冷的玻璃上，目光紧紧地跟随她的背影，直到她最后消失不见。"英格丽德！"他徒劳地叫道。

吉尔合上手中的书本，把书按在胸口匆匆跑下楼梯，穿过书店大堂冲出大门。薇芙在身后叫他，他置若罔闻。外面的大雨浇湿了他的灰发，雨水顺着前额往下滴，一直流进了外套里。街上空无一人，可他依然大步往前追去，每走几步就跑上一段，很快，他的肺就像要炸开了一般，等跑上主干道时他已经累得几近虚脱，耳边只剩下自己急促的呼吸声。吉尔站在路口往上坡的方向望去，那儿的人行道上空荡荡的，他又朝下坡通往大海的方向看，只见狂风正拽着几个仓皇逃离海滩的游客往水里拖。他踉踉跄跄地跟在他们后面，目光在稀稀落落的游客、烟气氤氲的咖啡馆和面包店的窗口间来回逡巡，寻找那件大得离谱的长大衣。他侧着身子，勉强避开一个推着婴儿车的年轻女人，可是腰臀处还是被撞了一下，他也顾不上那阵紧随而至的刺痛，急急忙忙地穿过马路，甚至都来不及确认一下两边是否有车辆驶过。他走上海滨人行道，海滩已近在咫尺。不远处，一个男人顶着大风，歪斜着身体艰难地迈着步子，一只外形丑陋的狗不知从哪儿窜了出来，冲着风一顿狂吠。这场风暴实在不像五月天里该有的样子，倒是带着一股深秋才会出现的凌厉势头。吉尔放慢速度，低下头，拖着步子继续往前走，直到脚下踩的不再是沙子，而是防浪堤上铺着的大卵石和大块的混凝土砖石，这些石块早已被拍岸的浪花浸湿了。雨水在脸上纵横流淌，暴风如同一记记重拳直击面门，一路把他逼到了步道的栏杆边，整个人几乎伏在了栏杆上，此时的吉尔就像在一支节奏激烈的舞曲中被这只手推到另一只手中那样身不由己。脚下礁石林立，就在前头十几步开外的地方，吉尔似乎看到了一抹橄榄绿和一缕飞扬的头发。

"英格丽德！"他大声喊道，可是暴风吞噬了他的声音，而那个女人——如果真有那个女人的话——甚至都没有回头。他往前挪了几步，再度从栏杆处探出身子，也许是因为步道的高度和角度问题，再加上女人所处的位置比较靠里，所以吉尔没能看到她。他觉得自己应该就在英格丽德的上方，故而又试着往下张望，可是这次连衣角都没瞧见。吉尔不肯就此罢休，他从上下两根横档中间伸出上半身，一只手抱着书，另一只手环住边上的立柱，然后小心翼翼地抬起左腿跨到下横档，别别扭扭地调整了一下姿势，好让左脚勉强踩在步道边缘，右腿也有一部分越过了下横档。此时，他大半个身子已经翻到了栏杆外面悬在半空，仅靠一只手抓紧湿滑的立柱勉力支撑着。突然，他左脚皮鞋的鞋底打了个滑，跟着整个人一头栽了下去。

对吉尔而言，他觉得自己仿佛正在以一种极为缓慢的速度跌入没有尽头的虚无中，这就让他有足够长的时间想象，他的大女儿在得知噩耗后会弄出怎样一番惊天动地的动静，而小女儿弗洛拉在他生死未卜之际又会如何心急如焚。他接着又想，如果这次大难不死，他应该要孩子们答应在他日后去世之际，把所有的书和他的遗体一并付之一炬。那会是怎样恢宏壮观的场面啊！炽烈汹涌的火焰如同宣告他死亡而亮起的灯塔，也许远在怀特岛的人都能看到冲天的火光。吉尔不太确定今天是不是二〇〇四年五月二日，如果是的话，那就意味着英格丽德离开他们已经整整十一年零十个月了。他甚至还有时间认真思考了一下如果一切可以重来，他应该如何以一种直截了当的方式让英格丽德明白他爱她。在他跌入礁石群之前，所有这些念头纷至沓来，而后，他的双臂传来一阵剧痛，脑袋里炸开了无数金星，就在他被黑暗吞没前的一刹那，他看到了掉在身边的那本书，书页摊开着，书脊已经裂成了两半。

1

~~~

电话铃声把弗洛拉从酣睡中惊醒。理查德躺在她身边，脑袋埋在枕头下面，她从他身上翻过去爬下床，迎向一屋子的阴暗寒冷。她跨过地上散乱的衣服、空瓶子和留着食物残渣的盘子，捡起一条旧桌布。之前她一直把它铺在沙发上用来遮盖前房客留下的斑斑油渍，现下她把它当成披风往身上一裹。铃声停了，弗洛拉叹了口气，就在那声叹息快要接近尾声时，铃声又骤然响了起来。她听了一会儿，而后在地上那堆衣服里好一顿翻找，最后终于找到了她的牛仔裤，手机就搁在裤子口袋里。来电显示上出现的是"娜恩"的名字。理查德咕哝着在床上翻了个身，弗洛拉拿着电话走进浴室。

"娜恩？"她拉了拉电灯线，突如其来的亮光刺得她眯起了眼睛。

"喂？弗洛拉吗？"

"哦，上帝，真对不起，"弗洛拉说，"应该昨天打给你的，生日快乐。"

"谢了，"娜恩说，"我打来不是为了这个。"她像是碰到了万分危急的事情，声音听上去惶恐不安，弗洛拉觉得心底深处那个原本捆得好好的怪物正在慢慢挣脱束缚。

"出什么事了？"她下意识地问，然后整个人蜷缩着在浴缸和台盆底座间的地毯上坐下来。旧桌布上绣着许多旋涡状的图案，在她膝上相互交叠在一起，变成了一尾尾游弋的银蓝色小鱼。

"喂喂？"娜恩说，"我听不清，信号好像不太好。弗洛拉？你听得见吗？"娜恩的嗓门大得让人受不了。"爸爸出事了。"她叫道。

"爸爸？"弗洛拉喃喃地说，她的脑袋里飞速地转着各种可能出现的状况。

"你别急，不算太严重，不过……"

"什么事？"

"是事故。"

"事故？什么事故？什么时候？"

"你说什么？我听不见！"娜恩说。

弗洛拉站起来，跨进浴缸，打开了地下室的窗。外边很黑，黑得让人疑窦丛生。一阵风吹进屋里，弗洛拉看到头顶树影婆娑，草木摇曳。"没有危险吧？"

"应该还好，"娜恩的声音依旧大得惊人，"爸爸从哈德利的步道上摔下来，弄破了几处皮，身上还有擦伤，大概有脑震荡，扭伤了手腕。总之，不算太严重……"

"不算太严重——你确定？要我现在过来吗？"

"……说不好是他自己跳下去的。"娜恩继续说。

"自己跳下去的？"

"不，先不用过来。"

"从步道上？"

"弗洛拉，能不能不要我说一句，你重复一句？"

"那就快点告诉我！"

"你是不是喝醉了？"

"当然没有。"话虽这么说，但弗洛拉知道自己确实宿醉未消。

"那该不是抽大烟了吧？你是不是抽糊涂了？"

弗洛拉突然没由来地笑出了声。"娜恩，现在没人说抽大烟了，拜托，那叫吸毒。"

"这么说，你真吸毒了？"

"别扯了，我一直在睡觉，"弗洛拉说，"快告诉我，到底发生了什么？"

"你是不是刚起来？看在上帝的分儿上，现在都已经是晚上九点半了！"娜恩的声音里充满了火药味。

"晚上？"弗洛拉说，"难道不是早上吗？"

娜恩在电话那头啧啧有声，弗洛拉不用看都能想象得出她脸上那副"让我说你什么好"的表情。

"我整晚都没睡。"弗洛拉说。她当然不会告诉娜恩过去的两天里她一直和理查德待在床上，其间她曾穿上牛仔裤，套上外衣，跑到斯托克布里奇路上的商店买了几瓶酒、一大块切达干酪、切片白面包、甜豆和巧克力。理查德说他去买，不过弗洛拉需要十来分钟的时间出去透透气。回来地下室后，她把购物袋往地上一扔，脱掉牛仔裤，一气呵成地重新钻回被子底下。

"没睡？那在干吗？"娜恩说，"哦，弗洛拉，该不是论文没写只好开夜车了？"

"你现在在医院吗？我能不能和爸爸说话？"

"他睡着了。弗洛拉，还有些事，"她姐姐擤了擤鼻涕，然后又是一阵窸窸窣窣的声响，听着像是在擦鼻子，接着她深深地吸了口气。"他说他在哈德利的书店外面看到了妈妈，她穿着他的旧大衣，就是你总喜欢披在身上装模作样的那件大衣，然后他就一路跟着她走到防浪堤的大卵石附近。"

肾上腺素急剧上升，它像一股巨浪从她体内冲向四肢，到达指尖，直抵大脑。"妈妈？在哈德利？"突然，她的鼻端闻到了椰子的清香，仿佛是从荆棘丛和即将凋谢的金雀花丛中散发出来的清爽甜蜜的芬芳。不知何故，这种味道总会让她联想起蜂蜜那金黄诱人的色泽。

"其实他没有看见，"娜恩说，"他只是觉得他看见了。大概是因为上了年纪，也没准是脑震荡的缘故。"

"没错。"弗洛拉低声说。风把雨送进屋来，她往里缩了缩，靠在窗口确保信号畅通。

"弗洛拉，你还在听吗？"娜恩的声音差点没直接喊进她耳朵里去。

"我在听，"她说，"我马上去医院，等我收拾好就去赶下一班火车。"

"不，不要过来。爸爸在睡觉，我本来还打算今晚就接他出院，不过现在太晚了，等明天早上精神健康治疗小组的人来看过他再说。"

"精神健康治疗小组？爸爸的精神有什么问题？"

"别急，弗洛拉，"娜恩说，"他们不过是在排查而已，说不定只是尿路感染。明天再来吧，我在家等你，我们能一起说说话。"游泳更衣室——家。[1] 姐妹俩从小到大一直都这么叫，虽然现在她们谁也不住在那里了。

"我想见他。"

"会见着的，早上就能见着了。你得看好去渡轮码头的公交车时刻表，别像上次那样又被堵在路上。"

弗洛拉都快忘了她姐姐有个极为讨人厌的习惯——只要一有机会就把别人的糗事拿出来说道一番。

挂断电话后，弗洛拉把手机放在台盆边开始刷牙，就在她准备转身出去时，手不小心带了一下，只听"扑通"一声，手机掉进了马桶。

*

主卧里亮着灯，厨房、卧室、客厅里也一样灯火通明。肯定是理查德刚才起床时打开的，不过现在他又回到床上，闭着眼睛

1　小说中姐妹俩的家是由为游泳而搭建的海边大型更衣室改造而成，故而后文一直称其为游泳更衣室。——编者注

裹在被子里头。地上的脏盘子已经堆放在桌上，吃剩下的食物也倒进了垃圾桶。她在食品柜里找到一个带着咖喱饭香味的盒子，把刚从马桶里捞出来的手机扔了进去。她在沙发上坐下，试图想象爸爸正伤痕累累、一身青紫地躺在病床上，然而浮现在眼前的却是他清瘦结实的身体、褐色的脸庞、和她一同大步流星地走在荒野上的矫健身姿，还有给她看他找到另一本旧书时得意扬扬的表情。她又幻想妈妈正在哈德利的大街小巷漫步，或是坐在某家商店、酒吧、咖啡馆的窗边。她的手不受控制地颤抖起来，而蛰伏在她胸口的那个怪物开始不停地翻滚、挣扎。然后，她意识到妈妈不可能出现在她刚才设想的任何一个地方，如果妈妈真的还在，那么她一定在家里等着他们。

弗洛拉看着理查德的睡容。主卧里听不到外头的风雨声，天花板上的白炽灯光直直地打在他脸上，他没戴眼镜，看上去和平日里不太一样，倒也不是显得年纪小，而是五官有些模糊寡淡，像是没长开的样子。她跪在床边，把手伸到床底下摸索着找箱子。

"谁来的电话？"理查德睁开眼睛问。

"没谁。"弗洛拉摸到了一个手柄似的东西，于是用力往外拽。

"你身上怎么穿着这个？这不是块桌布吗？你肯定冻坏了，来，快到床上来。"他掀开羽绒被露出赤裸的身体。

"哦，"她说，"我都忘了还披着它。"

"这是什么！"他伸长脖子盯着自己的身体看，然后空着的那只手伸到床头柜下面的置物架上摸了摸，找到了他的眼镜，戴上后故作惊讶地倒抽了一口气。从胸毛底下一直到肚脐处居然画着一幅解剖图——肋骨、胸骨、锁骨、盆骨，还有弯弯曲曲的大肠小肠，而且还是用那种不易褪色的黑色签字笔画的。"你快点给我回来，"他探身把她往自己身上拉，"你还没给我画上手和脚呢，这让我怎么回去工作？"他笑着说。

"你知道现在已经九点半了吗？"弗洛拉问，她又使劲拽了一下手柄，不料箱子没拉出来，人却一屁股往后坐在了地毯上。

"九点半？早上九点半？"理查德甩开被子。

"不是早上，是该死的晚上九点半。"弗洛拉说。

理查德又把手伸到床头柜下面的架子上，这次取来的是插着充电器的手机。弗洛拉的心头闪过一丝怨气：他不仅记得给手机充电，而且还十分有心地把它放在了一个安全保险的地方。

他长长地吹了一记口哨。"九点半，说不定已经是第二天九点半了，我们错过了礼拜六这一整天。肯定有一堆活儿等着我。"

弗洛拉终于放弃了那口箱子，她跑到衣柜那儿，把放内衣的抽屉整个拉了出来。

"怎么了？出什么事了吗？"他坐直了看着她。

"刚才是娜恩打来的电话。"弗洛拉说。

"你奶奶？"

"不是奶奶，是南妮特，我的姊妹。"

"我都不知道你有姊妹，那个娜恩是你姐姐还是妹妹？"

"姐姐，比我大五岁半。"弗洛拉说。她把一抽屉文胸、短裤倒在地板上，又回到衣柜那儿翻她的牛仔裤和上衣。

"她在电话里说什么了？"

"我得回趟家。"

"现在？我是说，马上？"

"对，就现在。"说着她又把一堆衣物倒在文胸、短裤上，"立即，马上。我爸爸住院了，你最好起来帮我把床底下的箱子拖出来。"

"你爸爸？"理查德说。

"对，吉尔，我爸爸。能不能不要我说一句你就跟着重复一遍？"弗洛拉站在那里，两手搭在臀部。理查德爬起来，找到自己的短裤和牛仔裤后迅速穿上，弯下腰拉出了箱子，然后坐在床边看着她打包。箱子是妈妈的，蓝色，带着圆角。弗洛拉转过头不去看他，可是她能感觉到理查德并不打算放过这个话题。

"等等，"他说，"吉尔？你爸爸叫吉尔？你说过你姓科尔曼是吧？"

弗洛拉叹了口气。她没想到他居然记得她姓什么。不到两个礼拜，理查德就搞清楚了这件事，这还算慢的，之前有一个男孩居然只在和她睡了一觉后就发现了她爸爸是谁，之后她再也没接过他的电话。

"是那个吉尔·科尔曼？"理查德问，"那个写了《浪荡子》的吉尔·科尔曼？"她不用转身都能猜到他脸上是怎样一副惊愕的表情，这就是为什么她总是提醒自己，千万别再和书店店员睡觉的原因。

"就是他。"弗洛拉一边说，一边在衣服上面放素描本和一盒炭笔。

"我的上帝！吉尔·科尔曼竟然是你爸爸，太不可思议了！我没想到他还健在。自打那本书后，他就再也没写过新书了，对吧？"

"承蒙抬举，听你的口气我还以为你在说《我的秘密城堡》[1]呢！"弗洛拉开了个玩笑准备糊弄过去。她一屁股坐到箱子上想把它锁起来，她看了看理查德，很明显他在思索着什么：除了那本书外，吉尔·科尔曼身上一定还发生过什么令人念念不忘的事情。他很快就会想起来的，快点收拾好，然后马上离开这里，从此和理查德一刀两断。箱子终于关上了。

"等等。"他猛地站起来，一手扶着额头，另一只手指着空气，好像弗洛拉干扰了他思考似的。"等一下，我知道那个故事。"

"那不是故事，理查德，那是我的家事。"

"哦，当然，对不起。"他还在那里搜肠刮肚地回忆，弗洛拉转身把桌布扔在脚边。她重新打开箱子，从里面拉出一条干净的短裤穿上，又找出她的牛仔裤，撑开裤裆闻了闻，然后把脚伸进裤管里。她没有看理查德，因为她无法忍受他脸上那种发现了蛛丝马迹的兴奋之情。

弗洛拉捡起文胸，背过手想系上搭扣，可是没对准，又试了一次，这时她听到理查德发出一声短促而尴尬的"哦"。扣好文胸后，她蹲在床边，捡起扔在地上的 T 恤挣扎着套进去。理查德靠过来，轻轻地握住她的手腕，她画的肩关节随着他手臂的动作弯

---

1 《我的秘密城堡》是英国著名作家道迪·史密斯所著的畅销小说，此书在英国家喻户晓，妇孺皆知。——译者注

折了一下。她听到他说："你妈妈的事，我很难过。"

"没有什么好难过的，"弗洛拉故作轻松地说，"也许她并没有死。"

"可是，"理查德说，"我知道她——"

"那些报纸，"弗洛拉打断他，"都搞错了。"

"淹死了……在很久以前。"理查德还是把话说完了。

"我……"弗洛拉坚持道，"她只是失踪了，就是这样。"她又闻到了那股椰子的清香，看到了蜂蜜的金棕色，而她的妈妈在阳光中转过身。"我们都不知道发生了什么，十一年了。可是她现在回来了，爸爸看到了她，就在哈德利。"弗洛拉无法掩饰内心的激动。

"什么？"理查德依旧抓着她的手腕。

"我现在也不是很清楚，所以我得回家去，他需要我。"她在他身边的地板上坐下来。她知道自己再也不会见理查德了，因为他已经知道她是谁，多少会对她另眼相看。男人们似乎都觉得她身上最吸引人的地方是她的父母，弗洛拉对此深恶痛绝。

"我开车送你。"他的手从她的手腕滑到了手指，而后握住了它们。"你爸爸住在哈德利？"

"对，就在那附近。我坐最后一班火车去，没事的。你也回去吧。"她已经察觉到他说话的语气都和平时不一样了，很明显，这是一种在发现她是谁的女儿之后才有的转变。

"火车什么时候开？"理查德站起来，拿上手机。

"大概十点吧。"

"那只有十五分钟了，你肯定赶不上的。开我的车去，弗洛拉。"

2

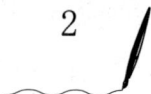

游泳更衣室，1992 年 6 月 2 日

亲爱的吉尔：

现在是凌晨四点，又是一夜无眠。无意中翻到了一沓黄色的信纸，既然睡不着，就给你写封信吧。我想把所有没法当面对你说的话——关于我们的婚姻——从头开始原原本本地写下来。你肯定会说这都是我的臆想，梦里的呓语，或是胡编乱造的谎言，可这就是我眼中我们的婚姻。现在，就由我来告诉你我所看到的真相。

你还记得我们第一次见面是在哪一天吗？

我记得。那是一九七六年的四月六日，虽然我不太肯定用"见面"一词是否恰当。那一天是周二，阳光明媚，清风和煦，空气中隐隐涌动着一种春回大地的喜悦。我和露易丝没理睬那块"请勿进入"的标识牌，堂而皇之地坐在大学图书馆外的草坪上，热切地讨论着我们今后的人生。当然，我们谁都不知道将来会怎样，可我们都觉得之后的人生轨迹肯定有别于我们的妈妈（做家务、照看孩子、没有工作），她们的生活无异于坐井观天，毫无意义。

"我倒是不担心没有钱。"露易丝说。

"或是其他身外之物。"我接了一句。

"对！身外之物——孩子、丈夫、房子、男人——这些东西全都是捆绑你的枷锁，让你无法施展拳脚做你想做的事。教育是根本，这就是我们妈妈的问题，没受过教育，没有文凭。她们对别人来说究竟有什么价值可言呢？"

"毫无用处。"我说。（当时的我们是多么尖刻啊，眼睛里容不得一粒沙子。）我往后一躺，倒在草坪上。"不过我不介意偶尔和人上床。"

"那当然。等有朝一日我们功成名就，想和多少人上床就和多少人上床。无须节制，也不必承诺。他们都这么干，为什么我们不行？"

露易丝口中的"他们"指的是男人。

等我们大学毕业，我和露易丝准备出去好好看看世界，想象它会如何匍匐在我们脚下进献怎样美妙绝伦的贡品（风土、人情，当然，时不时还有男人）。我们在夜里研究南非、澳大利亚和中国地图，一边喝着廉价红酒，一边制订旅行计划。

那天下午，露易丝去上历史课，我去车棚取自行车，那是一辆问同学借的男式自行车。我看到刹车导线和车把间夹了一张对折了两次的纸条，上面写着（我至今都记得）："先生，下次锁自行车时请务必仔细。你在上链锁的时候把你的车和我的车拴在了一起，以至于现在我只好淋着雨一路走回家。"

记得吗，那天可是一个大晴天。字是用铅笔写的，有几处笔尖戳破了纸条，看来是有人蹲在什么地方把纸放在膝头写的。上面没有落款。

我四处张望了一下，把纸条塞进口袋里，给牛仔裤系上裤腿夹，随后打开了链锁，又在边上的花坛里采了朵水仙花，插在之前被我不小心锁在一起的那辆自行车轮辐间，然后骑车回家。第二天，刹车导线那儿又夹了一张纸条，其实我已经换了个位置停车。这张笔迹相同的纸条让我笑出了声："你不能随便采校园里的花，"上面写着，"学院的头头们可不待见这种行为，要是被院长发现了，你肯定会被困在椅子上，听他没完没了地唠叨校训校规。我敢保证，就算那朵花再美，你道歉的姿态再怎么让我心动，这么做都是得不偿失的。"

和露易丝吃过晚饭后，我躺在公寓的床上。我本来应该集中精力对付一篇英语论文的，可是却鬼使神差地从废纸篓里捡起一个黄色的信封剪了几片水仙花的花瓣，把它们粘在一支铅笔上，做完后我把纸花放在了床头柜，这是那一天我熄灯前最后看到的东西。第二天，我把手工水仙花插在纸条主人的自行车上，同样是在刹车导线和把手之间的位置。等我下午过去的时候，那辆自行车已经不见了，一同消失的还有那朵水仙花。

复活节到了，我给远在奥斯陆的姑妈打了个电话，通过噼里啪啦杂音丛生的电话，我告诉她我已经付了一年的房租，很有可能会在伦敦长住下去。复活节假期的每个早晨，我和露易丝都会带上白煮蛋、瑞兹脆饼、毛巾和泳衣，骑着自行车一路往北，穿过摄政公园，去汉普斯特德荒野上的池塘里游泳。我其实很想去男女混泳的池塘看看，尝试一下在那里游泳是什么感觉，不过露易丝执意要去女士专用的池塘，虽然位置更远一些，但我总是顺着她，因为我喜欢那片水：攀着池边的扶梯缓缓而下，身体一寸一寸感受着沁人肌骨的凉意；自由自在地摆动双腿，看着肌肤染上了一层晶莹剔透的碧青色。在水中，我感觉自己拥有了水鸟的视角，周围的景色看上去如此新奇，昆虫在水面流连，金色的阳光或是折射入水中，或是反射到四周，要是下雨，雨点会在水面漾开无数涟漪。我喜欢流水拍打码头木板的声响，还有从远处传来的其他戏水者的叫声和欢笑。如果潜入水中，睁开眼睛就能看到一个神奇的水下世界，袅娜的水草翩然起舞，底下沉积着淤泥，身边时不时冒出一串串水泡，偶尔还会晃过其他戏水者迅速划动的手脚。美中不足的是女士泳池里不准裸泳，而男人则可以随心所欲地在他们的专用泳池里脱光衣服。

夏季学期如期而至，我报名选修的创意写作课开始了。到了上课的时间你走进教室，而我们还在课桌边旁若无人地聊天。你放下包，背靠着教室前端的讲台，一只脚交叉着点在另一只脚前面。你就这样站着，直到我们陆续注意到你，闭上嘴不再说话。三十九岁的你看上去比实际年龄年轻，面容英俊。你身后的黑板上画着一张统计饼图，里面标注着海水的化学成分。

你开口对我说的第一句话是："你叫什么名字？"我还记得你当时说话的声音，慵懒得如同为了催眠而专门录制的睡前广播。

接着便是第二句："英格丽德·托格森，麻烦你把教室门锁上。"

我坐在椅子上磨蹭着不想起来，我看了同桌一眼，她冲我尴尬地笑了笑。

"来，动作快点，锁个门有什么好前思后想的？"

我又犹豫了一会儿，然后起身走到门口，手放在插销上。身后响起了笑声和交谈声，原来你在指挥大家把课桌椅推到教室墙边。我往后一瞧，你正把包打开。你拿出了一个裹着纸巾的东西，拨开纸巾露出了一个空的果酱瓶。那是一九七六年，记得吗？我们当时那么年轻，随时准备接受新鲜事物，对于各种可能性充满了期待。你把空罐子放到地毯上，盘着腿坐下来，接着你又从包里取出其他东西，它们都裹着纸巾，而你掀开纸巾的架势仿佛里面装着什么奇珍异宝。同学们围成一圈坐下来，你俯身拿起果酱瓶，里面插着一朵手工制成的水仙花。我拨动插销，门锁上了。

"我要告诉你们一个秘密。"你说话的时候，我在那圈人中间找到一个缺口，坐了下来。"我说完后就轮到你们。你们要说的是一件从来没有和任何人说起过的往事，一直藏在心底深处的秘密。"你凝视着水仙花，说得很慢、很轻，我们不得不往前倾才能听清楚你在说什么。"不为人知的真相，"你说，"是一个作家的精魂，你的回忆还有你的秘密。忘了所谓的情节、人物、结构，如果你真的准备成为一名作家，那就要把你的手扎进泥淖深潭中，先是没过手腕，接着没过手肘、肩膀，直到把底下最黑暗、最隐秘的真相挖出来。"你站起身，往前走了几步，蹲在我们面前。

"这朵水仙花不是我做的，"你说着，冲它点了点头。有几片花瓣已经掉了，剩下的那些也都无精打采地耷拉着。我觉得血噌的一下窜遍全身，一股热流几乎一下子冲到了脖子根，随即涌上脸颊。

"是我偷的，"你继续往下说，"在我比你们大不了几岁的时候，我妈妈得了重病，她被火速送往医院，爸爸打来电话，让我立刻赶过去。我当即放下手里的事情——反正不是写作就是阅读，跳进车里。医院离得很远，大概有几个小时的车程，我一刻不停地往前开，开得飞快，满脑子想的都是妈妈，她和我很亲密，可现在却躺在病床上。临近傍晚，我终于到了医院，把车胡乱一停就往里面奔去。

"我妈妈是个老式的女人，她给我立了很多不容违反的规矩，都是些早就被人遗忘的陈规旧俗。哪怕我十万火急地冲进医院，甚至站在她的病榻前，她都不允许我有半分差池。要是我没拿礼物又没拿花，两手空空地去探病，她肯定会生气，可是很不巧，我到的时候，医院里的小礼品店已经打烊了。

"于是，我走到离我最近的儿童病房，没人过问我是谁或来这儿干什么。我盼望着能在病房里找到一束花或一盒巧克力，我一边找一边告诉自己，等礼品店开门了，我就去买一份还回来。当然，谁也不会给生病的孩子送花或盒装巧克力。就在我准备放弃时，我看到床头柜的花瓶里插着一朵手工制成的水仙花。"你又对着花点了点头。"病床上的孩子睡着了，而他身边也没有来探视的访客。我拿走了那朵水仙花，找到了我妈妈的病房。我们互相告别，就在我把那朵花送给她的几分钟后，她咽下了最后一口气。"

　　我们安静地听着，没有人说话，大家看着你，看着那朵水仙花。坐在我对面的女孩抽动着鼻子，不时擦拭眼睛。知道我当时在想什么吗？你的故事听上去那么真挚、那么动人，我觉得自己都快要相信你手上的水仙花并不是我做的那一朵了。知道吗？我花了好长时间才从虚构中找回真相。

　　同学们在课上都说了些什么秘密我已全无印象，也许是因为没有任何一个故事能在我心里驻留片刻。我只记得那天所有人都被你的故事打动了，我们沉默着拿起书包和外套离开教室。我没有告诉你任何秘密，无论在那堂课上还是之后的课上，我都没有把我的手扎进泥淖中。要过了很久之后，我才对你编了一个故事。那天下午，我把课上的情形说给露易丝听，她听后丢下一句话："那人是个白痴，离他远点。"

　　吉尔，我们想你，快点回家吧。

你的
英格丽德

　　又及：你的自行车后来怎么样了？

3

~~~~~

理查德的莫里斯老爷车是那班渡轮上唯一一辆车。弗洛拉出发前，他对她进行了一番无比繁复的驾车指导，比如要打几下火才能让这位"老爷爷"发动起来，又比如它的离合器手感不太"利索"，然后又千叮咛万嘱咐，告诉弗洛拉在车子摇晃的时候千万不能挂一挡，否则她怕是会被撞得磕掉一颗牙。弗洛拉不由得开始想象某颗犬齿被撞裂、从中间断成两半的样子。不过抛开实用性不说，小车子还是蛮可爱的，闻着有股塑料暖棚的味道，在弗洛拉的通感体系中，它所对应的是一种类似覆盆子的殷红色。

身穿黄色荧光油布雨衣的渡口工作人员挥手示意让她快点往前，然后告诉她因为天气恶劣，渡轮马上就要停运了。

"亲爱的，风实在太大了。"他说。

"可我姐姐待会儿也要从这儿过去。"弗洛拉把车窗摇开一条缝，大声对他说。其实她不记得刚才电话里娜恩有没有提过什么时候回家，也许她应该先开车去医院。

"今晚她是过不去了，怕是只能绕远道了。手刹拉上了吗？"

弗洛拉从车上下来。只需十分钟，渡轮就能驶过眼前窄窄的海湾到达对岸，那地方看上去形如一根弯曲的手指，她就在那里长大。她站在船头的护栏前，雨水斜斜地打在脸上，船的引擎在脚下颤抖着，哼哧哼哧地载着由缆索固定的车辆游过浅窄的水域。弗洛拉的五脏六腑跟着渡船一起颠簸起伏。今晚，对岸不见灯火，也许那些人都出海去了。她从来没有搭乘过末班船，而且还是船上仅有的一名乘客，她不由得想到妈妈是不是也曾站在船头穿越平奇湾。如果她们相遇了，还能否认出对方。渡轮在风浪中蹒跚前行。弗洛拉恍惚觉得船体发出的每一记哐当声都是固定车辆的缆索断裂的声响，她那辆小车随即挣脱束缚冲向奔流的浪潮。海浪咆哮着翻上滑行台，冲过停放车辆的甲板，然后从莫里斯老爷车的车窗缝里汩汩灌入。她幻想着自己攀着阶梯一直爬到最上面的观景平台，当船体开始倾斜时，她身不由己地倒向扶栏。船上的灯一盏接着一盏熄灭，直到导航台边最后一盏灯经历一番明明灭灭的垂死挣扎后被大海吞噬。黑沉沉的海浪把渡轮高高地托起，仿佛一座高山猝不及防地拔地而起，等升至最高处时又被浪头重重抛下。渡轮舱室、各类管道以及人体肺部的空气纷纷逃逸，化作一串串气泡窜到水面，随即倏然不见了。渡船翻了个个儿，先是船头，然后是她、理查德的小车，还有所有身穿黄色外套的工作人员全部沉入海底。

*

船靠岸后，弗洛拉连着试了两三下才打上火，滑行台上的工作人员已经等得不耐烦了。他朝弗洛拉这边走了几步，弗洛拉暗自咒骂了一句，狠狠拉了一下阻气门拉钮，汽车原地抖了几下，终于开始往前挪了。渡口的收费亭没有亮灯，出口也已收起了路障，看来倒是捡了个便宜。车头灯的灯光相比刚发动时似乎暗了些，大雨倾盆，密集的雨点势大力沉，像鼓点一样砸在单薄的车顶。雨势太猛，雨刮器还没来得及把上一拨水迹抹干净，另一拨又兜头兜脑地浇下来，弗洛拉只好贴近方向盘观察路况，借着外头微弱的光线隐约看到道路如同黑白电影一样往身后急退。她已经把空调都打足了，可是每隔几分钟还是要抬起手臂，拿衣袖擦一下挡风玻璃。

通往村庄的道路从一片自然保护区内横穿而过。盐碱湿地上全是横七竖八的车辙印，溪谷地带遍布沼泽，而后攀升至沙埂丛生的海边和岩石林立的内陆。沙砾小径在长满滨草、石楠的原野上纵横交错。道路和大海之间的低洼地带有一片盐湖，小径先是绕过这片小海塘，而后又从一片片密密麻麻的防风林边穿过。

浓重的夜色并没有让弗洛拉望而却步，因为她熟悉这条路上的每一处曲折，每一个弯道。她自己没有在这里开过车，不过她一直都是乘客，小时候和姐姐一起坐在爸爸车子的后座上，长大后，就换到了姐姐身边的副驾驶座。妈妈失踪的时候，弗洛拉快十岁了，她不记得有没有和妈妈一起坐过车，不过想来肯定是有过的。她打开收音机，漫无目的地转换电台，可是没有声音，偶尔传来一两句人声，也仿佛来自很远的地方。

第一次感到有什么东西砸到车顶应该是在她经过艾格尔岩石的时候，那是一块巨大的石头，远远看去像一个拳击手的脑袋，风吹日晒了不知多少年，鼻子几乎已被风沙削平了。它就靠在右侧的山坡上，虽然车窗玻璃一片模糊，根本看不清任何细节。车子的引擎发出低沉的轰鸣声，加上车外雨势滂沱，所以一开始弗洛拉不太确定自己是不是听到了什么奇怪的声响。可紧接着就有东西掉到了挡风玻璃上，然后哗啦一下被雨刮器扫走了。弗洛拉往后一靠，双手紧握方向盘，脚下死死踩住刹车。车子一下子从湿淋淋的路面滑到了另一边，电光火石间她逼迫自己做出选择：究竟是要让车子侧滑，还是要避开不知从哪儿掉下来的鬼东西。又有什么掉了下来，这次落到了引擎盖上，接着像故意似的，啪的一下摔落在地。然后又是一个，接二连三，没完没了。等到车子最后停下来的时候，一个后轮已经碰到了沙地边缘，另外三个还留在柏油路面上。路边的金雀花丛和山楂树树枝压着车窗，仿佛有人正挡着眼睛往里窥探。

弗洛拉往前伸着脑袋想搞清楚究竟发生了什么事，可是挡风玻璃上一片迷蒙，她握着拳擦了擦玻璃。借着车头灯射出的短短光柱，她看到不时有东西从上面掉下来，弹到地上。当一切归于平静，并且确定车顶上传来的只是雨水敲击的声响后，她跨过手刹，爬到副驾驶座上，然后打开车门。松林里狂风呼啸，大雨如注，不断冲刷着路面。她没有下车。这时，她看到脚边有一条鱼张着嘴躺在黝黑光滑的柏油路上。它大概有一个巴掌那么大，浑身上下闪着银蓝色的光。她伸出左脚，用足尖把那东西挑起来翻了个身，虽然在雨里，她还是能看见鱼的另一面已被摔得面目全非。弗洛拉伸平手掌抵在眉头，顺着车头灯微弱的灯柱往前看去。路上躺着成百上千条鱼，只有一小部分一息尚存，徒劳地翻滚扑腾，发出啪、啪、啪的声响。它们应该是还没成年的马鲛鱼。大风把车门往外边推，弗洛拉用力拉上门，爬回到驾驶座，一动不动地坐在那里，呆呆地看着前方。她不知道自己还能不能继续往前开。她闭上眼睛，转动点火装置。引擎哐当一声响，然后粗重地喘了两口气。她又试了一次，这回车子像个老头似的爆发出一长串拖泥带水的咳嗽，其中好像还夹带着一口上不来下不去的浓痰。她拉了一下阻气门拉钮，虽然理查德曾经反复叮嘱过引擎还热的时候不能这么做。可是这一回汽车像是铁了心似的趴在原地，拒绝挪窝，在试到第四次的时候连车头灯索性都熄灭了，留下弗洛拉独自坐在一片黑暗中。

她忍不住往回看了看，没准渡口的人搞错了，天气其实没有像他们说得那么糟，没准她能赶在他们停运前把车开回去。然而，她身后什么也看不见，只有无尽的黑暗。她又等了五分钟，然后重新转了下点火装置，不过听动静，引擎已经奄奄一息了。她从后座上拽来背包和箱子，拖着它们跨出车门。

4

游泳更衣室，1992 年 6 月 4 日，凌晨 3:55

亲爱的吉尔：

要把这段婚姻的来龙去脉写下来，一封信自然是不够的。无论如何，一段婚姻总比一张信纸长一些。

写完第一封信后，我在餐桌抽屉的一沓电费账单里翻出一个信封，趁自己还没改变主意，准备在天亮前到街口把信给寄了。可是，当我拿着笔坐在沙发的扶手上时，孩子们的房间里传来了动静（先是床垫弹簧发出咿呀一声响，然后房门打开了）。没来得及多想，我从身边的书架上抽出一本书，把信塞了进去，然后将书放回原处。

弗洛拉站在走廊里，日出的微光从我们卧室的窗户照进来，为我们穿着睡袍的九岁小女儿勾勒出一轮纤细柔弱的剪影。

"天亮了吗？"她问。

"还没，弗洛拉，"我说，"再去睡一会儿。"

"爸爸回来了吗？"

"没有，"我说，"还没回来。"

我把第一封信放进了艾伦·霍林赫斯特的《游泳池图书馆》里，选择这本书是有原因的。我一直在想，如果把写好的信放进你的那些书里，也许你永远都不会发现它们，而它们也将永远不见天日。不过没关系，你读不读这些信对我来说并不重要。

*

好了，让我们回到一九七六年。我们四个被挑选出来的学生坐在你那间小小的办公室里。那是一栋六十年代建造的大楼，长长的走廊刷着白色的涂料，两边都是教室，水泥地板上铺着薄薄的地毯，天花板上安着日光灯，一股股寒气从金属框架的窗缝中透进来。除了窄窄的书桌上堆满了稿纸、论文、作业，你的办公室看上去更像一个缩小版的绅士俱乐部：挂毯、台灯、靠墙摆放的书架、皮质沙发，几张矮脚扶手椅围着一张铆钉装饰的脚凳。屋子里飘着浓郁的咖啡香，织物散发着暖融融的味道，还有无处不在的淡淡的烟草味，我贪婪地吸着气，享受着这些相互交织缠绕的气味进入身体时的美妙感觉。我喜欢这里，这才是大人待的地方。你穿着一件带有菱格的黑色羊毛开衫，拉链一直拉到了下巴，斜靠在你常坐的那把椅子上。

"最后一章，最后六行。"你言简意赅地说。我们手忙脚乱地翻着书，等翻到那一页，便埋头看起来。你朗声背诵那六行文字。

"这几句话有什么作用？"你问道。

时间在我们的静默中嘀嗒逝去，直到一向发言最积极的布赖恩开了口。

"杰克逊想让读者知道梅里凯特已经变得非常强大，她不再害怕村子里的小孩，事实上，她甚至会吃掉他们；而另一方面，康斯坦斯越来越依赖自己的姐姐，她很有可能再也不会离开那栋房子了。"

"好，那你的看法是？"你一边问，一边啜了口咖啡，然后把杯口抵住下巴。布赖恩看上去有点不知所措，他飞快地朝我瞥了一眼，我只好耸耸肩表示爱莫能助。就这样，我们起码沉默了一分钟。

"刚才我说的就是我的看法。"布赖恩说。

你叹了口气。"你怎么看，伊丽莎白？"你往后倚进天鹅绒扶手椅里，两个垫得鼓鼓囊囊的扶手因为日复一日的摩挲变得滑腻油亮，里面的白色填充物从绽开的接缝口钻了出来，看上去就像一个披着外套的男人为了搞笑而故意把手缩进衣袖，只露出一截白色衬衫袖口似的。

"我……"她毫无头绪，只好胡乱投石问路，试探着你到底想要什么样的答案。"我、我觉得，杰克逊试图通过那些蜘蛛告诉读者，康斯坦斯想包庇梅里凯特……"伊丽莎白停下来，等着从你那里得到一星半点的暗示，好确定自己有没有摸准大方向。"因为……你看……在茶会上，那个叔叔，他叫什么来着，说康斯坦斯吃光了糖罐子里的糖，其实砒霜就放在罐子里，可是那个叔叔，呃……先不管他叫什么，说罐子里有只蜘蛛。"你伸长了腿，没有说话，耐着性子等她把话讲完。那一刻，连我都替伊丽莎白感到难为情。

"所以呢？"你慢吞吞地问。我们都很安静。"你是怎么理解的？"你把杯子重重地放在书桌的一沓纸上。从我的角度看过去，第一页是倒着放的，所以没法一眼看明白上面写了什么。"大家都说说。"你好像已经不再期望能从我们嘴里听到什么靠谱的回答，于是伸手往后扒拉着一头棕色的头发，只剩下一绺卷发固执地贴着前额。

"盖伊，"你叫道，"看看你能不能为你的同伴们打开思路。"我一直不明白你怎么会把盖伊选到我们当中来。论写作技巧，他是班上最差的一个，总喜欢拣一些艰深晦涩的词语转文造句。一年前，我和他断断续续上过几次床，不过"断"的时间要比"续"的时间长，做爱的体验固然不错，可相较于全情投入，他似乎更喜欢研究我的身体，然后评头论足一番。有一回他说跟我上床让他想起某种古怪的深海软体动物。这个人话太多，嘴太碎，听得我不胜其烦。

当盖伊就杰克逊的写作意图夸夸其谈的时候，我放下书开始认真思考轮到我时该如何发言。我一定要发表一些连你都不曾想到的精妙见解，让你不知不觉地从那张填充物外漏的天鹅绒扶手椅里坐直身子，忍不住拍案叫绝。可是，我的脑袋里空无一物，甚至连能和你辩上一辩的写作理论都想不起来。什么都没有，一片空白。盖伊说完了，一想到自己毫无准备，我紧张得心脏都快要从喉咙里蹦出来了。这时，你伸长手臂，一直伸到脑袋后面，然后打了个哈欠。这真是一个无比悠长、无比响亮的哈欠，我们都不好意思盯着你看，纷纷转开头。你终于闭上了嘴，然后身体往前一探，用掌根按揉眼睛。等你把手拿开，眼白都已经被揉红了。我不知道前一晚你喝了多少酒，可是我闻到了你身上的酒气。

我忐忑不安地等着你叫我的名字，可是你甚至都没朝我这边转过身。

"是这样的，"你开口说道，"不仅你们中有些人，"这时，你把目光转向盖伊，后者皱了皱眉，"就连那些自诩为作家、思维方式异于常人的怪才，都认为成天关在阁楼里信笔涂鸦，至死方休，直到死后被文学界关注、认可、享尽哀荣，才是一个作家堪称完美的写作生涯。然而，这他妈的一点儿意义也没有。如果没有人阅读，作品就等同于不存在，而不同的读者在一部小说、其中的一个章节、一行文字中看到的东西是不一样的。你们中难道就没有人读过巴特[1]或罗森布拉特[2]吗？"我们赶紧拿起笔，飞快地记下这两个名字。"一本书只有在和读者产生互动时才是一件活物。你们觉得在所有时间断档或未及明说的地方就这样永远留白了吗？不，是读者用他们的想象把一切空白全部填满了。不过，是不是每一个读者都会按照你们的设想去填满这些空白？或者以相同的方式去填满呢？当然不是。我刚才问你们那些句子想说明什么，有什么作用，你们给我的回答都是你们认为杰克逊想要通过这些句子

1　罗兰·巴特（Roland Barthes，1915—1980），法国作家、批评家、社会学家、哲学家和符号学家，当代法国思想界的先锋。——译者注

2　易丝·米歇尔·罗森布拉特（Louise Michelle Rosenblatt，1904—2005），美国大学教授，因其文学教学理论研究而闻名。在《文学即探索》一书中指出："所谓'诗'实际上是读者与作品之间产生的共鸣，所以所读的诗并非所写的诗。"——译者注

来表达什么，或者至少是杰克逊希望你们相信它们能起到什么作用，看，你们就是这样心甘情愿地被作者牵着鼻子走。"你扫了盖伊一眼。"可是你们当中谁也没有告诉我，这些文字对你们产生了怎样的影响，它们让你们、让读者的这里，"你拍了拍自己的胸膛，"有什么感受。你们忽略了文学和阅读体验中最核心的东西。谁在乎杰克逊？谁在乎她是怎么想的？她已经作古了，无论是肉身还是精神。这本书，"你从伊丽莎白腿上一把抓起小说的复印本，往半空一撒，"以及其他所有书都是读者创造的。如果你们不明白这一点，不明白它对你们笔下的作品具有何等重要深远的意义，那么对写作这件事你们就连个屁都不懂，也不可能有所作为，所以还不如趁早放开手干别的去吧。"

我恍惚觉得自己再度置身于我父亲的公寓，耳边充斥着怒吼咆哮，他骂的是他的前妻，我的母亲。我瑟缩着，为身上流着母亲的血而羞愤自责。你重新往后一靠，伸直腿，弓起背，把双手枕在脑后，然后闭上了眼睛，那姿态就像某个周日午后在躺椅上休息一般闲散。你身上的羊毛开衫跟着手往上移到了牛仔裤皮带上方，露出了一截腰腹。我看得有些出神，你里面什么也没穿，我顺着往下看，发现你脚上居然没穿袜子。我们没来的时候你一定躺在沙发上睡觉，布赖恩总是第一个来上课，下午两点他敲响办公室门的时候你肯定还没醒。

"好了，"你闭着眼睛说，"就到这儿吧，走吧，你们可以走了。"

布赖恩坐在沙发上，边上是伊丽莎白，他清了清喉咙算是弄出点轻微的动静，可是剩下的三个都没动。

"走吧，现在就滚。"你说。我们又等了一会儿，你还是靠着没动，我怀疑你是不是真的睡着了。我们开始收拾笔记、内页贴着标签的小说复印本、书包，还有钢笔和铅笔。我们每个人都留神观察你的反应，生怕你噌地跳起来大叫一声："你们要去哪儿？课还没上完呢！"可是你依旧保持着原先的姿势靠在椅子里，而我们就像滑块拼图一样一个一个慢慢移动。我们不能同时站起来，只有当一个坐着，另一个才能从他前边绕过去，像伊丽莎白就得先紧贴着你的书桌往后坐，盖伊才能从她身前挤出去。我排在撤离队伍的最后面，就快挨到门口的时候，伊丽莎白已经先我一步消失在门后的走廊里。

"英格丽德！"你喊了一声，我被吓得几乎跳起来，赶紧来了个一百八十度大转弯。你已经坐直了。"读一下这个。"你身子一斜，干脆利落地从书架下方抽出一本书，朝我扔过来。书本在空中滴溜溜地打着转，我忙不迭把手里的书包一扔，伸手去接，就在书本快要砸到鼻子的前一刻，我啪的一声两手一合夹到了书。"看完后告诉我你的感想。"说完，你又回到了刚才的姿势，双臂枕着头，两腿往前伸着，眼睛闭了起来。然后，我就被遗忘了。

回来吧，吉尔。

你永远的

英格丽德

（信夹在雪莉·杰克逊所著、1962 年出版的《我们一直住在城堡里》中。）

5

～～～

　　虽然弗洛拉顶着风雨，低着头在荒野中艰难穿行，可她脚下却没有丝毫犹豫，因为这条路线她并不陌生。七年前刚满十五岁的那个夏天，她曾睁着双眼、张着腿躺在路旁灌木丛边的一个沙坑里，压在她身上的男孩叫库珀。

　　那时，如果夜里不下雨，一群十几岁的孩子们就会聚在沙丘上点一堆篝火玩乐，他们都是住在附近的村民和来这儿度假的游客。有一天晚上，库珀把手里的烟递给弗洛拉，她试着深深地吸了一口，然后又小心翼翼地尝了一点儿啤酒。库珀盯着她，眼睛里闪烁着渴望，他想看看这个女孩会拿什么来回报他。于是，弗洛拉带他穿过荒野上一条条布满沙子的小径，来到小海塘另一端的树丛中，把他推到一棵鹅耳枥粗壮的树干上。她还从来没有吻过男孩，不太确定当另一个人与她唇齿纠缠时她会不会因此神魂颠倒。她想象自己的脸往后倒，而他安静地站在那里，闭着眼睛，双唇微启抵在她的唇畔，而后把舌头伸进她嘴里。弗洛拉知道没人关心自己在哪儿，爸爸此刻应该在酒吧喝酒，娜恩也许又在哪个产房待命，她临走前在冰箱里给她留好了晚饭：一盘满得快溢出来的豆子炖汤，还有一盘堆得像墙那么敦实的土豆泥。

吻完后，他们朝着篝火堆往回走，库珀问："你明天还来吗？"

"也许吧。"弗洛拉回答。

第二天晚上，他们早早离开大部队。回到了那棵鹅耳枥旁。它的树枝被风吹弯了，树根底部蹲伏在一个沙洞边。

弗洛拉已经想不起来库珀长什么样子了，她甚至从来没有问过他姓什么，可是她却清晰地记得那个夜晚，婆娑的树叶和纤细的枝丫随风摇曳，在暮色弥漫的天空中留下了憧憧剪影。他们没怎么说话，那晚皓月当空，弗洛拉又恰巧带着素描簿，于是她让库珀脱掉外衣和 T 恤，库珀一直抱怨夜里凉，不过他还是很配合地靠在树干上当她的写生模特。她试着按照美术老师所教的那样认真观察，而不是随意想象，虽然最后完成的画像并不像库珀，可是她非常喜欢他的脸和树干融为一体的感觉。后来，他解开裤子，弗洛拉躺在沙地上。她把库珀幻想成古典神话中长着羊腿、羊蹄的农牧神法翁或是森林之神萨梯，对象如果是半兽半神而不是笨嘴拙舌、酷爱拙劣文身的库珀，这件事似乎就带了点深刻隽永的味道。她喜欢在脑海里构思他们做爱的画面，通过一只鸟或坐在树梢上某个动物的视角目睹他们纠缠的身体和银白色的月光融成一片。库珀已经完全迷失在自己快意驰骋的节奏中，弗洛拉不得不忍受身后的树根一下一下刺痛她的后背，随着男孩最后两三下全力冲刺，一切终于结束了。

那个夏天，那里成了她和库珀经常去的地方，她开始口服避孕药，同时也开始慢慢了解什么是男欢女爱，怎么做能让自己也乐在其中。不过，她之所以和库珀厮混，更多的好像是为了让他当自己的模特以及享受事后的温存。当疯狂平息后，他会把她搂在怀里，安安静静地吻她，她能感到他身体压在她身上的重量，他绵绵叠叠地吻着，直到最后抽离她的身体。

"就这么把我赶走了。"库珀咕哝着翻下来，拉上裤子，两人十指交握并排躺着。有时候他们会一起抽根烟，有时他会松开手指沉沉睡去。

库珀来自北方的一个小城镇，暑假接近尾声时他也要回家了，在他离开前的那个晚上，当他最后一次伏上她的身体时，他们谁也没有说爱，也没有说要保持联系，或是约定明年夏天再见。弗洛拉躺在他身下，静静地看着头顶上的鹅耳枥，纵横交错的枝丫像切馅饼似的把悬在天际的银盘分成了细碎的小块。到了深夜，她带着一把小刀回到树下，她想留下一个印记，即便她离开了，那个印记也会长久地留存在原地。她在树干上割开一道裂口，把一颗牙齿按了进去。她有六七颗这样的牙齿，都收在爸爸一个弃之不用的袖扣盒里。

*

弗洛拉咬咬牙爬上最后一个沙丘，手里的箱子和背包越来越沉。墨黑的海水在她面前翻滚不息，也看不清是在哪个地方水天终于交汇成了一片。半路上，雨突然停了，这并不奇怪，海岸边的天气向来多变。现在，耳边只剩下海浪拍岸和风吹树叶的声响。在她左边，海岸线蜿蜒着伸向已经看不见的摆渡口和平奇湾，而右侧则是长约一英里¹的沙地，远端消失在一片混沌的阴影中。沙地背后还有一些沙丘，往后则是停车场，再远一些的地方能看到亮着灯火的数十栋房屋，有商店也有酒吧，那里就是弗洛拉长大的地方——斯帕尼什格林村。视线最远处耸立着一面灰白色的峭壁，标识着巴罗丘陵的边界。在她的右前方便是天体海滩，妈妈当年就是在这里失踪的。近十二年来弗洛拉第一次踏上这片沙滩。她脱掉鞋子和袜子，把两只鞋的鞋带系在一起，挂在脖子上，然后抬脚踏入浅水区，往家的方向走去。她不知道是否会有人在那里等着她。

---

1 1 英里约合 1.6 千米。——编者注

6

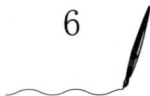

游泳更衣室，1992 年 6 月 4 日，凌晨 5:00

亲爱的吉尔：

我一直在想是不是要养一条狗，弗洛拉肯定会很开心的。一条红色的赛特犬，或是爱尔兰狼狗。我喜欢大型犬，当我牵着它去海滩的时候，它会对着风汪汪大叫。我知道你不喜欢狗。只是，你并不在这里。

*

我花了些时间读你借给我的书。我已经忘了书名叫什么，只记得不是什么好名字，书的内容也同样是场灾难，我实在不明白你为什么要给我看这么一本书。我惴惴不安，不知道自己是不是遗漏了什么重要的东西。我骑着自行车去上学，到了放学回家的时候总算憋出了几句冠冕堂皇、至少可以说是带有积极意味的评论，然而仅凭寥寥数语是交不了差的。我仔细研读了你重点标注的部分——那些画线的性描写段落、你所做的旁注，还有你在空白处画的那些大胆露骨、看得人耳红心跳的图示，想方设法去弄清楚你究竟是何用意。几个星期过去了，其间我去上了几次你的课，每次我都拖拖拉拉留到最后，慢吞吞地穿上外套，装模作样地整理书包，暗暗希望你会过来问我看书的心得体会。每次下课我都是最后一个离开教室，可你从来没有叫住我，也从来没有让我留下来。

我想你可能已经把这事给忘了，所以一天下午，我趁没课的时候去了你的办公室。一路上我都在对自己说，没事的，他肯定不在，虽然为了见你我特地穿上了一条针织连衣裙，那条黄色的裙子只要一上身走到哪儿都会赢得极高的回头率。他就是个地地道道的无赖，我在心里默默重复着这句话。可当我沿着小径走近办公楼的时候，却看到你正站在四楼办公室的窗口抽烟。你看到了我，笑了笑，冲我点点头，我想你是在示意让我上去，于是我穿过响着脚步回声的楼梯井和走廊，半是慌张、半是期待地来到你的办公室门前。

就在我举手准备敲门的时候，门开了。你站在门口，手里拿着你的咖啡渗滤壶，从你略带惊讶的表情我一下子反应过来你在窗口朝我挥手其实就是打了个招呼，并非邀约。

"什么风把你吹来了，可爱的小姐，"你说，"是来找我的吗？"你从我身边走过，我又闻到了那股气息，不由得闭上眼睛，着迷地长吸了一口气。"进去吧，"你说，"随便坐。"然后你举了举手中的玻璃壶，"我去接点水。"说着便走向走廊另一端。

我站在沙发和扶手椅之间巴掌大的空间里，深深地呼吸着你的味道，一边往下拽了拽短裙，心里有些后悔：怎么会穿这么一身衣服。你的书桌中央放着一部棕色的史密斯－科罗纳打字机，辊筒上卷着一张纸。我凑上前去，看到上面有盖伊的名字，顿时来了兴趣。我把纸拉直开始从头读起，那是一则关于男人在海滩上等女人的故事。我津津有味地读着，直到身后响起一记咳嗽声。

"对不起。"我吓得往后跳了一步。

"没关系。"我惊慌失措的样子让你发笑。"刚开始写，现在看有些为时过早。"

你倒了点咖啡粉，然后拿起一张报纸四下里挥了挥。"我煮咖啡就是因为不喜欢这股烟味。我本来想戒烟的，"你说，"可后来不知怎么搞的，每次喝咖啡都想来一根，你明白那种感觉吗？"

"当然。"我说。我没有抽过烟，在英国，我也从没喝过渗滤壶煮的咖啡。

"好了，说说，我能为你做些什么，英格丽德？"你放下手里的报纸问道，满是胡茬的下巴往里收了收，然后抬起眼睛看着我。你的年纪是我的两倍，你是一名大学教授，你是我的教授。

"我是来还书的。"我说着在沙发上坐下来。

"什么书？"你在我身后问道，一边把咖啡渣倒到窗外。咖啡机隆隆地响着，不一会儿桌上便传来了水沸腾的声音。

"很抱歉我看了这么久，希望你没有等急了。"我从包里掏出书。因为坐下后裙子往上缩了一大截，我只好把书放在裸露的大腿上。

你放下杯子，坐在沙发扶手上，从我腿上取过书。我又把裙子下摆往下拉了拉。你飞快地翻了翻书页，在几处停了片刻，兀自微笑着。

"我觉得你的注释很有帮助……"我有些心虚地说。

"什么？"你看着我问，好像这才想起来身边还坐着个大活人。你摇了摇头。

"我是指你的旁注。"我说。

"旁注？你以为边上这些东西是我写的？"你仰头大笑，露出一口雪白的牙齿。这种笑法极具感染力，所以即便知道自己会显得很傻很幼稚，我还是忍不住跟着笑起来。

"老天做证，这可不是我写的。给你这本书的目的是想让你看看不同的读者对书的解读，也就是想说明每个人都会从同一本书里获得不一样的感受。也许我在读的时候确实标注过一些语句，折过几页书角，不过我可以负责任地告诉你我从没在这本书的空白处画过男性生殖器。"我只觉得脖子噌的一下红到了耳后根。你正好翻到某一页，然后把书反卷起来递给我。"看，毛头小伙子做的注释，"你说，"十五来岁，没有性经验，没有接过吻，经常手淫。女孩子从来不会画这些，一般都是男孩子照着自己的物件来画的。对了，好像还有人画了包皮系带，你有没有看到？"

我马上摇摇头，这种时候也只有摇头才是最明智的反应。我压根儿就不知道什么是"包皮系带"，我只知道自己脸红了，还好你没有对此多加评论。

过了一会儿，你说："我猜你肯定不喜欢这本书吧？"

"对，不喜欢，"我说，"这是我读过的最糟糕的一本书。"

"你从头到尾都读了？"

我点点头。

"我的天！谁让你从头到尾都读的，这么一本破书！不行，我得好好补偿一下。"你站起来，没有把书放回原处，而是胡乱塞进了另一个书架的空当。"喜欢什么样的咖啡？不过不必回答了，我这里既没奶也没糖。"

"黑咖啡就行了。"

"好的……"你又转过身，在沙发扶手上坐下来。"算了，不喝什么咖啡了，出去正儿八经喝点东西。"你从切斯特菲尔德沙发扶手上滑过，在我身边坐下来，落座的一刹那沙发上扬起了一小团灰尘。"你接下来没有其他安排吧？"

我从来没有如此接近过你身上那种奇异的味道。"我得去一趟图书馆，"我说，"不过我可以晚点去。"

你大腿一侧的牛仔裤不时碰到我的大腿。我说完后你低头看着我的膝盖，还有缩在膝盖上方的短裙。你的腿张开，抵着我的。

"图书馆？"你掉转目光若有所思地看向窗外，外面除了一方碧蓝如洗的天空什么也没有。"我正好有几本书要还，它们应该就放在这里。要不你去图书馆的时候顺便帮我还了？"你捡起几个文件夹、一沓作业随手往地上一扔，下面露出了六本塑料封皮的书。"也不知道借了多少日子，不还怕是不行了。"说着你就把那几本书放在我的手上。"老天，我得去抽根烟了。"你说。

*

图书馆的还书处排着长龙，我压低声音恨恨地咒着你，我也没放过自己，谁让我这么蠢，自作多情，倒贴上门，把自己搞得这么狼狈。"他是个白痴！"我说。排在我前面的是一个身材丰腴、披着灰色斗篷的女人，看到她不以为然地摇了摇鸽子一般小的脑袋，我才意识到自己骂得太大声了。

终于到我了，我把书递过去。

"八英镑四十便士。"管理员说。八英镑四十便士！那相当于四十六条长面包，或四十盒鸡蛋，或约克公爵酒吧里二十八杯沁扎诺酒。我把钱包里的钱全搭上都不够。

"这些不是我的书，我是替一个……"我顿了顿，"人还的。"管理员皱了皱眉头，身后的队伍也开始窸窸窣窣不安生起来。我从包里翻出支票簿，填好数字，签好名，然后撕下来交给那个一直杵在我面前对着我虎视眈眈的女图书管理员。我不知道我银行里有没有足够的存款让这张薄薄的纸片顺利兑现，我真应该冲到你的办公室，让你立刻把钱还给我，可当我走到自行车棚时，整个人就已经泄了气，这一天所有蠢蠢欲动的期盼都烟消云散了。我把车骑回了家。

在下一次导师个别指导课之前我几乎都没怎么见过你。你有一节课被取消了，还有一节换成了英语系副主任来上课。有传言说你病了，有人说你因为酗酒问题被暂时停课，也有人说是因为你的妻子去世了。妻子！这个词语听得我一颗心直往下坠。我走遍了每一个角落寻找你——英语系大楼、图书馆，还有布鲁姆斯伯里的每一条街。有一次，我远远地看到你出现在历史学院附近。你走路时低着头，双手插兜，帅气地微微曲着背。我马上转身绕着历史系大楼跑了大半圈，等转到最后一个墙角时，我放慢脚步，准备自导自演一场迎面邂逅。可是当我走到那里之后，却看见你正和一个在图书馆里工作的女孩闲聊。她说了句什么引得你哈哈大笑，你伸手拍了拍她的肩膀，那女孩也因为你的青睐而一脸春风。我就这样眼睁睁地看着你们结伴走远了，当时真恨不得冲上去拔光那女孩的头发。

接下去的一周我没有查看信报箱，这样的话即便你要取消导师个别辅导，我也可以推说不知道。我还在生自己的气：为什么傻乎乎地替你付了借书逾期罚款！我也在生你的气：为什么时隔多日你还毫不知情、无所表示！那天，我忍不住又穿上了那条黄裙子。

和往常一样，你办公室的窗户大开着，不过这次没见你倚在窗口。我走上楼，门半开着，我举手想敲门，却不小心把门推开了。你不在屋里。我站在门口，一边打量着乱七八糟的房间，一边闻着你的味道。

"英格丽德。"你在我身后叫道。我转过身，见你拿着盛满水的咖啡壶，脸上挂着微笑。你踩着一双懒人鞋，上面是一条皱巴巴的亚麻裤子，裤管往上卷了几下，露出了脚踝和一小截晒成棕色的小腿。你身上穿着一件翻领短袖衬衫，上面印有一条不规则的宽条纹，领口敞开，露着脖子。你看上去就像一个六十年代跑到意大利海滩度假的美国大款。如果我跑到窗边往下望，说不定还能看到一个拢着头巾、架着太阳镜的艳丽女郎正坐在一辆敞篷跑车里等你下楼。

"我不确定你会不会来，"你说，"你已经缺了几节课。"

"我没有缺课。"我说。

"好吧，请坐。"你十分自然地与我擦肩而过，走进办公室，装上滤壶后启动咖啡机。我坐在扶手椅边上。

"说说，"你把转椅转过来对着我，"都还好吧？"

"都好。"

"那就好。"你身后的渗滤壶开始发出低低的咕嘟声。我们谁都没有看对方。"我看我们最好还是开门见山。"你拍了拍大腿，脚往地上一蹬，滑轮椅便沿着常规路线滑到了书桌前。你在一沓作业前停下来，在里面一通翻找，然后在比较靠下的位置抽出了我的作业。我的姓氏不偏不倚地圈在了一个褐色的杯底印里。"你有没有带你的复印本？"

"没带。"我抱着胳膊说。

"没带。"你说。

"没带。"我重复了一遍。

你把作业放在腿上，翻了翻。"我想你把故事背景放在了挪威？"

"是奥斯陆群岛。"

"你家在那儿？"

"是我父亲的家。"我跷起二郎腿。

"好。"你一边说，一边重新开始翻看，时不时抬头看我一眼。我看到白纸上有好些红笔写的批注。"对地理环境的描写很到位。"

"我在那儿待的时间不长。"

"我很喜欢这部分，不过我有些担心故事的走向，你准备如何收尾？"

"故事还没结束。"

"不，"你说，"我已经看到了结局。"你仰着头似笑非笑地看着我，我也瞪着你，一边命令自己不许对你笑。我在心里反复默念"八英镑四十便士"，一遍又一遍，只有这样我才能继续恨你，讨厌你，不那么喜欢你，虽然事实正好相反。

"也许我们该喝杯咖啡，"你说着把椅子转到后面，然后站起来。"黑咖啡？"

"好。"

你递给我一副杯碟，然后在我边上的扶手椅里坐下。"英格丽德，"你耐心地说，"如果你不只是说'好'和'不'，那么我想这次的个别辅导你会有更多收获。"

我灌了一大口咖啡，咖啡很烫，我生生地忍着把它咽下喉咙。

"你没事吧？脸色很差，"你说，"看上去很苍白。"

"你看上去倒是吃得好、睡得香，还晒得一身阳光灿烂。"这种刻薄话原本应该出自露易丝之口才对。

你大笑起来，一点儿也不顾及自己的仪态，边笑还边用手扒拉着头发。"上次不是说带你出去喝一杯的吗？怎么样，现在有没有兴趣？"我很惊讶，你居然还记得。"我们可以顺便讨论一下这个。"你拍了拍放在腿上的作业。当时，我肯定是一副犹豫不决的样子。"喝杯工作开胃酒，"你扫了眼手表，"如果要去的话，我们得快点了。"你站起身，拿走了我的杯子。"来吧，快点。"我半推半就地被你带出办公室，上了你的车。如果你像我爸爸常做的那样替我开车门，我肯定二话不说扭头就走，还好你自顾自地钻进了驾驶位，没等我关上车门就开始发动汽车。你的车里有一股办公室和皮革糅合在一起的味道，就像是你身上的味道的升级版。

　　你沿着伦敦狭窄逼仄的马路一路往东开，超过一辆又一辆出租车，看你开车的架势有点像边上的出租车司机，仿佛对城里所有的道路都烂熟于心。你把车停在一家脏兮兮的小酒馆旁。外墙贴着褐色的瓷砖，它看上去似乎更像一家肉铺。店里没有亮灯，你上前推了下门，门没有开。

　　"见鬼！"你说着举手拍了一下瓷砖，"看样子酒是喝不上了。"

　　"要不喝杯茶吧？"我提议。

　　"茶？"你像是一个闹脾气的小孩，冰激凌车开走了，大人想给你个苹果安慰一下，可你却假装听不见。

　　"走吧，去喝杯茶。"我说。

　　然后，我们走进一家咖啡馆，桌子小得出奇，我们面对面坐下，隔壁是一家果蔬店，所以鼻端老是飘着一股烂香蕉的味道。招呼我们的女招待拉着一张脸，你点了咖啡，我要了茶，然后她端着一个铁盘把饮品送过来。你又点了一个撒着糖霜的小圆面包，可是我们谁都没有吃。咖啡馆里到处可见黄绿色的吊兰，有些放在和店面相同长度的壁架上排成一列，有些装进了垂着流苏的篮子挂在我们的头顶。我当时心如鹿撞，觉得有什么大事即将发生，而我的人生马上就要脱离原先的轨道，朝着从来没有预想过的方向冲去。我们审视着对方的脸，可是谁都没有开口说话。我觉得头晕目眩。店里只有我们两个客人。一只苍蝇在窗前嗡嗡地飞着，那个女招待捧着收音机不停地调换电台，一阵静电干扰杂音后突然响起一支像是由管弦乐队演奏的舞曲，接着又是一阵吱啦吱啦的噪声。你伸着手靠向我，像是要为我把一绺头发别到耳后，可是你的手一直伸过来，扶着我的后脑勺把我拉向你，我们越来越近，直到我的脸颊碰到了你的嘴唇。是你的味道吸引着我越过桌上的杯子、盘子慢慢地贴近你。你下巴的胡茬扎疼了我的脸。"我很抱歉让你付了借书逾期罚款。"你喃喃地说。你微微转过脸，嘴唇碰到了我的嘴角。我忽然感到害怕，不知道接下来自己究竟想干什么。我推开你，猛地站起来，你没有防备，身体没有收住，面前的咖啡一下子泼翻在了那个糖霜面包上，棕色的液体随即四处流淌。我们这边的动静惊动了女招待，她放下收音机，任凭它停在某个电台唱着《大坏小子约翰》，兴致勃勃地看着我转身走出门口，冲到街上。

"不要走，英格丽德，我道歉。"你边叫边跟着我往外冲，可是我已经跑开了。你被女招待叫住付账，等跑远了，我匆匆回头看了一眼，只见你站在咖啡馆门口，双手搭在门框的两侧，仿佛想凭一己之力支撑起行将坍塌的房子。

爱你的妻子

英格丽德

（信夹在沃尔特·巴克曼所著、1949 年出版的《瑞士面包糖果店》中。）

7

弗洛拉走到山脚下时，那口箱子还有背包已经快把她的肩膀和手臂折腾坏了。从前，这里原本有条羊肠小道可以从海滩直达游泳更衣室的花园，现在却只有爬上通往斯帕尼什格林村的山坡才能走回家。山上草木扶疏，所以即便在酷热难当的夏日，路上依旧十分阴凉。路边的石头缝里长满蕨类植物和青草，茎叶上披挂着一串串晶莹的露珠。

她深吸了几口气，然后仰起头望着天空。云已散开，随风飘向内陆，星星在夜空中眨着眼睛。多年前，爸爸曾经牵着她的手说，有人相信英格丽德已经去了天上，化作一颗星星在夜空中闪着光。可是，当时十一二岁的弗洛拉脑海里却像放电影似的反复闪现同一个片段：妈妈从游泳更衣室的前门转身出去，身上穿着粉红色的长裙，裙子上的珠子在阳光下闪闪发亮，她在门廊上来回走着，时不时转头看向草坪、花圃，还有山下的海景，过了一会儿，她转过身，扫了一眼弗洛拉藏身的金雀花丛，然后走出花园，从此杳无踪迹。

弗洛拉曾拉着爸爸的手说："他们都错了，爸爸。"

"人是很难同时抱着希望和哀恸存活下去的，"他一如既往地用大人的方式和弗洛拉对话，"我们可以不停地想象有一天回到家能看到她正站在门廊等我们，与此同时又要接纳她已经死去的可能性。要维持平衡并非易事。如果你认为妈妈已经死了，没关系，你可以告诉我，没有人会怪你。"

"你是这样来平衡内心的吗？"弗洛拉问。

"是的。"爸爸说。

"那我也会这么做。"

吉尔再次拉起她的手，紧紧地攥在手里。

★

也许娜恩已经把爸爸从医院里接了回来，而妈妈说不定也已经在家等她了，正是这两个念头促使弗洛拉一鼓作气爬上了山坡。就算光着脚走在一片黑暗里，她依然走得轻车熟路。然而，当她踏上小道，想到英格丽德没准已近在咫尺时，她却有些情怯了。这么多年来，她不止一次设想过如果能和妈妈重逢她会说什么："你到底去哪儿了？你怎么舍得离开我们？"可是归根结底只有一句："为什么？"她不太确定是否还想继续往前走，可同时她又发现自己正把手提箱抱在胸前沿着短短的柏油岔道全力奔跑，当她跑到自家车道时已经气喘吁吁了。然而，当她顺着车道拐了一个弯时，她发现房子旁边空空如也，连娜恩的车也没看见。屋里一团漆黑，没有一丝亮光。花园荒废已久，依稀可以看到恣意生长的灌木丛和树木，还有游泳更衣室那低矮晦暗的轮廓。

弗洛拉依旧记得通向门廊的三级台阶的踏板大概有多宽，哪里比较光滑，最后一步脚不必抬得很高。她伸出右手，碰到了那根方形的柱子，旁边是扶栏。即使在黑暗中，她的手指依然能准确地找到油漆表面贴着的那个心形铁片，摸着它就像摸到了好运。再往前走两步就到了游泳更衣室的前门，她放下鞋子和箱子，从背包里摸出钥匙插进锁孔，可是转不动。她试着转了下门把手，门开了。

屋里的味道还和从前一样：旧书，潮湿的浴室，煎鸡蛋。家的颜色像烤过的茴香籽，一小粒一小粒温暖的棕色，最后连成一片。

"有人吗？"弗洛拉一边轻声问一边走进黑洞洞的屋子。"爸爸？娜恩？"她伸手往前摸索，然后叫道："妈妈？"屋子里一片寂静。她啪嗒一声按下电灯开关，头上的灯亮了。

"我的上帝。"她讷讷地说。

8

游泳更衣室，1992 年 6 月 5 日，凌晨 4:20

亲爱的吉尔：

昨天下午，我打算把家里收拾一下。我把女儿房里的衣柜和五斗橱的抽屉都整理了一番，准备把她们穿不了的衣服收好。在属于弗洛拉的那边，我找到了一件你穿旧的晨袍，一件你会客时穿的衬衫，上面染着红酒渍，我原本以为它早就被扔掉了，还有一副你看书时常戴的眼镜，要是没有记错，它一年前就不见了。弗洛拉进屋一看到我，就立马把那堆东西抢了过去，说是不许我扔掉她的宝贝。我们扭打成一团，我在她的小腿上狠狠抽了一记，留下了几道鲜红的指甲印。她没有哭，脸上反而有一种异样的冷硬，我很熟悉这种表情，因为我曾在自己的脸上看到过。她大步走出了房间。而我，反倒成了那个奔进卧室、趴在枕头上号啕大哭的人。后来，我从床底下拖出一口装满旧物的箱子，原本想好好归置一下，可是那些过期的护照、孩子们手工绘制的母亲节贺卡，还有一张张旧照片，却让我一次又一次停下了手里的活。这些零零碎碎的东西拼凑出一个看似完美的家庭：海滩边的野餐、挖花圃的孩子、宠爱孩子的父母，所有这一切都像一个远房亲戚翻看着一本相册，对定格在相片上的每一个幸福瞬间啧啧惊叹，其实他并不知道有多少个充满怨恨、沾满泪水的瞬间被丢弃在相册之外。

然后，在箱子的最底下，我看到了你的信。

我在一地旧物中坐下，想象着很多年以前，你在这片被你称为花园、长满金雀花丛的土地尽头，从写作室的打字机辊筒上抽出这封信时的情景。也许你穿着你最喜欢的沙滩裤，脚上夹着人字拖，因为刚在海里游过泳，你的脚趾间还留着许多沙子，被海水打湿的头发根根倒竖着。我把信重新读了一遍，从字里行间感受着你对爱的阐释有多么专断，多么自以为是，而当时我们都还没有向对方表明心迹；接着你又十分荒唐地规划了我们婚后长达大半生的生活蓝图，而当时我们其实才刚刚认识；我还看到了当你提到年龄差距时流露出的无限沮丧，因为当时我正值青春年少，离衰老还遥遥无期；你还在信里描述了我们今后的孩子，看到这里我忍不住笑了，现实和想象差得实在有些远，我还想起来当你选择我做你的爱人时，我是多么狂喜，而要压抑这份喷薄而出的喜悦又是多么困难。那个时候我只有二十岁，和现在的我判若两人。

我一遍又一遍地读着，揣测当年你写信的时候希望读信的我会有怎样的反应。我忍不住哭了，我们的爱始于我来到这栋房子之前，而现在没有一件事能如你信上所言。好吧，也许有一件，也许在我看到关于描述我们今后的孩子那一段时，我不该笑得那么早。

就在我坐在地板上读信的时候，弗洛拉走进来。

"妈妈，别难过，"她说，"再糟又能糟到哪儿去？"

我想念当年的我们，还有你在信中憧憬的多年后的我们，那是我们原本应该有的样子。

你的

英格丽德

★

多赛特，斯帕尼什格林，1976 年 6 月

英格丽德：

如果可以，我想让我们的爱从终点往起点逆时而行：我们先把所有愤怒、愧疚、指责、失望、焦躁、庸常、平淡经历一遍，之后便只剩下我们所期盼的一切美好了。

开头十分苦涩，我老了，身体的大部分机能已经停止工作，所剩无几的那些也已逐日衰退，然后，你回来了。你是那么聪明，把我晾在床上，让我等着，也许要好多年，也许就这样让我一直等到死。

之后，你会离我而去。我的朋友们都认为我是咎由自取，因为在外人面前，我尖酸刻薄，成日酗酒，总是把西服的前襟吐得一塌糊涂，然后醉倒在大街上。可回到家，我就被打回原形：孤零零躺在床上的孤寡老头，任凭泪水流过残破的容颜。

可是你，英格丽德，你也终会老去：玉米须般浓密的头发逐渐变白，手背不再丰润，皮肤变得松垮，可是，你依旧美丽。之后的十年间，你会坚持先关灯再脱衣服，要是不小心让你看到我赤裸的身体，你会叹息，并且问自己当初为什么不选一个年轻一点儿的男人，至少现在后背上还能剩点肌肉。

一年后，你有时会到你姐姐那儿住一个礼拜，把我在花园荨麻丛里撒尿的事当作笑话告诉她。你会跟她抱怨：屋子里有太多书；我直接用嘴从水龙头接水，以至于上面沾满了牙膏沫；我酒喝得太多，写得太少。你姐姐会附和说我简直就是个垃圾，你原本可以嫁得更好。你们姐妹俩一连好几个月都不和我说话。（告诉我，你有没有姐姐？）

五年后，我尝试去修补游泳更衣室屋顶上的一个破洞，可是没有成功，你不肯帮我扶住梯子，因为你有更要紧的事做。你会让邻居三十四岁的儿子在上面钉一块波纹板，当你仰着头帮他扶住梯子的时候，眼神里满是悔恨，你一定在想如果住在城市，生活将会有多大的不同。到了晚上，我们冲彼此大喊大叫，其中总会有个人摔门而去。

婚姻生活至半，我们一同旅行。七月，我带你去翡翠湖，我们租上一条船在湖里徜徉，你把手伸进水里，搅乱了缓缓后退的青山倒影；你随口哼着赞美加拿大湖泊的歌谣，我放下桨，倾身吻你。我们在某个云霭低垂的日子租两辆自行车越过金门大桥，因为晒足了太阳，第二天两人的脸颊都微微发红。我们乘坐公共交通游遍土耳其，当听到公交车司机大叫"警察！"，赶忙学当地人的样子缩起脑袋弯下腰。在瑞士，我们把免税的杜松子酒倒进从酒吧买来的汽水里，边喝边谈论我们的孩子，对，足足六个。

我们开车去伦敦参加我的新书发布会。我们越来越年轻，我写了一部精彩的小说献给你。下午，我坐在窗前打字，心满意足地看着你缓步走向海滩游泳。你回来后，我们结伴踏上未经修剪的草地，躺在野餐布上，四周摆满了书。我们为对方朗诵书里的段落，看着海鸥在低空盘旋。要是某处写得太烂，你会教我如何用挪威语把作者贬损一番。

然后有一天，我借来一辆比凯旋之鹿宽敞许多的车，凌晨五点开着它来到你伦敦的公寓外。我兴奋地按着喇叭，直到你从楼上窗户探出睡眼惺忪的脸，我们相视大笑，我整副身心都想拥有你。我们把你所有的家当装进那辆大车：你祖母的天鹅绒椅子，一大盒日记，还有一箱在海边生活永远用不了的衣服。

你搬来和我一起住，我们一起去超市，在蜜饯果酱区我把你压在黑醋栗果酱货架上，热烈而绵长地吻你，从我们身边经过的老太太看到这一幕时不由得会心一笑，也许她会想起多年前似曾相识的场景。我们一起玩大富翁游戏，你把我杀得片甲不留，我不甘心，像个孩子似的把那张梅菲尔住宅区的卡片偷偷地塞进了沙发垫中间。我们去天体海滩上野餐，目送夕阳西下，当整片海水被月光点亮，我们便在沙滩上翻云覆雨，共赴极乐。

你最近一次来我家是一个大雨天。雨点噼里啪啦地落在铁皮屋顶上，声音太大，我们不得不拔高嗓门才能听到彼此说话的声音。这里经常断电，于是我们点起蜡烛，我把你的脸捧在手心，吻了你，当我拉着你的手走进卧室时，一切都是那么自然，那么顺理成章，正如我们注定会爱上对方一样。

在我们爱的故事临近尾声的时候，我对你说希望你能来我的海边小屋看看，第二天我开车带你过来，我们心里都很清楚晚饭后会发生什么。我们煎了鸡蛋和培根，两个人就像事先排练好的那样有条不紊地在厨房里忙进忙出。做好饭，我们就坐在四周堆满书的桌边享用晚餐。

这一天之后，我带你去康多弗大街吃了热牛肉和温啤酒。饭后，我陪你走回家，这是最后一次在你家门口吻你，路上人来人往，可我们不在乎。你的嘴唇上留着芥末酱和丁香的味道。

我会给你写信。

吉尔

（两封信都夹在奥斯瓦德·J. 史密斯所著、1943 年出版的《预言：前途未卜》中。）

9

~~~~~

以玄关为起点，一堆堆书贴着墙一直排到了厨房。这些高高摞起的平装本、精装本、龟裂的书脊、落满灰尘的护封如同岸边耸立的海蚀柱，而灰白色的书页则像排列有序的层状岩。有几叠书堆得比弗洛拉的人还要高，当她从它们之间穿行而过时，她知道哪怕只是一个轻轻的触碰就会引发一场文字雪崩。这个家里原本就堆满了书，数量多得一个人即便穷尽一生都读不完。吉尔集书的目的并不是为了阅读，也不是为了拥有首版或收藏签售版。他看重的是那些留在书里的旁注、涂鸦，以及用作书签、最后却被人遗落在书中的薄命物件。弗洛拉每次回家，爸爸就会向她展示他的新发现：照片、明信片、信件、保释单、收据、手写的食谱、图片、情书、车票、慰问卡、请假条。这些七零八落的纸片在爸爸眼里就等同于他人在不经意间留下的人生断章，所谓"他人"就是那些读过此书、并且留下印记的人。

弗洛拉已经有一两个月没有回来了，在这段时间里旧书的增幅似乎有些惊人。她看了一眼客厅，和从前一样，凡是能放东西的地方，比如茶几、咖啡桌、沙发上全都放满了书。第二堵书墙原本和她齐腰高，上次来的时候它朝着外侧那排书微微倾斜，现在又长高了不少，局部地区已经摇摇欲坠，另一些地方已经像山石滚落到公路上一样坍塌了。第三堵书墙目前已在搭建中，看来它会继续侵吞所剩不多的空间。让弗洛拉觉得不可思议的是娜恩对此竟然什么也没说，她应该很早就开始担心爸爸的精神状况了。

弗洛拉站在玄关往里探看，忽然发现唱机上面居然没放书，转盘上还搁着一张唱片，不知是谁忘了把它收起来。有点声响也好，至少家里不会显得过于冷清。她走进客厅，打开唱机，一阵流水般的吉他声悠然响起，而后一个男声开始歌唱。她拿起唱片封套看了看，爸爸的收藏中好像从来没见过这一张，封套上有个男人坐在餐桌旁，头顶上方悬着一堆锅碗瓢盆，底下印有"汤尼·冯·查德"一行字。她把音量调响，这样她走到哪儿都能听到。她按灭了客厅里的灯，穿过走廊来到厨房。这里的书略微少些，不过墙边、餐桌还有案板上也到处都是。这些书里夹着好些撕成长条的报纸碎片，垂在外面的部分就像一条条耷拉下来的灰色舌头。弗洛拉捡起一本砖红色的精装本，没有封套，封面有好几处已经破损，露出了褐色的绒面革里子。《奇怪的鱼》，E. G. 伯伦加著。她随手翻了翻，一张手工制成的书签飘落到地上。翻了一半，她停下来，把书放到鼻端——灰尘、回忆、油墨，还有一点儿香草的味道。她找来一支笔，在那一页下面画了一大群鱼从雨云上纷纷落下。她合书，放回原处，然后查看冰箱里有什么：冰箱门上放着一瓶牛奶，盒子里有四枚鸡蛋，还有一包开了封的烟熏肉，封口用一根邮差落下的粉红色橡皮筋扎了起来。弗洛拉闻了闻牛奶，在水壶里装满水，又在茶壶里放了勺茶叶。

她用厨房的电话打给姐姐，因为娜恩在吉尔的电话里存过自己的号码。电话铃响了好久，最后等来了自动留言的提示音，娜恩的语调听上去冷静得让人抓狂，估计她在帮助产妇分娩时用的也是这种腔调。她让人留下讯息，如果有急事找她，就直接打产科。弗洛拉又往娜恩家里打，也没人接。她翻开电话联络本，想查找爸爸的手机号码，当她确认没有时竟然有几分高兴，看来娜恩也不见得每件事都能做到滴水不漏。弗洛拉又想打去医院问问爸爸到底怎么样了，可她又告诉自己如果真有什么紧急情况，娜恩一定有办法找到她。

她端着茶回到玄关，一路上，她的手指从一本本书脊上轻轻拂过：《意大利语词组学习教程》《养猫发财经》《大白鲨》。她把唱片翻了个面，然后走进卧室。从弗洛拉出生到九岁为止，这里一直都是妈妈的卧室，里面放满了她的东西。爸爸经常在写作室过夜，偶尔也会来这儿睡，可弗洛拉始终觉得对这个家而言，爸爸只是一个旅客。卧室位于房子靠前的角落，有两扇窗面朝大海，另一扇则对着门廊。她打开灯，看见这间屋里同样堆满了书，有的靠着墙，有的靠着床。床头柜旁边的一堆书上放着一杯水，对面的一堆书上放着一个多年前就已停摆的电子钟。宽大的复古床原本是卧室里的绝对主角，可现在已经被一屋子的书抢去了风头，成了落魄的龙套。被子和毯子都皱巴巴的，一个枕头上印着后脑勺留下的圆形凹坑，仿佛有人刚在几分钟前起床一样。弗洛拉凑上去嗅了嗅，是一股许久没有洗头的油腻味，那味道是卡其色的。她也不知道自己究竟在期待什么。如果妈妈回过家，她也不可能睡在这张床上。弗洛拉打开衣柜时，心里多少生出几分希望，说不定里面挂着那件厚大衣，她记得衣服上的味道，沉厚、浓重，闻着有点像荨麻和灌木丛根系散发的气味。她一直喜欢在那件大衣的口袋里藏东西。可是里面没有那件大衣，只有吉尔的衬衫，它们都朝着一个方向悬挂着，他的裤子对折后挂在衣架上，上面布满折痕，边上还有一件夹克衫，一件在弗洛拉的印象里从没穿过的西服，底下放着两双懒人鞋，它们曾是时髦货，柔软的意大利皮革，手工缝线，不过现在鞋帮已经豁口，接缝处的针脚和鞋底都已经磨损走形。她忽然意识到爸爸在出事前已经搬回到卧室住了。

*

在她十四岁的时候，也就是英格丽德失踪后的第四年，有一天，弗洛拉没等放学就溜回了家，发现吉尔和娜恩正在清理妈妈的衣物。她一打开前门就听见卧室里传来娜恩的说话声。

"爸爸，是时候了，"娜恩说，"这些东西老搁在这儿对弗洛拉没好处，你知道她总是偷偷进来，穿上妈妈的衣服，戴上她的首饰，还喷她的香水，我能从她身上闻出来。"爸爸不知咕哝了句什么。

弗洛拉没有听下去。"你们在干吗？"她一边说一边冲进卧室。

吉尔站在梳妆台前，两只手撑开一个垃圾袋，娜恩一股脑地往里面倾倒衣物，那些都是弗洛拉喜欢抚摸的东西。吉尔转过脸看着大海。

"我们正在清理。"娜恩说着打开最底下的抽屉，弗洛拉知道里面有几件套衫，因为当姐姐上学屋子里没人的时候，她会把它们拿出来，把脸深深地埋进去，然后再一件件折好放回去。吉尔没说话，继续撑着那个垃圾袋，呆呆地看着窗外。

"可是你把它们都扔了，妈妈回来穿什么？"弗洛拉一把抓住袋子，塑料袋被扯破了，刚装进去的内衣掉了一地。

"看看你干的好事！"娜恩大叫道，她蹲下来四处乱抓，想把地上的东西聚拢到一块儿。弗洛拉也跟着蹲下身加入战局，她不管不顾地又拉又扯，能抓多少是多少，然后把抢来的东西全都塞到身下，整个人压在上面。娜恩想把她拖起来，弗洛拉松开衣服，匀出一只手对着姐姐的脸又打又抓。娜恩捂着脸往后退，等她把手拿开时，血从一道抓痕中渗了出来。她上前一步，狠狠抽了弗洛拉一耳光。然后，两个人都停下来，她们被各自的举动吓住了。

"给我坐下，弗洛拉，"爸爸说，"事情已经够糟了，别再雪上加霜。"她沉默地坐在那里，眼睁睁地看着娜恩把四十年代款式的衬衫连衣裙、羊毛阔腿裤、A字裙一件一件从衣架上取下来，折好放进纸盒里。薄棉布的上衣和黄色的针织超短裙上堆放着牛津布浅口鞋、帆布鞋、化妆品、用黏土做成鸽子蛋大小的廉价项链，还有一瓶瓶香水。这些东西的最上面放着一件粉红色的雪纺长裙。然后，所有打包好的纸箱、垃圾袋被装进了娜恩的车子。弗洛拉不知道它们将流落何方，总之，它们都不见了。

两个礼拜后，弗洛拉和爸爸去了哈德利的一家慈善商店。爸爸在翻找中意的二手书，她闲来无事，慢慢踱到商店后面卖旧衣服的货架，随手翻着几件旧花呢夹克衫和大翻领衬衫。这时，一个二十来岁的女孩从更衣室里走出来，她身上穿着英格丽德的那条雪纺长裙，裙子拖到了地毯上，领口有些紧。女孩站在试衣镜前，扭着身子打量裙子上身后的效果。弗洛拉紧紧握住挂衣服的架子，勉强支撑着站直身子，匆匆看了一眼镜子里的女孩。她还记得那天妈妈穿着这身裙子，肩上搭了一块浅黄色的毛巾，手里拿着一本书。一阵椰子的清香随风飘来，弗洛拉的眼前又开始弥漫蜂蜜金黄的颜色，英格丽德一边旋转，一边往前走，一边旋转，一边往前走，就这样一直转到了屋外的阳光下。

"裙子不太合身。"女孩拉着透明的薄纱对她朋友说，"看，这里还破了条口子。"她拉起裙摆。

"款式倒是老式的，但不是经典的那种，"她朋友说着拉起裙子嗅了嗅，"闻上去还有股死人味。"试衣服的女孩在镜子前转了一圈，然后夸张地咳嗽起来。她们嘻嘻哈哈地回到更衣室里。吉尔还在商店门口忙着翻书，他的女儿偷偷从陈列架上取下一条廉价且丑陋的串珠项链，然后放进了自己的外套口袋。

*

弗洛拉关上了衣柜门，走进她和娜恩共用的卧室。那里只有一扇窗，向外能看到杂草丛生的花园和吉尔的写作室，因为娜恩是姐姐，所以从她睡的床上还能看到一角大海。娜恩的泰迪熊靠坐在枕头上，她的床上整齐地叠放着毯子和被单，床单像医院的病床一样四个角被规规整整地掖在床垫下面。两人的床中间摆着一个五斗橱，很久以前，姐妹俩曾为了争夺橱柜空间大动干戈，英格丽德阻止无效，一气之下自上至下画了一道又长又宽的白杠，抽屉里面也没放过，因为当时气急了，她把抽屉一把拉出来，没先清空衣服就直接画了上去，以至于在之后很长一段时间里，弗洛拉都穿着带有白条的衣服。现在，她拉开最底下的抽屉往里看。左边放着娜恩冬天穿的套衫，一件件叠放得整整齐齐；右边是弗洛拉的东西：纠结成一团、抽了丝的连袜裤，懒得改短的牛仔裤，还有几个露出钢圈的文胸。她把堆在最上面的衣服扔到一旁，在里面扒拉翻找，拨开好几个爸爸不用的空袖扣盒，寻找那一抹粉红色的雪纺。在慈善商店看见那条裙子的第二天，她趁上午课间休息时溜出学校，解下领带塞进口袋，脱下绣有校徽的运动上衣，反面朝外重新穿回身上，然后步行两英里走到哈德利，用午饭钱买下了那条长裙，带回家后把它藏在了抽屉的深处。弗洛拉很快找到了它，她脱掉身上的湿衣服，随手扔在地上，然后把裙子从头上套进去，往下拉，手伸到背后扣上搭扣，然后她背对着五斗橱的穿衣镜静静地站了一会儿。客厅里的男人在唱一首金发女郎的歌。弗洛拉握住卧室的门把手往下转了一半，然后，她回头看着镜子里的自己。爸爸买下这条裙子的时候，妈妈和现在的她正好同岁，那时娜恩刚刚出生，所以弗洛拉理所当然地认为裙子是为了庆祝孩子降生送给妈妈的礼物。上半身的闪亮饰片和银色珠子已经掉了大半，只剩下一条条丝线长长短短地垂在那里，裙子上染有污渍，有些地方还被撕破了，可是弗洛拉仍然在镜子里看到了英格丽德，她那张心形的脸正看着自己。只是不见了那条毛巾和那本书。

10

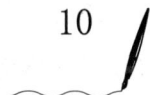

游泳更衣室，1992 年 6 月 7 日，凌晨 4:15

亲爱的吉尔：

　　人们都说失眠症患者在午夜时思维最活跃。我好像是个反例，虽然写这些信的时候文字如同泉水般从笔尖汩汩流出，以至于当我重读时，发现字迹居然如此潦草，有些句子甚至像一串密码一样需要破解。我记得以前曾听说过一位诗人（也是著名的失眠者），她会在酒店里一口气订下相连的五个房间，她睡中间那一间，以确保夜里左右两边寂静无声。她叫什么名字来着？如果你在这儿，肯定能告诉我。家里有一本她的诗集，不过，也许你永远没机会翻开它。这里的书实在太多了。那位诗人——暂且不去管她叫什么——写过一本名叫《书简》的诗集，她说她的字迹像苍蝇的腿，而她的心已经被渴望爱人的执念磨破了。多么贴切！想象最糟糕的事情已经发生反而能让人释然。我想知道我的爱人、我的丈夫现在在哪里，和谁在一起，正在做什么。也许这就是我写不了虚构小说的原因，我是一个记录真实的人，一个以事实为先的人。不要欲盖弥彰，别再视而不见，在这里，就在这些信里，记录着所有关于我们的真相，赤裸裸的、毫无遮掩的真相。

弗洛拉和我似乎生来就和睡眠相斥。我们的眼睑都生得单薄，体重又轻，躺在床上从来不会给床垫增加负担，而我们的耳朵又太灵敏，任何声音都会把我们从浅眠中惊醒，无论是真实存在的声响还是我们的幻听：雨点滴落在屋顶的噼啪声，厨房电炉前那块松动地板的嘎吱声，还有风吹过时窗框发出的咔嗒声，尽管剪了些啤酒杯垫塞进窗框，声音依旧不小。如果打开窗子，就会有印着"老母鸡啤酒""亨利啤酒"字样的杯垫碎片掉下窗户。

★

从咖啡馆跑出去的一个礼拜后，我在信报箱里看到了你的信。虽然我去哪儿都带着它，虽然我在脑海里预想着各种各样的回复，然而信里的内容对我而言实在太过庞大，所以我一直没有给你回信。对露易丝我什么也没说（导师个别辅导、咖啡馆、那个未能成形的吻），我也没给她看你的信。我知道如果告诉她，她肯定会警告我离你远远的，嘲笑一下老男人的痴心妄想，然后发表一场关于生孩子的长篇大论，阐明你我之间绝对不能要孩子的理由。我揣着一颗被期待烧得滚烫的心去上你的课，可是我不怎么说话，而你也没有问我任何问题，甚至整节课上都在回避我的眼睛。就像上次你借我书那样，我故意留到最后，希望你能开口让我留下来，可是你没有。我找到了你任教期间在伦敦的住处，我走过你的公寓，猜想哪扇窗户属于你。走在街上，我的目光游移不定，四处搜寻你那辆芥末黄的凯旋之鹿，可是一次也没有找到。每次在我应该定下心来写作、看书、复习的时候，我总会不知不觉地在纸上写下一连串的"吉尔·科尔曼"，然后又不得不用钢笔把它们涂成一个个墨团，有时候用力过猛，课桌上会留下一块块黑色的印记。我去离家最近的公共图书馆，可借来的只有两本书，都是你写的。我坐在圣乔治花园的长椅上，一口气把它们读完，试图在白纸黑字里寻找所有关于作者——你的蛛丝马迹，就像把一枚螺肉从它的壳里撬出来一样。我从来没有告诉过你，我喜欢它们。是的，我喜欢这两本书。

整整一个礼拜，我在脑海里不断回放着咖啡馆里发生的那一幕，也许是反复的次数太多，记忆的胶片都变成了灰色。我想你肯定是把信寄错了，你原本是想寄给另一个英格丽德，不是我。然后，我在信报箱里发现了我的作业：一个关于女孩、男孩和一盒火柴的故事。你已经批改过了，在那句"他时不时地瞄一眼她山峦般秀挺的上唇，渴望着将他的大拇指送进双唇间那道纤细幽深的峡谷。"下面画了一条线，边上有你龙飞凤舞的字迹："来见我。"看到这三个字，已褪为黑白色的记忆胶片突然间又变回了彩色。我对露易丝坦白了一切。

她的反应都在我的意料之中，她说你是出了名的瞧不起女性的人，说一个老男人居然妄想对年轻的女学生下手，说整件事让人觉得恶心，说我应该告发你，说这封信简直就是一种侮辱，还说如果我再见你，那我就比她想象的还要蠢、还要无可救药。

一个下着雨的周六中午，在从李维特快餐店回家的路上，我的自行车爆胎了。我担心瘪掉的车胎经不起路面的颠簸，弄不好会震碎车篮里的两枚鸡蛋，它们连同裹着防渗油纸的四片培根被我塞在车篮的一角。前一天夜里，我和露易丝都睡得很晚，起床后我主动提出去买早餐。我无意中抬起头，发现你正从车窗里伸出脑袋。

"你好。"你说。

我没理你，径直往前走，自行车每经过一个水洼就像跛子迈步一样重重地颠一下。

"英格丽德，"你抬高了嗓门，"别耍小孩子脾气。"

我停下来，用手腕内侧把雨衣的帽檐往后推了推，几条冰冷的细水流顺着脸颊流到下巴继续往下滴。"快上车，"你说，"我们谈谈。"

我指了指自行车，作势继续往前走，虽然此时我已经走到了公寓外的栏杆旁。

"英格丽德，"你的语气平静了一些，"我要把车窗摇上去了，我已经淋湿了。请上车吧。"

我把车靠在栏杆上，磨蹭了一会儿，乘机调整好状态，让自己看上去冷淡、漠然。我坐上副驾驶座后你发动了汽车，那一刻我想你肯定是要把我带到什么地方去，可是你却俯过身来调整了一下出风口，直到热风把我全身罩住。

"你是不是病了？"你说，"你不该在雨天出来。你的脸色很差。"

你的手指碰了碰我的脸颊，我没有转头，目光透过模糊的挡风玻璃直直地望向乔治大街上的店铺和房屋。与此同时，我的脑子飞快地运转着，对于你那封信我总得说点什么。"走吧，去喝一杯，"你说，"我们谈谈，不做别的，我保证。"你的笑容里有一种胜券在握的味道，而我心中最冷硬的那部分正被你的笑容层层瓦解。

你打开雨刮器清理雨痕，四处一打量，你的目光很快落在不远处的"双重人格"酒吧，说："那地方怎么样？走吧。"我从来没有去过，但听说那儿的酒水贵得离谱，酒客也全是些三教九流。我经常坐在位于顶层的公寓窗边看着街对面的这家酒吧，打烊的时候少不了有酒鬼喧哗、打架，有的人跌跌撞撞摸索着找回家的路，有的人忙不迭地把好不容易挣来的辛苦钱吐进街边的排水沟。

当我们进去的时候，十一个男人的脑袋齐刷刷地向我们这边转过来，他们的手里要不就握着啤酒杯，要不就夹着香烟。淡淡的阳光从高高的维多利亚式窗户斜斜地照进来，照亮了幽暗角落里一圈圈袅袅升起的烟雾。你为我要了杯波尔图葡萄酒加柠檬汁。你点的是威士忌吗？我不记得了，只记得当时吧台上放着一个馅饼加热炉，里面放着一块油酥点心，油腻的味道混合着酒吧里的烟味让我至今记忆犹新。酒杯上贴着黄色的标签，上面写着："每个星三午餐时间有袒胸女招待。"

"我正在写一部小说，里面有个女孩很像你，"当我们面对面在黑胶火车座坐下后你开口说道，"我正在努力让她多吃些，长胖点，脸上有点血色，我很怕她会这样消瘦下去，最后化为无形。"

"这有什么问题？"

你认真地想了想。"如果没有她，整个故事结构就会塌方，"你说，"她关系着主人公的命运。"

"这么说她不是主角？"

"不，我从来不擅长把自己融入女性的喜怒哀乐里，那太复杂。"

"你试过吗？"

"很多次。"你喝了一大口酒。

"我很肯定你笔下的角色完全有能力照顾好她自己。"

"哦，这我知道，只是她总让我意外，到现在我还不能清晰地把她描述出来。"

"也许你应该在她身上加一条副线，"我啜了一口酒说，"那句陈词滥调怎么说来着？就是所有教创意写作的老师都会脱口而出的那句？"你似笑非笑地看了我一眼。"顺其自然，过不了多久你就会发现笔下的角色会自己书写自己的故事。"

"可是我觉得这个女孩不会拥有圆满结局，一想到这一点就不免遗憾。"

"我写的故事里有个男人。"我开了个头，却没往下说，拿起杯子又抿了口酒。

"然后呢？"你问。

"他跟你一点儿也不像。"

你大笑起来，仰着下巴。你笑得那么大声，吧台边的那些脑袋唰地猛转九十度再次朝我们看过来。"那他长什么样？我是说你故事里的那个男人。"你问。

"好吧，我没说实话。"

"那就是说，他很像我？"

"我是说我的故事里没男人，一个也没有，只有一个女人。"

"那她岂不是很孤单？"你喝干了酒，把杯子放回桌上。

"她有她的计划，有她想做的事，有她想去的地方。"

"难道男人会阻止她？"

"没错。"我也喝完了杯子里的酒。

"我不这么看。要不要再来一杯？"你拿着我的空杯子问。

"好的。"

你从狭小的火车座里站起来，走到桌旁。"他们可以一起去做那些事，如果小说里只有一个角色，读者是不会感兴趣的。"你从裤兜里掏出一张皱巴巴的一英镑。

"《老人与海》，"我说，"海明威。"

你摇摇头。"那么男孩马诺林[1]呢，等会儿帮忙拿下酒好吗？我去去就来。"说完你就去了洗手间，可就在你进门的前一刻，你又喊了句，"还有那条鱼。"

吧台边，老板举着我的杯子问："还是波尔图加柠檬汁？"他把酒放在我面前一块擦玻璃器皿的毛巾上，然后又拿起你的杯子，不是对着我，而是对他面前那排听众说："亲爱的，你爸爸呢？也是来杯和刚才一样的？"其中有个男人大笑起来，喷了一口酒，我

1　马诺林是《老人与海》中的角色，在小说中他从五岁起跟随老人学习捕鱼。——编者注

的脖子唰地红了。

"不，不用了。"我说，心里揪成一团。

"是你不用了，还是你爸爸不用了？"老板冲他的老主顾们挤挤眼。另一个扑哧一声笑了。

"都不用了。"

"想好了再说，甜心，我已经倒了一杯波尔图加柠檬汁，你可不能赖账。"

我把钱拍在柜台上，转身离开了酒吧，身后响起了一片笑声。屋外，雨已经停了，太阳从云堆里露出了脸，中午的阳光温暖和煦，整个伦敦很快就笼罩在一片蒸腾的热气中。我深深地呼吸着这个城市的空气，这时，酒吧门在我身后推开了，你也走到了人行道上，手臂上放着我的雨衣。

"你要去哪儿？"你问，"怎么了？"你抓住我的胳膊，"出什么事了？"

"有钢笔吗？"我咬着牙问。

"有什么？"

"钢笔，铅笔也行。"

你从夹克衫的口袋里掏出一支红笔，我拿着笔气冲冲地回到酒吧。吧台边的那些人还在和老板一起笑着，不过看到我出现时都停了下来。我走到馅饼加热炉前，拔掉笔帽，在那句"每个星三午餐时间有袒胸女招待"中间加了一个大大的红色的"期"，写完后一个急转身离开了酒吧。回到外面，你冲我狡黠一笑，什么也没问。心中压着的那块冷硬的大石头又碎裂了一点点。

"一起吃午饭？"你说，"我知道附近有个不错的地方。"

"露易丝半小时前就等着我带早饭回去。"

"是吗？"你失望地说。

我们等一辆车开过，然后穿过马路。"我就住在这里，"我说，"就在楼上。"

"我知道。"你说。我想起你在信中曾说过如何把车停在我家门口，而我会从窗边探出睡眼惺忪的脑袋。我忽然意识到你早就知道我住在哪里，正如我也知道你的住址。

"我就不请你上去坐了。"如果我邀你上楼，露易丝肯定会因为我和你去酒吧大发雷霆，她会指控你利用身份之便引诱女学生，然后大吵大闹。所以，我靠近你，睁着眼睛把嘴唇贴在你的嘴唇上。你往后退了一点儿，看着我，然后把我的雨衣挂在自行车边的栏杆上，向我靠过来。我看见你的手覆在我的头发上，我看着你闭上眼，吻我的时候脸上的线条变得无比柔和。我还看到了我们学校艺术学院的卡特太太从旁边经过，一只小狗跟在她身后一路小跑。她精心打理过的头发上戴着透明的塑料发箍，上面挂满了雨珠。因为我一直没有闭上眼睛，所以我看到她飞快地瞥了我们一眼，然后加快脚步走开了。

等分开后，我们都有些错愕，有些不好意思，我在包里摸着钥匙，打开大门的时候你就站在我身后，我走进玄关，而你依旧站在门外。

"那么，再见了，"我说，"谢谢你请我喝酒。"

你用手顶着门，不让它关上。

"等等，英格丽德，"你说，我停下脚步，"如果你不能和我一起吃午饭，那么庆祝学期结束的晚会一定要来，就在下周六。"你看上去就像一个充满期待的毛头小伙子，那一刻你变成了一个十六岁的少年，而我却像一个年长于你的成熟女人。

"再说吧。"我说，然后关上了门。

我一口气跑上三楼，进屋后露易丝跟在身后一个劲地喊："怎么回事？怎么回事？该死的鸡蛋和培根呢？"我往上推起公寓前面的框格窗，探出身子，你已经往前走过了三栋楼房。"我会去的！"我对着你的背影喊道。

我需要你。

你的
英格丽德

（信夹在 1955 年出版的《艾米·洛威尔诗作全集》中。）

11

~~~

弗洛拉躺在浴缸里，忽然，厨房电炉前那块松动的地板嘎吱响了一下。客厅里的音乐已近尾声，她抓着浴缸两侧的扶杆，慢慢蜷起双腿紧贴胸口，不敢溅起一丝水花。她转过头看着浴室门口，静静地等着下一记嘎吱声，可是除了水流在地下管道里流动的声响外，什么动静也没有。她把手掌按在浴缸两侧，撑起身子站了起来，臀部贴着墙上冰凉的瓷砖，后脑勺抵在镜子上。那是一面历史久远的镜子，来自一栋古老的宅院，镜框上雕刻着繁复华美的纹饰，现在，镜子挂歪了，边框倾斜着，剥落的镀金表层纷纷掉进水里。

浴缸外侧的防风浴帘拉在一边，弗洛拉看到门缝底下闪过一抹黑影，她又使劲往后缩了缩，恨不得整个人都嵌到镜子和瓷砖里去。门把手转动了一下，弗洛拉忍不住尖叫起来，脚底一滑，跟着整个人扑通一声摔进了水里，浴缸中的水溢出了边缘。门开了，她姐姐站在门口。

"我的天，你鬼叫什么呢？"娜恩说着走进浴室，从地上捡起浴巾拍打了两下，递给妹妹，又将防滑垫往脚边湿漉漉的地方推了推。"我烧了壶水。"她转身往外走。

"我想喝点更带劲的，"弗洛拉喊了句，然后自言自语道，"最好来杯威士忌。"

★

娜恩在厨房里稍微收拾了一下，把餐桌上的书推到一边。"我还以为你明天才过来呢。"她说。

"我以为是妈妈回来了，"弗洛拉说，"刚才那块地板响了一下，我真把你当成她了。"

"哪块地板？"

"就是电炉前面的那块。"

娜恩一脸茫然地看着她。

"你忘了？"

"从来就没有什么会响动的地板，完全是你自己凭空想出来的。"娜恩站到电炉前的地板上使劲踩了踩，没有发出一点儿嘎吱声。

"我以为你是妈妈。"弗洛拉重复了一句，把身上的浴巾裹得更紧了。

"你肯定是在浴缸里睡着了，唱机也忘了关，包和鞋子都落在玄关。你没听到我进来吗？"

"没有，我想我没听到。"弗洛拉觉得自己受骗了。她看到娜恩把两只杯子放在桌上。"爸爸怎么样？"

"如果没什么问题的话，明天就能出院了，"她看了看表，"好吧，是今天，今天晚些时候。"她叹了口气，往自己的杯子里倒了点牛奶。"不过他还很虚弱，需要人照顾。我已经跟科室请了抚恤假。"

"不是家里有人去世了才能请这种假吗？"弗洛拉说，"他不过是有些擦伤，有些瘀青，撞肿了一只眼睛，没什么大不了的，对不对？"

"说得没错，"娜恩说话的时候眼睛都没抬一下，"没什么大不了的，他很幸运。"她吹了吹她的茶，咖啡色的茶水泛起一层涟漪，她喝了一口。"上帝，我累坏了。"

有时候，娜恩会让弗洛拉微微一惊：当她的脸转到某个恰到好处的角度，或者当柔和的灯光照在她脸上时，她看上去是那么美丽动人，可惜那短短的一瞬稍纵即逝，如同洒落在浪尖上的阳光一晃而过。大部分时候，娜恩总显得有些五大三粗的，肩膀太宽，手太大，手臂肌肉过于发达，不过也正因如此才能稳稳托住滑溜的新生儿。她身上还穿着产科的制服，腋窝处有两大块深蓝色的汗渍，衣服的前襟被丰满的胸部绷得紧紧的。

娜恩想说什么事情，可是话锋一转："你不打算穿上睡衣吗？"

"不想穿。"

"会着凉的。"

"不会。"弗洛拉闻了闻牛奶，往杯子里倒了一点儿，随手拿起桌上的钢笔，倒着插进杯子里搅拌了一下。

"就算是为了我，弗洛拉，麻烦你用一下勺子好不好？"娜恩无力地说。

弗洛拉站在那里，身上的浴巾之前就已经松脱滑落在椅子上。她光着身子大步走到放刀叉的抽屉前，哗啦一下拉开。娜恩在她身后看得气不打一处来。

"怎么？"弗洛拉说，"我不是已经在拿勺子了吗？"

"弗洛拉！"娜恩说完便故作夸张地把脸埋进手掌中，以此表达面对这样一个无可救药的妹妹时，自己的内心有多么崩溃。弗洛拉打开水槽下的碗橱找爸爸的威士忌。她一连找了好几个地方，当她打开第四个悬在角落烤箱上的碗橱时，她看到里面排满了一罐罐狗粮，所有的罐头一律标签朝外摆放得整整齐齐。弗洛拉盯着看了一会儿，然后关上门在桌旁坐下来。她重新裹上了浴巾，像是对要求她循规蹈矩的姐姐做出了少许让步。她试图找一个由头把话题引到爸爸身上，问清楚他在哈德利到底看到了谁，可是她想不出该如何开口才不会被娜恩断然斥为无稽之谈。

姐姐打了个哈欠。"我得去睡了，这一天可真够受的，我刚才到渡口的时候才知道，因为天气恶劣，渡轮停运了，所以绕了好大一个圈子才把车开回家。"

"哦，我的天！"弗洛拉忍不住用勺底敲了敲自己的脑门，"差点忘了告诉你，刚才我沿着渡轮路行驶的时候，天上下起了鱼雨。"

"行驶？你是说你开车了？"娜恩把茶放下来。

"它们从天而降，柏油路上全是死鱼。"

"弗洛拉，快点告诉我你没买车！你是个美术系的学生，买不起车的。"

"要是当时带着相机我肯定会拍下来，或是等鱼雨一停马上就画下来。"

"汽车保险可是个天文数字！"

"那不是我的车，"弗洛拉说，"是理查德的。"

"谁是理查德？"

"完了！我把理查德的车给忘了！"弗洛拉跳起来，"它抛锚了，我就把它留在路上了。"她冲出厨房跑进卧室，飞快地穿上短裤和袜子。

"车在哪儿？"娜恩跟着走进来，往自己床上一坐。

"不是告诉你了吗？在渡轮路上，我们现在能不能叫人把车拖走？"

"现在？都快凌晨一点了，要拖也得等到天亮。"娜恩说话的语气既不像一个姐姐也不像一个母亲，她的声音冷静、镇定，弗洛拉有时候觉得自己会不由自主地听她的话。

她把袜子从脚上拽下来。"好吧。"她说，然后发现自己刚才忘洗脚了，路上踩到的泥巴、灰尘像硬痂一样长在脚趾上。

★

"你猜加布里埃尔现在在做什么？"弗洛拉对着黑暗的房间说，"他现在会是什么样子？没准留了小胡子。"

"留胡子还早了些。"娜恩在她床上翻了个身。

她们谁都没说话，然后弗洛拉开了口："还记得我曾经发现了一个被海水冲上岸的塑料鲸鱼头吗？和真的差不多大小。"

娜恩笑了一下："怎么会不记得呢？当时你非得把它扛回家去。"

"你只帮我抬了一段路就不干了。"

"拜托，那东西臭得要命，黏糊糊的，里面全是水，也不知在海里泡了多少年，脏死了。"

"可我就是不肯放手，拼命往家拉。"

"那时候你好像只有六岁，当真就一个人把它拖到海岬边，要不是因为山坡下全是岩石，挡着路，没准你就真把它拖回家了。"

"我还求爸爸把它挂到客厅的墙上，就像一个战利品。他说我们可以问马丁借辆手推车，等到第二天把它拉回家。"

"那是妈妈说的。"娜恩说。

"不，是爸爸，我记得很清楚。"

"那时候他甚至都不在家里。"

"他在的。"

娜恩叹了口气："他不在，弗洛拉。"

"那他在哪里？"

娜恩沉默了一会儿才开口："反正就是不在家。"

"好吧，不管是谁说的都无所谓，第二天我们回到海岬的时候，鲸鱼头已经不见了。"弗洛拉闷声说。直到今天，她仍然想拥有它，而且对于造成这一损失的人依旧耿耿于怀。

然后，她们都安静下来，就在娜恩的呼吸声变缓、变沉的时候，弗洛拉轻轻地问道："你有没有想过有一天会在街上看到妈妈？"

娜恩没有回答。

12

游泳更衣室，1992 年 6 月 8 日，上午 7:05

亲爱的吉尔：

今天早上六点还差几分的时候，我不再辗转反侧苦等入眠，
而是跑去海边游了个泳。我披着毯子，趿拉着一双落在走廊里的
人字拖走下山坡时，听见身后有人朝我奔过来。我转身一看，是
弗洛拉，她光着脚，身上只裹着一条浴巾。

"等等我，妈妈！"她叫道，"我也要去游泳。"弗洛拉像一只猫，
做什么事都有她自己的主张。如果你好声好气地求她跟你一起去
游泳，她很有可能一口回绝。有时候，她会允许我摸摸她，拍拍
她，可如果我不请自来，她很有可能伸着爪子对你又踢又挠，然
后一溜烟跑开了。

海滩上没有一个人，这个钟点无论对于慢跑健将还是遛狗狂
人而言都有些为时过早。潮水已经退去，海浪轻舔沙滩，时不时
摇晃一下岸边松动的石块。海水湛蓝深远，就像牛仔布被浸湿的

颜色。大海之上的天空则沾染了淡淡的柠檬黄。我们把毯子、浴巾扔在岩石上，然后站在水边，弗洛拉把手伸进我的手里。

"最糟又能糟到哪儿去呢？"我说，她握紧我的手指，那一刻，我心里充满了对这个女孩的怜爱。她数到三，我们一起跑进海里，抬高双腿踩着浪花，水很冷，把我们刺激得又是笑又是叫。当海水漫到弗洛拉大腿时，我们往前一跃，扎进了水里。和平时一样，水冷得让人发颤，冻得人喘不上气来，每条神经都在经受着针扎似的痛感。我们从水里探出脑袋大口呼吸，弗洛拉就像海豹一样一边把鼻子翘出水面，一边在水里快速地划动。她是个游泳能手，肩膀强健有力，划水动作恰到好处。她的游泳教练总是对她赞不绝口。弗洛拉在水里就像变了个人似的，冷静沉稳，从容不迫。不，这么说似乎不太准确。她已经与水合二为一，享受着如鱼得水一般的自由。你真该看看她在水里的样子。

她嘴上经常挂着"如果爸爸能来游泳派对上看我……"或者"当我从水里一抬头看见爸爸……"又或是"当我拿到游泳比赛的冠军……"吉尔，我该对她说什么呢？你什么时候才能回来？她需要你，我们都需要你。

★

一九七六年，我们坐在你那辆小小的凯旋之鹿里，发动机一路轰鸣着带我们往西南方向行驶，去赴你说的那场派对。我们过了两次泰晤士河，直到双线车道两边鳞次栉比的连栋房屋慢慢地变成一片片运动场，而后又切换成了乡村风光，我才意识到派对的场地原来不在伦敦市内。除了父亲去世前我每年一次从利物浦大街坐火车去哈里奇，然后坐上轮船去奥斯陆之外，我从来没有出过城。

你开车的时候，我一直目不转睛地看着你的侧脸，半途中我们有一次等红灯，你俯过身捧着我的头把我拉向你，深深地吻我，直到后面的车按响喇叭才把我松开。在贝辛斯托克附近你对我说："我们得兜点远路去车站接一下乔纳森，不会花太多时间。"

乔纳森。现在我已经想不起来对乔纳森的第一印象了。当然，我记得他很高，穿着一身风格怪异的衣服，爱尔兰口音。还有他的脸！就在刚才我忽然意识到他有点像西斯廷教堂里高高耸立的米开朗琪罗的某尊雕像（不是以西结就是耶利米），从下往上看，这些作品美得不可方物，可是一旦把它们放到地面上，当我们走近、平视时，就会显得变形失真。除了他嘴里一直叼着香烟外，乔纳森几乎是我见过的最健康的人了：肌肉发达、面色红润，脸上晒出了雀斑，看上去他像是成天在外奔波的户外工作者，而不是常年伏案的知识分子。你还记得吗？那天他穿着一条宽松的运动裤，芥末黄的袜子和一双粗革皮鞋，感觉就像去参加爱德华高尔夫球巡回赛似的。他脚边停放着一辆搬运行李用的手推车，里头装着一大桶啤酒，还有一个装牛奶瓶的箱子，不过瓶里盛的不是牛奶而是烈酒。他手里提着一副真人大小的人体骨架，他把它举得高高的，趾骨正好平踩在人行道上，乍一看，那骨架仿佛站在他身边似的。

我们下了车。

"看看你把什么给带来了？"你说。过路人（行李搬运工、商人、还有一个妇女和系着学步带的小孩）纷纷转头看着眼前的奇景。

"安妮，来，见见吉尔，"乔纳森说，"吉尔，这是安妮。"他轻轻摇了摇骨架，那些骨头随即发出一阵咔嗒咔嗒声。

"别告诉我你带着她坐了一路火车。"你摇摇头笑着说。

"是你让我带一名客人来的，"乔纳森眯着眼从他喷出的烟雾中打量我，"你不也带了一个吗？"

"这是英格丽德。"

乔纳森向我弯了弯腰，骨架也跟着往下沉了沉。你们两个把酒搬进汽车后备箱，而我则在边上负责举着安妮，她的膝盖跪在了人行道上，像是在乞讨抑或祷告。我看到你们两个之间迅速交换了一个眼神。当时我不太明白其中的含义，直到今天才后知后觉，乔纳森挑眉射出的那道眼风其实是在怪你不该带我参加派对，而你随即朝他耸了耸肩，现在想想，你这个动作又是什么意思呢，是无所谓、虚张声势，还是胸有成竹？

放好酒，乔纳森钻进副驾驶座，我和安妮坐在后排。

"她很听话，"他说，"一路上都乖乖地坐在我身边，后来有个列车管理员非让我给她买张票，说是她占用了一个座位。后来她就开开心心地坐到了我腿上，其实是睡着了。我猜她肯定是趁我不注意的时候偷偷灌了一肚子酒。"

"有没有带威士忌来？"你问。

"当然带了，"乔纳森说，"你请了多少人？"

"没几个，酒吧里的常客，还有几个邻居，我想也就是个小型派对。"

"哦，"乔纳森说，"早知道我就多带几个人来了。"

"等等，"我说着把脑袋伸到前排座位当中的空当，问，"请什么人？"

"见你的鬼，乔纳森，你不会是想把你那帮嬉皮士带过来吧？"

"为什么不，他们都很好相处。"

"这是你开的派对？"

你笑了，冲我眨眨眼，又安抚似的拧了拧我的脸颊。

你有没有过记忆错觉？比如你正在想着某个地方，忽然发现自己已经置身其中了？就像现在，当我凌晨时分坐在这里回忆往事时，经常会不期然地产生记忆错觉。回忆松开了原本缠紧的发条：记忆里有高而蓬乱的灌木树篱，驴蹄草浓烈甜蜜的芬芳；穿着沙滩裤的行人站在路边等汽车驶过，村边立着标志牌："仅限斯帕尼什格林村村居民的车辆通过"；从农场大门口闪过蓝莹莹的水光，而我心中慢慢累积着忧虑和兴奋。当你把车开上车道时，我透过挡风玻璃第一次看到了这里美得让人窒息的景致：土地（长满青草和金雀花）向着广阔辽远的天空绵延伸展，起伏的海水浮光跃金。我原本以为这样的美景只有在挪威才能看到。我记得当时走出车门，沿着路拐了个弯，然后朝着一栋房子（木质矮平房，上面覆盖着一层铁皮屋顶）和一道门廊走去。门廊扶栏上的油漆已经剥落了，一端放着一张圆形的桌子。这里不是板球运动员的更衣室吗？我暗自思忖。随着思绪的漫延，我意识到自己又坐到了同一个门廊上，就坐在那张回忆中的圆桌边写这封信。十六年前的那栋房子现在已经成了我的家。

★

汽车和野营车一辆挨着一辆停靠在车道上，门廊、走廊、客厅、厨房里全都挤满了人。人们和乔纳森握手，有几个拍着你的肩膀打招呼，女孩们围拢过来亲你的脸颊，拥抱你的时间略略有些长，当你把我介绍给她们时，我看出了她们脸上流露出的失望。有人开始放音乐，有人推开了落地窗，四个身穿橘黄色连体衣的女孩跳起舞来。人们一个劲地往里挤，想看清女孩子的舞姿，他们在这个夏日的夜晚尽情地挥洒着汗水，呐喊喝彩的声量几乎盖过了音乐和交谈声。人们倒着乔纳森带来的酒，杯子在窗台上一字排开，屋里烟熏雾绕，路边的酒吧都已打烊，而这里的派对的气氛即将达到高潮。你的屋子里充斥着激情四射的舞姿、沸反盈天的叫喊和把酒言欢的人群，可就在这时我却发现你不见了。

刚才在客厅你把我介绍给了马丁和乔治，然后说是要去给我拿杯喝的。也许你觉得把我留在那里很安全，而且有两个人陪我聊天也不会觉得闷。每隔一会儿，我就会踮起脚尖寻找你的身影，一边心不在焉地听他们说话。有几个人从观舞的人群中退了出来，我瞥见你正被其中一个女人拉进他们的圈子。你的头低低地往她那边靠，周围响起了口哨声和鼓掌声，然后他们把你围在中间，我不由自主地伸长了脖子往那边张望。

"记住我说的，他们会带来很多麻烦，"四周人声鼎沸，乔治只好扯着喉咙喊，只有这样他才能让对方听到他在说什么，"海滩上到处都是篝火的残迹、摔碎的杯子……"

"越来越多的度假屋当然会带来越来越多的游客，生意也会越来越火。"马丁说。

"……还有用过的避孕套……"乔治说。

"越来越多的柠檬汁啤酒，没错，酒的销量会越来越大。"

"村子里的女孩很容易被那些家伙骗上床。"

"只要能带动生意火起来，怎么着都行。"马丁边说边打着响指。

"等把她们的肚子搞大了，那些人就拍拍屁股滚回他们的布莱克浦或其他什么地方去了。"

"没有人会从克莱克浦巴巴地赶到这儿来，他们那儿有的是海滩。"马丁说。

"我觉得如果新来的游客真在海滩上乱扔用过的避孕套，"我说，"那他们就不会把村里女孩子的肚子搞大。"说完便撇下他们，从人群中挤了过去。舒缓的音乐已经换成了富有节奏感的乐曲，急促有力的节拍穿透木质地板震得人的骨头都跟着抖动起来。我站在一堆男人边上看着跳舞的女孩们，刚才的四人已经变成了三人，其中一个把手臂从连体衣里抽了出来，上半身的衣服褪至腰际，她里面没有穿内衣。女孩扭动着臀部，那对小巧秀挺的胸脯也跟着一上一下颤动着。我问身边的男人有没有看见你，他的眼睛舍不得从女孩身上移开，嘴里敷衍地回了句："谁是吉尔？"

我挤出客厅，伸着脑袋往走廊边的房间里（你的卧室）瞧。

一男一女在一张竖着四根立柱的床上又蹦又跳，一边尖叫着一边像五岁顽童那样把自己往床上抛。隔壁房间里有两张单人床，都被人占了。我仔细看了一会儿，确定屋里的五个人中没有一个是你。我又加入了排队上洗手间的人的行列，等了很长时间才有人从里面出来，也不是你。

厨房里趴着两只蜘蛛（一只肠肥脑满，垂着大大的肚子，另一只瘦小精悍，动作敏捷），它们正等着猎物经过，在把它吞进肚子前先好好戏耍一番。

"看看谁来了？"一个男人口齿不清地嘟哝着，一边把香烟伸进水槽里碾灭。乔·沃伦那时就已经很胖了，在我见过的人里头他是块头最大的一个，他的皮带挂在凸起的肚腩上，那个肚子简直比孕妇的还要大。

"有没有看见吉尔？"我边问边往后退了一步，不小心撞到了站在我身后的丹尼斯。我转了个身。

"吉尔？"丹尼斯说，从我头顶上方看着乔，问，"你认识叫吉尔的人吗，乔？"

乔发出了低沉嘶哑的笑声。"我好像不认识什么吉尔。"他说。我又转回去面对他。人群从我们身边挤进挤出，有些离开厨房去往别处，有些进来找酒喝。一个穿着超长连衣裙的女孩从椅子里滚到地板上，她枕着手臂、闭着眼侧腰躺着，没有要爬起来的意思。一个婴儿提篮摆在堆满瓶子的餐桌上，一个宝宝躺在里头睡得正香。

"我搞不懂了，不是有我在吗，那还找什么吉尔？"丹尼斯说。

我转头看着他。这个人正伸着鲜红的舌头舔自己的胡须，样子十分猥琐下流。"一鸟在手胜过百鸟在林。"他朝我贴过来，狎昵地摸着我的臀部。我朝乔跨了一步好离丹尼斯远些，可他紧跟不放。

"我怎么觉得这妞有点保守？"他说。

"你是吉尔的新任秘书？"乔问，他把手撑在厨房台面上，像个撞柱游戏里的木柱那样摇来晃去。

"不，我不是，"我说，"我是他的……"可是我不知道该如何往下说，而且厨房里的喧嚣声实在太大了。

"你杯子里的酒已经喝完了，"丹尼斯说，他一直在朝我这边挤，"乔，给这位年轻的小姐再倒一杯。"

乔逐个看了看餐桌上的酒瓶和杯子。"想喝什么？"他问。

"不用了，"我说，"我不想喝了。"

"钦扎诺比安科怎么样？"乔问，他找到一个瓶子，里面还剩一点儿酒，他拿起酒瓶往杯子里倒。

"那个老风流鬼吉尔到底有什么地方比我们强？"丹尼斯说，"当然，我是说除了长相和体格。"乔大笑起来，肚子也跟着抖动。

"我猜这妞就好这口，她在床上肯定把吉尔伺候得舒舒服服的。"丹尼斯说。

"她肯定也能把我伺候得舒舒服服的。"乔说。

"干了。"丹尼斯一饮而尽，随即又捏了我一下。我转向他，微微弯腰一把抓住了他的命根子。他笑不出来了。

"英格丽德？"身后传来的声音带有爱尔兰口音。是乔纳森。

"你有没有看见吉尔？"我站直了，决定放丹尼斯一马。两只蜘蛛终于知难而退。

"他有事出去了。跟我来。"乔纳森抓住我的胳膊，带我离开厨房，穿过走廊来到屋外。一小群人正坐在门廊的一头，我闻到了大麻的味道。车道上的车有些已经开走了，不过当我们并排坐在木质台阶上时，依然能听到屋子里的人在跳舞嬉闹，高声谈笑。东方的天空悬在一线墨黑的海水之上，幽蓝深邃。乔纳森从口袋里掏出一盒烟，示意我也来一根，我没有拒绝。他不停摆弄着那盒火柴，为我点火的时候没有看我。

我尝试着吸了一口，吐出烟圈的时候我开口问："他到底去哪儿了？"乔纳森看着我，眼睛闪闪发亮，火苗映在他的瞳孔里微微跳动着。

"我和你刚认识，"他说，"能看出你是个好女孩，但不确定你是不是适合的女孩。"

"适合什么？"

"适合吉尔，"他的目光投向浓重的夜色中，"他可不是容易对付的家伙。"

"谁说我要找容易对付的家伙了？"

"而且……"他的声音低下去，没再继续说。

"比我大二十岁，还是我的大学教授。"我替他把话说完了。

"我想告诉你，他只找两类女人，而你哪一类都不是。"

"哪两类？"

乔纳森吸了口烟，然后从鼻孔里吐出来。"一类纯属床伴，睡一两个礼拜，然后他又看上了别人，就算他不回电话那种女人也不会放在心上。"

"第二类呢?"我又试着吸了一大口烟。

"妻子。"乔纳森说。我被憋在喉咙里的烟呛得咳起来,他见状笑了,"看,我说什么来着,你哪类都不是。"

可我不是因为震惊而咳嗽的,我是在想你写的信。"说不定他会成为一个十全十美的丈夫。"

"我不这么看。"

我等着他继续往下说。

"我们两人对婚姻有不同的看法,我是说吉尔和我。我们都在天主教家庭长大,你懂吗?虽说没有一条教规能束缚他——他很多年前就摆脱那些条条框框了。"

"你还信吗?"

"我嘛,不是不信,也不是全信。我和喜欢的人上床,不过一次只睡一个,"他又笑了,"当然也包括有夫之妇。"

"吉尔对此怎么想?"

"这你得自己去问他。"

"我还以为你们是朋友,"我说,"可你现在做的事好像不太够朋友。"

"我们是朋友,他很风趣,魅力十足,长得帅,还是个妙笔生花的作家,"乔纳森把手按在心脏上,"我只是觉得你有必要知道自己准备走的到底是一条什么样的路。"

"你也这样劝过其他潜在受害者吗?"

"没有,你是第一个。"他说。

"哦。"我很庆幸当时身处黑暗之中,他不会看到我脸上的惊惧。我在身边的台阶上按灭了香烟。

我不是担心乔纳森的警告,而是被吓坏了。我猜也许我创立了第三种类型。吉尔爱上了我,可我却不能,我可以在这个夏天和他上床,而到了秋天,我就要回到大学,在最后一年学期结束的时候我会离开学校去实现之前和露易丝一起制订的人生规划。

"你能从花园后面看到那片海滩吗?"沉默了几分钟后我开口说。我站起来,往路外边迈了几步,走进一条狭长的草坪。那底下闪着亮光,好像是从窗户里透出的灯光或烛火。"那是什么?"我问。乔纳森站到我身旁。

"是吉尔的写作室。"

"他在写作?现在?可你刚才不是说他有事出去了吗?"

我往前走了一步。乔纳森叹了口气。"好吧,是的,他也许是在写作。"

我看不到他的五官,所以也看不清他脸上的表情。

"这太奇怪了,他不是在开派对吗?"我往后指了指屋子,"他把我带到这儿来,自己却关在屋里写作?"

"有时候他就喜欢这么干,你别去打扰他。"乔纳森拉起我的手,领着我走上台阶,"走吧,还有时间再喝一杯,跳支舞,别告诉我你不会跳舞。"

我转头看了一眼那个闪着黄色灯光的方格。

今天早上,当我在写这封信的时候,整个花园都在想念你的打字声。

我们爱你。

英格丽德

（信夹在 T. S. 艾略特所著、1950 年出版的《鸡尾酒会》中。）

13

~~~

第二天弗洛拉起床的时候，娜恩已经在厨房里做早餐了。

"谢天谢地，你身上终于穿了点衣服。"娜恩说。弗洛拉又把英格丽德那件粉红色的雪纺裙子穿上了。娜恩在餐桌上摆盘子。"我给医院打了电话，我们等会儿先去看看你那辆车能不能发动，然后你跟着我一起去医院。"

"麻烦把橘子酱递给我。"弗洛拉说。

"不是已经给你抹上了吗？"

"好吧，不劳您大驾。"弗洛拉边说边起身拿来了果酱罐和一把餐刀。

"弗洛拉，我说……"娜恩在她对面坐下来。

"怎么啦？"弗洛拉抬头，发现娜恩正盯着她手中的吐司。"我喜欢把吐司的边边角角全都抹上橘子酱，你又不是不知道。"

"随你吧。"娜恩说。

弗洛拉瞄了一眼姐姐眼底的黑眼圈，咬了一口吐司。过了一会儿，娜恩站起来收拾厨房，她一边擦料理台一边吃着自己那份早餐。

"这屋子里的书怎么一下子变得那么多。"弗洛拉说。

"你又不是不知道他一直在买书，从来就没停过手。"娜恩说。

"我是知道，可现在也太夸张了吧，连走路都费劲。"

娜恩叹了口气。"几个礼拜前更吓人。我有天早上没打招呼就过来了，发现爸爸花了一整个晚上几乎把书架上所有的书都翻了出来，客厅和卧室里堆得到处都是，全都跟山那么高，简直就像爆炸现场一样。我问他，他说在找什么东西。"

"找什么？"

"上帝知道！他现在说话总是含糊其词的，不过我听他提到了'信'。那天他好像整宿都没睡，把每本书都翻了一遍，我看他指尖都发红磨破了。"

"什么信？"

"我也不知道。他那些书里差不多每本都夹着纸条或其他什么垃圾。"

"你当时就应该给我打电话，我能过来帮你一起收拾。"

"没事，反正最后也对付过去了。我先扶他上床，等他睡着后把大部分书放回书架，不过我偷偷装了几袋书送到哈德利的书店去了，薇芙喜欢旧书。"

"薇芙？"弗洛拉说。

"她几个月前买下了那家书店，现在正摩拳擦掌准备转亏为盈。"

"我肯定她会喜欢那些书的，"弗洛拉语带讽刺地说，"爸爸一开始就是从她那儿买来的。"

"现在书店很像模像样了，薇芙也不是拿到篮子里的就是菜，她还是很挑剔的。"

"我记得那里的味道，陈年的棕色木头、烟味，有点像村屋里点火生炉子的气味。几年前爸爸带我去过一次，之后我就再也没进去过。那时我应该是十一二岁。"当时，吉尔让她在店里选一本自己喜欢的书，弗洛拉挑了《查泰莱夫人的情人》，其实她也不太清楚书里写了什么，可她多少明白这个选择有些冒险。吉尔挑起一边眉毛，不过他什么也没说，由着弗洛拉把书带到收银台结账。

"你爸爸知道你要买这本书吗？"先前的书店老板透过镜片看着她问。

"当然知道，哈罗德，"吉尔从地方志那一区走出来，"我女儿读什么书还轮不到你指手画脚。"他付了钱。走出书店，吉尔就从她手里拿走了书，放进夹克衫的口袋里。"过段时间再看吧，"他笑着说，"走，吃冰激凌去。"

娜恩在厨房里说："是吗？那你真该去看看，薇芙很乐意陪客人四处逛逛，顺便推荐几本好书。"

"看样子她的事你知道不少嘛。"弗洛拉舔干净餐刀上的果酱。她抬头看看娜恩，姐姐的脸红了。"我说得没错吧？"弗洛拉笑着把头歪向一边。

娜恩打开水龙头洗了洗擦碗布，然后把它绞干。"她是……她是个好女人。"

"太好了。"弗洛拉说。她站起来抱了抱姐姐,娜恩的胳膊软绵绵地垂在身侧,一只手里攥着擦碗布。"我真为你高兴。"

"你最好把这身衣服给换了。"娜恩说。

★

弗洛拉重新坐到莫里斯老爷车的驾驶座上。站在车外的娜恩把脑袋伸进副驾驶座的车窗往里查看。路上丝毫没有昨夜暴风雨留下的痕迹,也看不到一条鱼的影子。林子上方的天空一碧如洗。渡口像一张巨大的嘴把车子一辆接着一辆吐出来。为了避开抛锚的莫里斯老爷车,车辆首尾相接依次从路边的草坪驶过。眼看着莫里斯老爷车的前面也排起了长龙,司机们都急着想快点绕过它赶上渡轮。一想到爸爸正在医院里等她们,弗洛拉也心急如焚。"我们就不能坐你的车去吗?"

"可总不能把车扔在这儿吧,"娜恩说,"没看见它都把路给堵了吗?再试试,看能不能打上火。"

"打不着的。"弗洛拉都要哭了。

"是不是要拉开阻气门拉钮或其他什么东西?"娜恩说。

长龙中有一个司机不耐烦地按响了喇叭。

"没救了。"为了证明自己说得没错,弗洛拉重新转动了一下车钥匙,车子又发出一记沉闷的哐当声。

"我给修理厂打电话,你就在这儿等他们来,我先去接爸爸。"

"可我也想去。"

"你压根儿就不该把车开到这儿来，要是照我电话里说的今天早上坐火车过来不就没事了！"娜恩从包里拿出手机，看了下时间，朝天翻了个白眼，然后开始拨打电话。

★

拖车终于来了，它拉着莫里斯老爷车往哈德利方向开去。弗洛拉坐在拖车的驾驶室里，透过后窗从莫里斯老爷车车顶看着他们离渡口和医院越来越远。就在刚才，当反方向的车流停下来让他们转出去时，弗洛拉看到路上躺着一条鱼，昨天晚上它肯定是弹到了莫里斯老爷车的车底下。那条鱼的鳞片在阳光下闪着光。

★

"是风扇带出了问题。"修理工从引擎盖底下退出大半个身子对她说。

"要紧吗？"弗洛拉问。

他笑了。"反正没有风扇带车肯定就动不了。你到外面逛一圈，喝杯茶，过三个小时再回来，到那时保管什么问题都帮你摆平了。"

从修理厂到海边需要穿过公共停车场。弗洛拉走到一半时看到了爸爸的车子，挡风玻璃上贴着一张停车罚单。她靠近车窗往里看，只见车里凡是能下脚的地方以及除了驾驶座外所有的座位上都放满了一包包快要挤破袋子的二手书。

她沿着一条小路来到海边，从步道的这端一直走到另一端。在靠近终点的地方她靠在扶栏上，努力不让自己去想爸爸从这里掉下去的情景。真是让人后怕，要知道这一摔很有可能就一命归西了。她从底部的栏杆钻出去，悬着腿在水泥地的边缘坐了一会儿，然后跳到下面的岩石上。当时，妈妈说不定就在那里，没准就是她叫的救护车。弗洛拉攀着靠近步道的岩石爬到了海边的圆形巨石群上，她不知道自己要找什么，可就是忍不住四下逡巡。她发现了一只果冻鞋，它不知道在这里躺了多久，看上去脏兮兮、滑腻腻的，塑料搭扣也已经被海水锈蚀得胶合在了一起；她还找到五个生了锈的啤酒瓶盖和一个塑料玩具士兵。这些东西都嵌在岩石的裂缝里，而她妈妈说不定就曾蹲在裂缝的边上。那个士兵侧着身子、弯曲着腿站在底座上。它高举着一条胳膊，像是在招呼战友们向看不见的敌人冲过去。它身上的绿色颜料已经快被海水泡没了，所以当她举着它迎向阳光时，士兵几乎变成了半透明的小人。

弗洛拉爬上步道，在一张长椅上坐下来俯瞰前方的海水。眼前的景致太熟悉了，熟悉得她从来没想过要定下心好好看一看。底下的海滩上有人躺在帆布躺椅上休息，三个壮实的孩子穿着泳衣跑来跑去。她把士兵小人拿到脸旁，闭上一只眼，小人一下子大了许多，因为失焦，它的轮廓变得模模糊糊的，就像站在地平线上一样。然后她想象自己的妈妈也曾坐在这张椅子上，想象她当时正在想什么。

英格丽德失踪后，周围的邻居和朋友搜遍了附近的峡谷，一直徒步走到巴罗丘陵。他们拿着木棍、牵着狗在林子里搜寻，甚至还在小海塘里打捞过。乔纳森还有妈妈大学时的好友露易丝先后赶到斯帕尼什格林，虽然帮不上多大忙，但对于吉尔来说，多少是个安慰。他们成天待在酒吧里，躲避那些蜂拥而至的记者。两人在酒吧的楼上各要了一个房间，之后就再也没去过游泳更衣室。有一天晚上，英格丽德和爸爸来到酒吧，爸爸给她买了一罐可乐和一袋薯片，告诉她只要能安安静静地坐在角落里，想待多长时间都行。那天，乔纳森突然想起来，有一次和英格丽德聊天时曾聊起过爱尔兰的一些事，吉尔听后大喊大叫，把身旁的凳子砸坏了，然后被酒吧老板请了出去。又过了一些时候，露易丝从议会辞职了。

吉尔不肯就此放弃，他去了爱尔兰，可是无功而返。他印了许多寻人启事，还在当地报纸上登了寻人广告。那些周末，弗洛拉和娜恩就在车里睡觉、吃饭，看着车窗外的乡村、城镇飞速往身后退去，在茫茫人海中寻找着妈妈依然在世的证据。

★

弗洛拉问了一下时间，发现才过去了一个小时，于是她穿过马路走进城里。她在海巷咖啡馆找了一个靠窗的位子坐下来，点了最便宜的吐司还有一杯茶。招呼她的男招待头上不知抹了多少发胶，头发整齐划一地往前倾斜，仿佛一直在和逆风较劲，弗洛拉真想请他坐好把他画下来，可是咖啡馆里坐满了客人，他忙得不可开交。等他把她点的食物端过来时，她问道："昨天有没有一个女人来这儿？我想应该就她一个人。"

"一个女人？"招待说着扬起了一条眉毛。"倒是不多见。"他笑了笑，露出两行小孩子的牙齿，小小的、方方的，两颗门牙当中有一条缝。"她长什么样？"

"我也不是很清楚，"弗洛拉有点不好意思，"好像是直发，浅色的，肤色苍白。"

"什么年纪？"

"四十八……不，是四十七。"

"对我来说年纪大了点。"他眨眨眼，弗洛拉忍不住皱了皱眉。他又开口问道："你有照片吗？"他把她点的吐司放到桌上。

"没有。"

他又为她摆好茶。"你一定干了不少侦探干的活儿？"他说着又冲她眨了眨眼。

"我能吃下一大盘。"弗洛拉把话岔开。她拿起餐刀和黄油块，还好他们没有帮她抹黄油，突然间，她感到自己饿坏了。

"昨天我休息，不在这儿。"看样子他很想这么聊下去，还好这时厨房催他快点给另一位客人上菜。

她吃完后从口袋里掏出那个玩具士兵。小人穿着厚重的靴子，脖子上挂着双筒望远镜。一定是哪个孩子把它落在海滩上了。他什么时候发现它不见的？有没有怪自己没注意到它被埋进了沙子里，或是被海水冲走了，又或是从岩石上掉到了下面的裂缝中？每次他回到海滩上会不会想起这个小人？弗洛拉把它放在吃剩下的面包屑中，扶着它站稳了，然后从背包里取出素描簿和铅笔，定定地看着高举手臂的玩具士兵。当男招待转了一圈回来问她需不需要点些其他东西时，她发现自己画的是站在游泳更衣室前的妈妈。在她的记忆中，铁皮屋顶在夏日的热浪中闪着刺眼的光，妈妈的长裙一直垂到了脚踝。

"昨天晚上天上下鱼了，"招待拿着账单回来时，弗洛拉对他说，"就在渡口的那条路上。"

他越过她的肩头看着画，又看了一眼立在一堆面包屑中的玩具士兵。"我喜欢想象力丰富的姑娘，"他说，"有种不一样的味道。"他露出孩子般的笑容，然后放下账单，弗洛拉把钱放在桌上，收好素描簿和铅笔。当她抬起头时，无意中瞥见有个女人从咖啡馆的窗前走过，一眨眼就不见了。可是弗洛拉看到了她那头浓密的头发，颜色就像成熟的麦子。弗洛拉喊了一声跳起来，椅子被她带翻了，倒地时砸中了坐在后面的男人的脚。她拿起背包，快要冲出门时又折了回来，一把抓起了站在桌上的塑料小人。

"我明天也休息。"招待在她身后叫道，可是她已经跑得无影无踪了。

同时无影无踪的还有那个女人。

弗洛拉沿着人行道往前奔，不时躲避着缓步慢行的路人。她一路上经过了图书馆、超市、一家贴着歇业通知的肉铺、一家房地产中介公司、两家美发店，接着又是一家房产中介。当她跑到拐角，又一次站到了海滨人行道时，她不得不停下来，弯着腰，两手撑着膝盖不停地喘气。人行道上空无一人，于是她转过身，走进每一家刚才经过的店铺。店里或多或少都有几个客人，可是没有一个像她刚才看见的那个女人。在一家小超市，弗洛拉把货架间的过道前前后后走了个遍。她不在。

她在图书馆门口犹豫了一会儿。最后一次进去是在八岁时学校组织的一场活动中。她把手插进口袋，握住玩具士兵，大拇指来回摩挲着，然后她把背包斜挎在身上，推开门走了进去。

图书馆里的味道把她带回了父母双全的小时候。里面的装潢以橘黄色为主，木料是七十年代流行的让人备感温暖的橙木。一个男人坐在桌后，他前面的一堵墙刻意裸露出内部的砌砖结构。他抬头看看弗洛拉，鼓励似的冲她笑了笑，似乎知道她已经有十三年没有走进任何一家图书馆了。在妈妈失踪前，她非常喜欢阅读，然而一九九二年七月二日后，她在一夜之间失去了读书的兴趣。她调整脸上的表情，尽量装出一副常来常往的样子大步行走于书架之间，时不时蹲下来像是在查找什么，然后随手从面前的书架上抽出一本书。她打开《心是孤独的猎手》的封面，飞快地翻着，当她确定那个图书管理员已经不再注意她，而是回到自己的工作中后，她把书放了回去。她开始在房间里寻找长头发的女人。她走到儿童图书角，仔细看了每一排书架和每一个在那儿看书的人，然后她走上楼梯来到阁楼，那里放着许多报刊架和书桌，座位大多空着。

那个女人背朝着弗洛拉坐在离楼梯口最远的书桌旁，只看见一头长发垂到了椅背。她正在翻一册大开本的书，每往后翻一页之前，她都会舔一下手指。弗洛拉觉得图书馆里应该不会允许这么做。她盯着女人的头发，想起从前她总是央求妈妈让她把玩那一头长发，梳一梳或是编成辫子，可是每次英格丽德都会抱怨她下手太重，然后抓住她的手或是把她拉开。有时候，弗洛拉知道妈妈说得没错。

她朝着女人走过去，在离她的椅子约一英尺[1]的地方停下脚步，然后往前探出身子。她闭上眼睛，深深地嗅着。女人的头发散发着柠檬的香味，在弗洛拉的脑海里，这种味道对应的是一种耀眼的明黄色。

当她睁开眼睛抬起头时，她的目光撞上了坐在桌对面的一个男人，他面前放着一张打开的报纸。弗洛拉意识到其他桌子的人都朝她这边看过来。就在弗洛拉站直身子的时候，女人也抬起了头，她一定是看到了对面男人脸上的表情，于是转过身来。她转得很慢，仿佛是为即将发现身后所站何人而忐忑不安。弗洛拉屏住呼吸，那短短一瞬就像好几分钟那么漫长。

---

1 1英尺约合30厘米。——编者注

14

游泳更衣室，1992 年 6 月 9 日，凌晨 5:15

亲爱的吉尔：

昨天夜里电话铃响了，还没等我跑去接，弗洛拉已经拿起了话筒。她当时正坐在客厅里听你的唱片。

"谁？"她问。

"谁来的电话？"我走进客厅。

"谁啊？"弗洛拉重复了一句，嗓门拔高了一些。我走过去站在她身边，因为离得近，所以我能听出电话那端传来的声音很清楚。"我听不清。"弗洛拉对着话筒喊。

"弗洛拉，是谁？"我又问了一遍，一边伸手想从她手里拿过话筒。

"不，"弗洛拉叫道，"很抱歉，不管你是谁，这个家里没有人会听你说任何事。"说着她就啪地挂断了电话。

"弗洛拉，你怎么可以这样？到底是谁？"

"露易丝。"她说。

　　我担心她是不是发现了什么，或是无意中听到了我原本不该说出口的话。不过现在我已明白，弗洛拉什么也不知道，她只是随便找了个由头，身临其境地体验一下某种自己都不太了解的情绪。我忍不住大笑起来。弗洛拉也跟着我笑了，她站在沙发扶手上，然后往沙发垫上跳，嘴里喊着："不，我们听不清。"她调高了唱机的声量，那是凯特·斯蒂文斯的《露比吾爱》。我们开始跳起舞来，当吉他间奏响起的时候，我们轻轻摇晃着肩膀，扭着腰，互相领着对方转圈。这时，娜恩走了进来，当然她不可能听不到客厅里的喧闹。我原本以为她肯定是来关掉唱机的，没想到她加入我们，和我们一起跳了起来。一开始她的脚步十分呆板僵硬，除了打着响指上半身几乎没什么动作。后来弗洛拉拽着她爬上沙发，很快她们就在上面又叫又跳。我停下来看着她们一边笑一边随口胡诌着一些自己也听不懂的歌词，忽然有种奇异的感觉，好像自己只是一名置身事外的观众，正在观看一部关于别人家孩子的电影。

★

　　派对的第二天，我在几个女人的大笑声和摔门声中醒来。一辆车迅速启动，在路上倒好车后疾驶而去。屋子里静悄悄的，我和衣躺在沙发上，身上盖着不知是谁忘拿走的外套。明媚的阳光穿过敞开的落地窗倾洒而入，照在满屋的空瓶子和脏玻璃杯上，折射出一大片细碎的亮斑。屋子里弥漫着一股酒吧才有的味道：污浊的酒气和呛人的烟味混在一起的怪味。我看了看表，下午两点多。房间的一角传来吱啦吱啦的声音，还有什么东西在反复敲击的轻微声响，我一看，原来是唱机一直在空放，唱片可能在几个小时之前就已经放完了。我从沙发上坐起来，看到了那副骨架——安妮。她躺在一张扶手椅上，怪异的头颅以一种匪夷所思的角度歪向一边，手臂无力地垂在两侧，仿佛是喝醉了酒瘫倒在椅子上，再也爬不起来似的。然后，我看到了和昨晚那群人一样没有注意到的东西：你的藏书。房间里的每面墙上都靠着书架，每一层都塞满了书，任何缝隙都没有放过。我浏览了一下书名，虚构小说、纪实文学和参考文献全都杂乱无章地混在了一起，我很难从中看出你的阅读喜好：《安娜·卡列尼娜》藏在了《果酱柜里的秘密》和《乡村良友：田园生活及乡间劳作实用词典》底下；苏斯博士的《绿鸡蛋和火腿》则塞在了罗斯的《波特诺的怨诉》和菲利普·圭达拉的《失踪的缪斯和其他散文》之间。

我踱进走廊。"吉尔？乔纳森？"我叫道。没有人回答。我敲了敲你的卧室门，过了一会儿，我打开门走了进去。这里全是你的味道——像麝香，充满了雄性荷尔蒙的雄浑之气（卧室里一般都有主人的气味）。昨晚在床上跳来跳去的那对男女已经不见了。我原先没觉得这张床有多好，可现在发觉它其实很宽大，四根精雕细琢的橡木立柱分别立在四个床角，像是要撑起一顶已然消失的华盖。我触碰着离我最近的那根柱子，手指轻轻滑过上面纠缠盘绕的枝叶藤蔓。有人在你的床上铺好了床罩，又或许昨天压根儿就没人在这儿睡过。床罩是丝绸质地，已经褪了色，上面手工绣着古典的日式图案：浅蓝色的背景上柳丝轻拂，花团锦簇，美丽珍奇的鸟儿穿梭其间。因为床罩年代久远并且被长期使用，上面的缝线大都已经松散了。这件绣品出现在这里似乎有些纡尊降贵，只有更大、更华丽的房间才能与之相配。我抚摸着床罩，心里想着完成这件作品的人（肯定是个女人），需要有多大的耐心、耗费多长的时间才能绣好这细密烦琐的一花一叶。我打开你的衣柜，呼吸着你的气息，然后拉开五斗橱的抽屉，看到里面整齐地排列着卷好的领带。我逐一打开沾满灰尘的小盒子，里头装着成对的袖扣，还有一块已经不走了的手表。全是你的东西。我凝视着木质墙上挂着的油画，它们被装进了金色的画框：渔船准备离港，驶向惊涛骇浪的大海；一个女孩身穿白色裙子，脖间挂着纹理清晰的绿松石项链，一只小狗坐在她的腿上。我又仔细打量了一下卧室书架上的书，还有一些书堆在床头柜上，看上去就像一幢幢摇摇欲坠的危楼。书堆上面放着好几杯喝了一半的酒，还有一个空威士忌酒瓶。我坐在床沿，看着阳光将大床的立柱投下四道长长的影子，它们从五斗橱的正面一划而过，而后投向对面的墙上。我静静地听着房间里的响动：水流在地下水管中汩汩流淌，木质的墙壁被午后的骄阳晒得咿呀作响。

派对的残迹蔓延到了第二间卧室和厨房：几乎所有能放东西的平面上都堆满了脏酒杯、盛满烟蒂的烟灰缸和用过的一次性杯子。我一连喝了三杯水，其间我发现窗外有根晾衣绳，一头系在房子的一角，另一头系在一根金属杆上。十几个木头夹子咬着绳子，仿佛一排鸟儿停在电线上，其中有一只夹子上垂着一只袜子。没有女人住在这里，我暗想。我走到洗手间，对着镜子整理了一下，然后在橱柜里找到一支牙刷，一边刷牙一边暗暗祈祷除了牙齿它没有刷过其他东西。收拾完我便走出前门，来到昨晚和乔纳森站着聊天的那片草地。身边的一切恍若静止一般。你的车还在车道上停着，而其他车子都已经开走了。

前一晚因为天色暗没怎么留意，白天倒是能看清草地上有一条被人踩出来的小路，从房前一直通向花园尽头的写作室。从我现在坐着的地方转过头去，就能看见沐浴在清晨阳光下的写作室铁皮屋顶。当时我就十分诧异，时至今日我依然觉得不可思议，那个仅靠两根长木桩支撑的小屋子就在花园最边缘的位置努力保持着平衡，旁边有一条之字形的小路通往山下岸边的大门和海滩，一眼望过去，小屋像是随时准备摆脱四面木质墙壁和屋顶的束缚，沿着小路一直跳到山下的海里去。写作室的门正对着开派对的平房，那天早上，我悄无声息地往那儿走去，感觉像是要非法闯入某处私宅一样。我站在最底下的台阶敲敲门，没有人应声，我又敲了几下，把耳朵贴在木墙上仔细听了听，然后转动了一下门把手。门上了锁，打不开。我跨上一个台阶，用手挡着眼睛避开刺目的日光往屋里张望。从那时起直到今天，屋子里的陈设始终保持着原样：一张双人床靠着远端的墙壁，底下有一排抽屉，烧柴火的炉子不大不小，上面正好能放一壶水。折叠书桌正对着面向大海的窗户，桌上放着一架打字机。你不在屋里。

我别转脑袋想找一个合适的位置看清楚打字机边一沓稿纸上的书名，就在这时我听见你在身后叫我的名字。我转身看见你站在木头平房前，手里拎着两个购物袋。你在等我过去。

"我从不让人进去。"你笑着说，但我听出了话里警告的意味。

气氛一度有些尴尬，不过你很快举起一个袋子摇了摇。

"想不想吃早饭？或者应该说是午餐？"

★

你煎了培根和鸡蛋，我开始洗碗洗碟，又煮了咖啡，烘好吐司。我们坐在洒满阳光的门廊里享用了午餐。饭后你往包里装了点东西（毯子、苹果和干酪），领着我爬下山坡来到海滩上。

人满为患。这是七月初一个无比热闹喧嚣的午后，大海已退潮，防风墙上挂满了湿淋淋的浴巾，走到哪儿都能看到被晒得褪了色的折叠椅，人们身上穿的海滨浴袍因为浸了海水而沉甸甸地往下垂着，小男孩跳进手挖的沙洞里，被抓进水桶里的小螃蟹因为失去自由焦躁地爬来爬去，野餐篮里用防渗油纸包着的三明治正静候人们大快朵颐。你把裤管卷起来，我们走进水里，水漫到了膝盖，四周漂着好些充气筏和大充气球，我们拥吻着，可是一想到你认识的人可能就在附近看着我们，我多少有些提心吊胆。于是我们绕过绝路岬，走过海滩小屋，那边有许多人带着一家子前来欢度周末，过不了多久他们就会收拾行李，钻进热烘烘的车子，排着队将车开上渡轮打道回府。然后，我们又经过了停车场、冰激凌车，沿着漂亮的弧形海湾继续往前走。再后来，我们看到了天体海滩，从那儿经过时你转头看了我一眼，我笑了。我们褪去了衣衫，没有忸怩羞赧，没有局促不安，有的是对对方的好奇与渴望。我从来没有觉得你老，那个夏天你的身体晒成了金棕色，肌肉依然紧实。你牵着我的手踮着脚尖走进水里，海水有些冷，冻得人龇牙咧嘴。人们转过头来看着我们，有什么关系呢，就算穿着衣服我们一样会引人侧目。我们的身体看上去是如此般配，仿佛天造地设一般。我还记得当时的感觉：先是空气，而后是海水，像缠绵的情人一样把我一寸一寸拥入怀里，是的，它是一个完全不同的、新奇的、冰冷的情人。

我们没有在水里待太久，上岸后，我们躺在毯子上准备吃苹果，可是你忘了带水果刀，所以我们剥开蜡纸大口咬着干酪。你告诉我，小时候整个夏季都快过去了，你才意识到自己还没去海里游过泳。我告诉你我在挪威的海岛上度过的夏日，爸爸生前就住在那里，周围的海水寒冷彻骨。

我等着你再度吻我，或是等游人散去后让我把毯子铺到附近的沙丘边，可是你却把我的手按在胸口说："穿上衣服回去吧。"我们套上衣服遮住沾满沙子的身体，然后穿过沙丘，沿着小路走回了家。

那天深夜，我们坐在门廊上，你对我说："当雨水敲击屋顶，我想我们无须大喊大叫才能盖过雨声让对方听到，我甚至认为今后的人生将不再下雨。"你单膝跪在我面前，而后伸手捧着我的脸，再次压住了我的嘴唇。然后你站起来，带我走进了你的卧室。

你永远的

英格丽德

（信夹在罗伯特·科米尔所著、1977 年出版的《我是奶酪》中。）

15

~~~

图书馆里的女人和弗洛拉差不多年纪，也许更年轻些，从正面看，她的头发像是在美发店里拉直过，从头顶向两边倾泻而下。她眯了眯眼睛，问："有事吗？"

弗洛拉结结巴巴地道了歉，转身想要离开，没想到却和站在她身后的人撞了个满怀。

"弗洛拉？"那人扶住她的手臂以防她摔倒，她抬起头，费了点时间才把眼前这个凭空冒出来、穿着衣服、站得笔挺的男人认出来：理查德。她挣脱了他的手跑下楼梯来到一楼，这时她才发现自己的脸烫得就像烧着了似的。等上了人行道理查德才追上了她。

"那个人是谁？"他问，"你刚才在做什么？"

"没什么，什么也没做。"她大步流星地走过咖啡馆，拐上了海滨人行道，理查德一路小跑跟着她。"对了，这话不是应该由我来问你吗？你怎么在这儿？来干吗？"

"我来找你，你一直不接电话。"

"手机坏了。"

"我又是火车又是公交地一路找过来，也不知道该在哪站下车，刚才我去图书馆就是为了问路。"

"这么说，你一直在跟踪我？"

"因为我担心你。"

"不必，我好得很。"

"弗洛拉，"他抓住她的手臂说，"走慢一点儿，刚才那个女人到底是谁？"

弗洛拉停下脚步，抡起胳膊甩开理查德的手，手臂在空中画了一个圈又落回到身侧。有那么一会儿弗洛拉出不了声，但她硬是把那声哽咽咽了回去。"我以为她是我妈妈。怎么样，满意了吧？"

"对不起。"理查德说。

"因为跟踪我还是因为她不是我妈妈？"

"都是。"

"其实你没有必要道歉，你瞧，我很好，什么事都没有。"弗洛拉意识到自己说得太大声了，路人纷纷转过头来看着她。"你可以回去了。"她打开背包，摸到了理查德的车钥匙，然后才想起来莫里斯老爷车还在修理厂。"我出了点事故，就昨晚，在你车里。"

理查德瞪大了眼睛。"你有没有受伤？没什么事吧？"他把手中的帆布背包扔在地上，一把抱住她，这次她没有甩开他的手。

"我没事，不过你的车……"

他的手臂松开了。

"风扇带出了点问题，已经拖到修理厂去了，他们现在正在修，几个小时后应该就能修好。"

"只要你没事就好，"他说，"走，我带你去喝杯茶。"

"最好给我来杯酒。"她说。

★

太阳缓缓西沉，理查德和弗洛拉坐在门廊喝着吉尔的威士忌。这酒是理查德在厨房水槽底下的工具箱后面找到的，当时弗洛拉没有进屋，差他一个人进去找酒，她还让理查德从床上抱条毯子出来，这样他们就能裹着毯子坐在外头了。涨潮了，海底卷起的浪头重重地撞向满是岩洞的峭壁，发出一阵阵隆隆声，听着就像天际沉闷的雷响。

"这里以前是游泳更衣室？"理查德问。

"现在就只是你和我的更衣室，"弗洛拉说，"当年爸爸把路边的大房子卖了，这里是仅剩的一点儿家产，我想可能和祖父去世时留下的债务和遗产税有关。爸爸不太和我说这些事。"

车道上有车头灯的光柱扫过，照亮了路边的金雀花，一串串花朵如同暗夜中闪亮的珠宝。娜恩把车停在路边。

"你去哪儿了？"娜恩一下车就看到弗洛拉站在最上面的一级台阶上，立刻劈头盖脸问了一句。

"这话应该由我来问你吧？"弗洛拉说，"几个小时前你就该到家了。爸爸呢？"她走向汽车。

"他睡着了，先让他在车上睡会儿。"娜恩挡住了车门，不让弗洛拉开。"我一整个下午不是在打家里的电话就是在打你的手机，医院也奇怪，医生拉着爸爸不让走，非得再做一次检查。你为什么不接电话？"

"我感觉在哈德利看到了妈妈，"弗洛拉说，"可是，不是她。"

"哦，弗洛拉。"娜恩的气一下子就消了，她往前跨了一步像是要抱住妹妹。

弗洛拉侧了侧身避开了，然后开口说："这是理查德。"她转向门廊，理查德从阴影里走出来，蹚下台阶和娜恩握了握手。

"你好。"娜恩说，她好像天生就这样，无论出了什么事都不忘基本礼节。

"你父亲的事我很难过，不知道有没有什么事我能帮得上忙的？"

"是这样，"娜恩一边说一边扒拉了下头发，"能不能帮我把他扶进屋里？我想他可能需要人抬一下。"

"抬？"弗洛拉问，"他不能走路了？"

"我不是说了嘛，"娜恩说，"他太累了。你为什么不先进屋把灯都打开，这黑灯瞎火的让人怎么进去？"

"停电了。"

★

弗洛拉举着蜡烛站在车门边，娜恩叫醒了爸爸，把理查德介绍给他。吉尔挥着手拒绝他人帮忙，自己挣扎着钻出车子，下车后他倒是没有拒绝理查德挽着他的胳膊从车头前方绕了过去。

"哦,爸爸!"弗洛拉忍不住用手捂住了嘴巴。烛光下,只见吉尔的左侧脸颊上缝了好几针,左眼瘀青,因为肿得厉害所以暂时没法睁开,额头上还有一道擦伤的痕迹。他比上次见面时显得更小、更瘦了。

"弗洛,"他迷迷糊糊地叫着弗洛拉的小名,"书在你那儿吗?"他伸出右手想要拉她,弗洛拉看到他的左手臂吊着绷带。

"他一直在问书的下落,就是坠崖时手里拿着的那本,"娜恩对弗洛拉说。"爸爸,书不在我们这儿。"

弗洛拉按了按爸爸的手,他的皮肤就像砂纸摩擦过的木头一样松软,骨头脆弱得仿佛一碰就会碎成齑粉。她吻了吻另一侧没有受伤的脸颊,嗅到了他嘴里散发的熟睡后浑浊的气息,之后便是他身上熟悉的味道:胡椒粉、尘土和皮革糅合在一起的气味,是水獭身上的棕色。

娜恩扶着吉尔上床,弗洛拉在边上举着蜡烛。烛光照亮了他没受伤的那个眼眶,在他的脸颊上留下了斑斑暗影,又把许多扭曲怪异的影子投到了墙上。吉尔的外套里面穿着睡衣,这套衣服肯定是娜恩带到医院里去的。他不小心碰到了吊着绷带的手臂,疼得皱起了眉头,可等他一躺到床上,便满足地叹了口气,然后沉沉睡去。

虽然知道吉尔已经睡着,弗洛拉还是俯到他耳边轻轻说了句:"爱你,爸爸。"

她们走进厨房,坐在半明半暗的烛火中一边和理查德商量谁去哈德利把吉尔的车开回来，一边喝着用燃气炉烧开的水泡的茶。弗洛拉没有往杯子里加牛奶，冰箱的制冷功能实在不太可信。刚才她看见理查德在走廊、客厅和厨房里记下了很多书名，不过没见他做出任何评论。他直视着娜恩问："关于见到你妈妈这件事，你爸爸是怎么说的？"

虽然弗洛拉也很想问这个问题，可是从理查德嘴里冷不丁冒出来还是让她觉得十分唐突。

娜恩握着杯子的手僵了一下。"他搞错了。"她生硬地说。

"你是说他承认自己看错了？"

"理查德。"弗洛拉带着警告的口吻说。

"我的意思是他看到的是不可能发生的事。"娜恩说。

"可是——"理查德还想说什么，弗洛拉把手盖在他手上，用力握了一下。"他会好起来吧？"他继续问道。

娜恩压低嗓子嗯了一声，便闭上嘴不说话了。弗洛拉看到娜恩瞥了她一眼，然后掉转了目光。

"你是不是在担心他的手腕？"弗洛拉问。

"他还有尿路感染的问题。也许这多少能解释他的一些困惑，可是……"娜恩没往下说。

"可是什么？"

"事情变得——"她非常慎重地斟酌着每一个词语。"变得有些……复杂。"

"你什么意思？"

弗洛拉问。

"弗洛拉，他只要待在家里就会慢慢好起来的，我们尽一切可能让他过得舒服些。"

"你怀疑他的手腕摔断了，是不是？"弗洛拉把杯子放到桌上，茶水溅了出来，"那我们应该带他回医院，再照一张 X 光片。"

娜恩和理查德对视了一眼，烛光在他们脸上摇曳，她看不清两人的神色。

"不，"娜恩的语气软下来，"他应该和我们一起待在家里。他在这里的话，我就能好好照顾他。"

三个人静静地坐着，啜着茶，然后理查德说："时间不早了，我先走了。"他站起来。

"你今晚要走吗？"娜恩放下杯子，"我以为你会住在这里。"

"你想让我留下来吗，弗洛拉？"

"理查德明天还要上班。"弗洛拉对娜恩说。

"我可以早上走。"

"那你一大早就得起来。"

"不用很早，"理查德说，"明天是礼拜天，书店要到十一点才开门。"

"现在走也实在太晚了，"娜恩说，"你可以在爸爸的写作室里过夜。"

"如果他要留下来的话，随便睡哪张沙发就行了，"弗洛拉说，"只有爸爸才能睡在写作室里。"

理查德看了看姐姐又看了看妹妹。

"沙发上全是书，"娜恩说，"而且睡沙发的话还得准备床褥什么的。"

"扔条被子到沙发上用不了一分钟。"弗洛拉说。

"现在爸爸已经不在写作室睡了,"娜恩站起来,"来吧,我给你带路。"

弗洛拉眯起眼睛看向理查德,不过他好像并没有接收到她发送的威胁信号,跟着娜恩走出了厨房。

★

弗洛拉考虑过和理查德一起睡到花园尽头的小屋里,可一想到孤男寡女堂而皇之地侵占爸爸的私密空间,她就觉得有种说不出来的别扭。第二天,当拂晓的天光慢慢爬上窗棂,她睁开眼睛,看到娜恩床上的被子被掀开了,露出下面的床单。走廊里有人声,是爸爸和姐姐在说话。弗洛拉下了床,随手拿了件娜恩的晨袍裹在身上。

"把电话给我。"娜恩对爸爸说,那语调就和她为产妇接生时下达的指令一般冷静、镇定。

房子里几乎所有的灯都亮着,一定是在深更半夜他们都睡着的时候来的电,客厅里的灯闪着橘色的光芒。吉尔穿着睡衣坐在沙发扶手上,话筒被他夹在肩膀和耳朵之间。他伸出右手食指点了点娜恩,仿佛在示意不要干扰他打电话。

吉尔点着头:"好的,好的,那当然。"

"爸爸,"娜恩说,"把电话给我。"

"谁来的电话？"弗洛拉一边打着哈欠一边问，"几点了？"

"五点半，"娜恩的语气十分凌厉，"回床上去。"

"可他在跟谁通电话？"

"嘘，"吉尔对弗洛拉说，然后继续对着话筒说，"好的，我这就让她来听。终于听到你的声音了，太好了。"他停了一会儿，听对方说着什么。"我也是。"他说，弗洛拉觉得自己打扰了爸爸的私密时刻。吉尔把话筒按在胸膛上。

"她要跟你说话。"他对弗洛拉说。

"爸爸！"娜恩叫，听上去她有些光火了。

弗洛拉对姐姐皱了皱眉，耸了下肩，然后上前从他手里接过电话。她有点紧张，不知道该不该把听筒放到耳边，仿佛有什么可怕的东西会从电话线里爬出来一样。

"是你妈妈，"吉尔说，"她写信给我，告诉我她会打电话来。"

"哦，爸爸！"这时，娜恩语气里的恼怒已经被深深的怜悯取代了。

可是吉尔的脸上却有一种"走着瞧"的笃定。弗洛拉心如擂鼓，激动得不知所措，她几乎控制不住情绪了。她踌躇着，看了看娜恩又看了看爸爸，然后举起听筒搁到耳边。她听到电话那端传来吱啦吱啦的杂音，然后就变成了忙音。"没有人。"她说。

"来，听话，"娜恩对吉尔说，"回床上去。"这一刻，爸爸变得像个小孩一样乖顺，娜恩搂着他的肩膀准备离开客厅时，吉尔回头对弗洛拉说："她肯定是挂断了。"

弗洛拉把沙发上的几本精装书挪到地上，在上面坐下来。她拨打了 1471 查询电话记录，只听电话里说："您在五点二十六分接到一个电话，对方没有显示号码。"她把电话放回去，虽然屋里很暖和，她仿佛还是怕冷，用手环抱住腿抵在胸膛。身边的书塔倏然崩塌了，弗洛拉被围在了书堆里。

她记得英格丽德失踪的前几天，她在学校办公室罚站的时候和妈妈通过话。校长是一个头发往后束紧盘成发髻、穿一身花呢套装的女人，是她先给英格丽德打的电话，说上课的时候她一个人跑了出去，在大街上伸着大拇指准备搭便车，还好教手工课和家政课的梅太太正好路过那里，要不然真不知道会发生什么事情。然后，她把电话递给弗洛拉，弗洛拉的耳朵边很快便传来吱啦吱啦的噪声以及英格丽德强忍着怒气的声音。

"你脑子里到底在想什么？"

弗洛拉挑衅似的耸耸肩，虽然她知道英格丽德看不见。

"要是上了哪个坏蛋的车怎么办？"妈妈说，"你很有可能就这么被人拐走了，不见了，说不定比这还要糟！"

★

弗洛拉伸长腿瘫靠在沙发边，脑袋下面枕着四本书。她盯着咖啡桌上堆放着的一摞平装本：《求爱》《瓦莱丽安的海上旅行》《屋顶上的房间》《鸡尾酒会》，后面的书因为放得比较远，书名看不太清了。这时，她听到娜恩回到客厅。

"你觉得刚才的电话是妈妈打来的吗？"弗洛拉问。

"当然不是，肯定是他胡思乱想，电话那头压根儿就没人，是吧？"娜恩叹了口气，扒拉了一下头发。弗洛拉看到姐姐的两鬓露出几根白发。她在想娜恩究竟几岁了，她好像前几天刚过完生日。是二十六，还是二十七？这个年纪本不应该有白头发的。娜恩关掉了客厅的灯。"你也快上床吧，"她说，"我们都能睡个回笼觉。"

娜恩离开后，弗洛拉忍不住又拿起了听筒，可是听到的只有忙音。她放下电话，把之前和理查德、娜恩的谈话从头到尾细想了一遍，想搞清楚自己是不是遗漏了什么。

16

游泳更衣室，1992年6月9日，下午3:30

亲爱的吉尔：

昨天吃早饭的时候，弗洛拉对娜恩说她周五不想去上学了。

"学校的游泳馆闭馆了，"她说，"那还去上什么学？"

"去学习呗。"娜恩摇着头说。

"我得训练。我就待在这儿，下海去练。"

"弗洛拉，"我只觉得胃部开始隐隐抽搐，喉咙里也像有只手紧紧地掐着咽喉，"你必须去学校，你不能一个人在海里练，太危险了。"

弗洛拉拾起勺子小心翼翼地伸进碗里，避开麦片，舀起一勺巧克力牛奶，就像喝汤一样吸溜进嘴里。

"你不也一个人去游泳吗？"她说。

★

那次派对结束后，我们成天腻在一起，几乎过了整整一个月的二人世界。我们开着窗，听着海浪的声响，躺在床上睡觉、聊天、吃吐司，然后枕着面包屑做爱。激情过后，你总喜欢躺到床头，撑起半个身子看着我熟睡的样子。天气热得盖不上毯子，而我也没想刻意遮掩。你说过，我浑身上下无一不美。有时候我睡到一半醒来，看见你正在书页的空白处画着我身体上的某个部位（毛头小伙子喜欢的旁注）。无一不美。

我们面对面紧紧地贴着，身上的每一处都与对方契合，不留一丝空隙，任凭汗水肆意流淌。"答应我不要死在我前头，"你把脸埋进我的头发里，"没有你，我活不下去。"

"不会的，"我在你耳边低语，"就算我比你先走，我的灵魂也会回来纠缠你，每天清晨我会在另一个世界给你打电话，铃声把你吵醒，然后我的声音会沿着电话线爬进你的耳朵，告诉你我爱你。"你大笑起来。

起床后，我们满身都是褶皱的床单留下的印子，这里那里还沾着不少面包屑。我们一起冲澡，我往后靠在你的胸膛上，你低下头耳语："告诉我，你要我做什么，我愿意为你做任何事。"你第一次说这话的时候我并不明白你的意思。然后，我们躺在花园的草地上，就像你在那封信里描述的那样，周围散落着书，昆虫在我们周身飞舞。那儿原先是一片草场，你母亲夯养的马匹曾在那里悠然漫步；山坡南边长着一簇簇金雀花、莎草、花楸、山楂、榛子，一大片荨麻丛自山腰绵延而下直至海边。

我们翻开书，为对方朗读其中的片段：芭芭拉·科明斯的一个章节，《我弥留之际》中的某个段落，抑或《查泰莱夫人的情人》中的一两行文字。

"眼睛看不到的以及思想不曾触及的便是不存在的。"我大声念道。

你把手搁在我的大腿上，示意我不要再往下读。"这话不对，"你说，"在我的眼睛还没有落在你身上之前，你就一直存在着。我知道你存在，我也知道我一定会找到你，而在此之前我要做的就是等待。"

"可我觉得劳伦斯并不是这个意思，对吗？"我放下书，从太阳镜的上端看着你。

"管他呢，"你说，"反正我是这个意思。"

我们拔掉了电话线，冷落了收音机，任凭走廊里的报纸越积越厚。要是有人上门，你会隔着门大叫我们得了天花正在隔离，把访客吓得落荒而逃。你还记得吗？有一次你用口红在我身上点了许多红点，让我装作病恹恹的样子出去应门。

我们放唱片听音乐，喝着红酒，在客厅里跳着舞直至暮色四合。我们在海滩上野餐，夜色降临后我们便在沙丘上做爱，那时你又一次对我说："告诉我，你想让我为你做什么。"这一次，我听明白了你的意思，可是我没有回答，因为我想要的已经全都实现了。只要不出门，我们大部分时间都身无寸缕，你还记得那个邮差吗？他送来一封需要签收的邮件，看到我就这么大大咧咧地光着身子开门签字，惊得下巴都快掉到了地上。回到床上后我绘声绘色地告诉你他当时直勾勾地盯着我的脸，不料脚底一滑直接从门廊的台阶上摔了下去，一对扬起的眉毛都来不及回到原来的位置。你调侃地问我是不是觉得他的表情十分受用。

那封信你没有拆，随手扔在一边，还有一份文件也丢在那里，留在上面的咖啡杯底圆印倒是越来越多。（后来我在荨麻丛中的一堆余烬中发现了这封几乎被烧毁的信纸碎片，多年后我才明白这封信有多重要。）我觉得乔纳森劝我想清楚时的那些话都说错了，我是对的，当你遇见了我，你就不再是从前的那个你了。

几乎整整四个礼拜你都没有写过一个字，甚至都没有去过你的写作室。草坪上——称其为草坪实在有过誉之嫌——那条蜿蜒的小径开始长满绿色的杂草，即便它在阳光的照射下泛出黄色，但已经快消失不见了。这段日子里你没有写作，我反倒是有点笔耕不辍的架势：先是给露易丝写信，告诉她我和一个朋友正在南海岸度假，让她不要担心；接着又给我姑妈写信，告诉她伦敦酷热难当，我正在勤奋学习。我只顾得上眼前的良辰美景，至于接下来的十月和新学期已经完全被我抛在脑后了。

有一天，正当我枕着你的大腿悠闲地躺在花园里，耳边突然传来爱尔兰口音的招呼声。

"我还以为你死了呢。"那声音说。

是乔纳森。

你一下子站起来，我的脑袋猝不及防地磕在地上，我至今还记得当时心里噌的一下冒出了一股火气：好好的一天被你的朋友破坏了。你给他打开花园大门，等我站起来的时候，看到你们两个抱在一起。

"英格丽德，"乔纳森说，"我不知道你也在这里。"

"英格丽德一直在这里教我斯堪的纳维亚式的生活是怎么一回事，"你边说边转向我，"你知道她有一半挪威血统吗？这就是瑞式大杂烩带来的乐趣。"你拍着乔纳森的肩膀说，"要不要喝点什么？"说着你便带着你的朋友走进屋里。

"那个不叫大杂烩，"我对着空气说，"那叫什锦菜。"

★

乔纳森来的第一个晚上你们一直坐在门廊里喝酒，我跟不上你俩你一口、我一口的节奏，便早早地上床休息了。第二天清晨，我经过一间空置的客房时，看到里面五斗橱的抽屉没合上，乔纳森的箱子打开着放在其中一张床上，里面的衣物都已经搬空了。我忽然意识到我们在一起的时光（只有你和我）已经结束了。

我故意冷落乔纳森，不到万不得已非得开口的时候尽量不和他说话，他一走进屋子我就转身离开，你们要去海滩我就推说太阳太晒想一个人留在家里。我在想，是不是应该收拾行李回伦敦了。

一周后的一个早晨，你起床后我拉开窗帘，窗外的世界也和从前不一样了，昨夜从海上飘来的大雾把周遭的一切都隐藏起来。我打开卧室里的一扇窗，远远传来打字机敲击的声响，枯燥、单调。我心想，也许之前我都想错了，和我争夺你的从来都不是另外一个女人，也不是乔纳森，而是你的写作生涯。我又忍不住思忖，也许在我们独处的一个月里你一直在等待有人来招呼我、接管我，好让你重新回到写作室里，重新回到你头脑里创造的那些人的生活中去。

我在床底下找到了一口蓝色小箱子，把随身衣物都塞了进去，东西倒是不多——几件你在哈德利给我买的衣服，一顶太阳帽和一支牙刷。浓雾把屋外变成了曝光后的宝丽来相片，所有一切都迷迷蒙蒙、影影绰绰的。我像一个盲人一样摸索着走出私家车道，又一脚实、一脚虚地踏上了小路。寂静如同一条厚重的毯子，严严实实地捂住了周围的声响，当我经过酒吧的时候，就连平日里准点响起的器皿碰撞声和侍者的叫嚷声也像隔着什么东西似的显得无比沉闷、暗哑。等我摸到大路边的公交车站时，衣服和头发上已经挂满了细密的水珠。

远处先是亮起了两团朦胧的光晕，那是公交车的车头灯，过了一会儿才看到车身吃力地钻出浓雾，从我身边开过一小段后终于停了下来。车门开了，酒吧的清洁工艾伦太太走下车。她看了我一眼，我身上穿着单薄的夏装，脚上踩着凉鞋，整个人冻得瑟瑟发抖。

"不消一两个小时，大雾就会散开的，"她拍拍我的胳膊说，"待会儿太阳就出来了，等着瞧吧，别着急走。"

"上车吗，小姐？"司机探出车门问，"门要是一直开着，玻璃窗上会沾满雾气的。"

我拎起箱子准备上车，就在这时从身后的小路上传来急促的脚步声。是乔纳森。"她不上车。"他喘着气对司机说。

"是吉尔让你来的？"我问他。

"你把我当成什么了？跑腿的？他还在写东西，是我希望你能留下来。"乔纳森从我手里拿过箱子。"回去吧，好吗？"

我看着司机，踌躇不定。

"不见得每次都会有人像我这样等你的。"司机咕哝着坐回到驾驶座上，在他身后关上了车门。

正如艾伦太太所言，当我和乔纳森沿着小路往回走时，太阳在空中露出了微光，等我们走上了私家车道，浓雾已经完全散开，我觉得自己回家了。

那天过后，我和乔纳森天天混在一起，有时候一块儿下海游泳，有时候穿过石楠丛生的原野去小海塘玩。他时不时会收到一些旅行短文的邀稿函，每次都见他满口应承下来却又迟迟不动笔，一个礼拜后就有电话打过来催讨稿件。早上，我们比度假者早出门，黄昏时，等人群散去我们便与蝙蝠做伴。有时候我们会说服你一起去游泳、野餐，到了晚上你会出现在饭桌前，吃我煮的饭，喝乔纳森用来抵扣膳宿费的葡萄酒。当我们徒步穿越荒野，在艾格尔巨石附近散步时，乔纳森告诉我你在附近的一栋大房子里长大，有一个强势而体弱的父亲和一个信奉天主教、美丽贤惠的母亲。你从小目睹着他们的婚姻日渐衰亡、腐朽，所以一等成年便逃离家庭去往伦敦，并且发誓日后不会重蹈他们的覆辙。也是乔纳森告诉我你在创意写作课上提到的那个故事的真实版本：你的父亲并没有告诉你母亲病重的消息，等到一切为时已晚才给你发了一封类似"汝母病逝，周五葬礼"的电报。他让你去瞻仰遗容，而死亡令人容颜大变，以至于你一见之下竟无法想起她在世时的模样。他还告诉我，你母亲以信托基金的方式给你留下一小笔钱，可当你父亲因肺癌去世时，家里早已债台高筑，所以不得不将老宅出售。我总爱想象当年游泳更衣室是如何被搁在圆木上，沿着山路一直滚到斯帕尼什格林村的，想象人们如何用粗木杆撬、用马匹拉，最后让它在如今的位置上安身立命，俯瞰着脚下的一片汪洋。

要是乔纳森去伦敦，回来总会捎上一大帮在旅途中萍水相逢的朋友：背着吉他、搭便车的旅人，风尘仆仆的荷兰姑娘。你把他们称为流浪汉或不请自来的食客，但我知道其实你并不介意。他们在草地上露营，连帐篷都省了，我也慢慢习惯了在厨房里看到陌生人往维他麦上倒果酱，或是反客为主地坐在餐桌旁。我喜欢屋子里到处都是人声、音乐声。酒吧里经常会举行即兴派对，玩到一半，人们便会来游泳更衣室里坐一坐、闹一闹，最后凌晨时分在沙丘的篝火边散场。我和其中的一两个女孩成了朋友，可是过不了几天，她们便离开了。当这些人在你的花园里安营扎寨，在你的浴室里冲凉梳洗，在你的厨房里做饭喝酒，你还是两耳不闻窗外事，一如既往地把自己关在写作室里。有时候你也会出来找些吃的、喝的，很偶尔的也会和我一起在那张立着四根柱子的大床上度过一夜。

　　到了九月，当海上的浓雾再次席卷而来时，我发现自己怀孕
了。

你的

英格丽德

　　（信夹在斯派克·米利根所著、1972 年出版的《一只蝎子的逸
梦》中。）

17

~~~~

弗洛拉起来的时候意外地看到爸爸已经穿戴整齐坐在厨房的餐桌旁了，他面前放着一杯咖啡，盘子里沾着些残留的蛋黄液，边上还有两片没有动过的培根。晨光中，他的左眼看上去有些怪异，又肿又紫像只烂茄子；下嘴唇横着一道瘀青一直延伸至下巴，上面冒着灰色的胡茬，左手臂依旧挂在绷带上。当她看到理查德坐在桌对面时，心里更讶异了。

"早上好。"弗洛拉俯下身子吻了吻吉尔的头顶，他心不在焉地拍拍她的脸颊。她坐下后，娜恩把一个盘子放在她面前，上面盛着一个煎蛋，虽然两面都煎过了，不过蛋黄看上去还是颤颤悠悠的，边上有两片煎过的培根、一片吐司，每样东西都规规矩矩地各在其位，颇有点井水不犯河水的味道。她看着理查德，希望他也正好看过来，这样的话她就可以朝他皱皱眉头表示不满，可是理查德的注意力似乎都在吉尔身上。

"就拿这个来说吧。"爸爸边说边翘起椅子，伸手去够电炉边书堆顶上的一本薄书。

"小心别摔了，爸爸。"正在往盘碟上喷洗涤剂的娜恩连忙停下手中的活，把吉尔要的那本书递给他。

吉尔来回翻着，眯起眼睛想要看得清楚些。"天知道我把眼镜落在哪儿了，那天在书店里就没看到。"他顿了片刻，又转向娜恩说，"对了，那本书找到了吗？就是我……"他顿了一下，"摔下去时手里拿的那本。"

"没听人说起过，"娜恩说，"医院里好像也没瞧见。"

"你能不能帮我打电话问问？"

"就为了一本不见了的书？到底是什么书？有那么重要吗？"

"没准在薇芙那里也说不定。"弗洛拉说得意味深长，这让娜恩不禁抬头睃了她一眼。弗洛拉扬起眉冲她笑了笑，又暗暗点了点头。

"我待会儿就给医院打电话。"娜恩说。

吉尔重新调整了一下书的位置，报出书名："E. Z. 哈里斯的《多赛特的十字阁楼及其遗迹》。"

理查德拍拍桌上的纸，挪开一些书，在一个盘子底下露出了一副黑框眼镜。他拾起眼镜，打开镜脚，吉尔往前俯身，理查德顺势把眼镜架在了他的耳朵上。他做得那么自然，仿佛两人是相识多年的老友一样。弗洛拉握着餐刀小心翼翼地把蛋黄和蛋白分开，尽量不弄破蛋黄，也不让它碰到边上的培根。吉尔把书翻到夹着报纸条的一页。弗洛拉吃了一小片蛋白和吐司的边角。

"这是女人写的。"吉尔翻了翻书页说。

"何以见得？"理查德倒着看那些文字。

"首先，紫色的墨水就很说明问题。"

"就像她们总爱把钱花在白兰地和夏天用的防晒手套上？"理查德说。

"瞧给孩子们做了多好的榜样。"两个人一同笑起来。"一般女人都喜欢在句子底下画线，在空白处写字，"吉尔说，"男人呢，则喜欢乱涂乱画，随手留下一些充满猥亵含义的涂鸦。"吉尔伸手把书递给对面的理查德，他接过书后转了个向，凑到跟前仔细辨认上面的手迹。现在吉尔算是有了一个忠实的听众，他满意地往后一靠，又拿起另一本书翻看。

娜恩给每个人重新添满咖啡。

"谢谢。"理查德说。弗洛拉看到姐姐系着妈妈的围裙，唇上擦了口红。

"哦，对，我也得谢谢你。"弗洛拉对娜恩说。吉尔拿起杯子喝了一口，眼睛一直没离开书本。

"我看不清楚上面写了什么，"理查德说，"这是什么字？"他眯起眼睛。

"这个太棒了。"吉尔把手上的书压在胸口，这样他就可以用一只手打开书本。弗洛拉看到书的封面上写着《奇怪的鱼》，E. G. 布伦杰"。

"是首版？"理查德问。弗洛拉和娜恩听后相互看了一眼，不约而同地笑了。

"我说，理查德，"吉尔像是在对一个五岁的孩子讲道理一样，

"忘了所谓的首版，还有什么作者亲笔签名之类的无聊玩意儿。最后成就一部虚构类作品的是读者，要是没有了他们，小说就毫无意义，而且记住，读者和作者同等重要，说不定读者更为关键。可是要想知道在阅读过程中，读者的脑袋里究竟在想些什么，彼时彼刻他们的生活状态如何，一般而言，唯一的途径就是看看他们在书里留下了什么样的印记。所有这些书——"吉尔张开手臂，貌似要环抱整张餐桌、整个厨房、整栋屋子，"其实都是关于读者的。每一个活生生的人——男人、女人或孩子——都在书里留下了关于他们自己的一部分。"在理查德的帮助下，吉尔打开了书本，翻到其中的一页，里面夹着一张餐巾纸，它被折成了正方形，正面印有一个纹饰，中间是一个 M，底下是一行华丽的字体："萨尔茨堡，米瑞巴尔酒店。"下面是一行手写字迹。

"苏珊娜，127 号房间。"弗洛拉大声念了出来。她用餐刀把半流质的蛋黄抹在了已经不那么脆的吐司上，用手抓着将吐司和培根一同消灭了。娜恩忍不住发出不满的啧啧声。

"寥寥数语就已经把故事说尽了。"吉尔摩挲着那行字说道，仿佛是想寻找苏珊娜留下的气息。"究竟是她自己写下的名字和房间号，还是一个男人在无意中听到后写下的呢？"

"说不定他在 127 号房间里刚好碰到她，然后必须为她提供的服务埋单。"

"又说不定去她房间的不是男人，而是一个女人。"弗洛拉冲着姐姐挑了挑眉。

"我还是想知道真相，"娜恩说，"想知道当时究竟发生了什么。"

"不知道真相没准更好，对不对，爸爸？"弗洛拉问。吉尔抬头看着她，听她继续说，"我并不在意写下这行字的人到底是谁，也许是女服务员，也许这个苏珊娜只是一个住在127号房间、需要干净毛巾的客人，又说不定是客房服务给苏珊娜送去了她点的吐司和鸡蛋，可后来又找不到账单了。"

吉尔没有接话，他低下头看着盘子里原封未动的培根。

"爸爸？"弗洛拉叫了一声。

"也许吧，"吉尔说，"可是现在我开始觉得知道真相或许会更好些，不管用什么方法，哪怕只是想象。我也是花了很长时间才领悟到这一点，不过要是想象力太过丰富，太漫无边际，或者完全脱离了真实生活，那自然也不是什么好事。"

"可你不是一直让我们心存希望和幻想吗？你怎么说变就变了呢！"弗洛拉的语气听上去有些急躁。

"我同意娜恩的说法，"理查德说，"虽然真相大多流于庸常，但还是活在真实里更踏实。"

吉尔合上书，把它放在桌上，娜恩又转身回到水槽边。理查德似乎没有觉察到气氛有变，拿起那本《奇怪的鱼》翻看，然后他在某一页停下来。"这个是什么？用黑色圆珠笔画的，算不算淫秽不太好说，不过应该是男人的手迹，你怎么看？"

吉尔把书拿回来，认真打量画在空白处的一朵云和从云里落下的鱼，他皱着眉头说："你学得很快，没错，一看就知道是男人画的。"

弗洛拉抱着胳膊，没说话。

18

游泳更衣室，1992 年 6 月 10 日，凌晨 4:30

亲爱的吉尔：

　　昨天安妮死了。我也不清楚到底谁该对她的死负责，反正不是娜恩就是弗洛拉。当时，她们俩在卧室里大吵大闹，动静大得几乎都快把屋顶掀翻了，等我跑进去时，骨架已经倒在地上，肋骨摔得七零八落，头盖骨像个被砸碎的茶杯一样四分五裂，牙齿也散落一地。娜恩怪弗洛拉，说她明明知道骨架挂在门背后，进来时却存心把门使劲一推，安妮撞到后面的衣柜掉了下来，弗洛拉尤嫌不够，又过去狠狠踩了几脚。即便她是我亲生的孩子，这种残暴的行为还是让我忍不住觉得心惊。就在那一刻，我忽然看到她身上披着你那件大得离谱的大衣，脚上穿着一双起码大七个号的笨重靴子。不管当时发生了什么，总之弗洛拉在"案发现场"撒泼打滚，又踢又叫，闹得不亦乐乎。一旁的娜恩绞着手，问我是不是能把安妮重新粘好恢复原状，可我知道她已经没救了。这时，弗洛拉停止了叫喊，说："爸爸肯定能把她修好。"

她奔出去，跑到你的写作室，我们看着她站在最上面一级台阶上握着拳头用力地捶打着门。

"爸爸！爸爸！安妮她爆裂了！"（爆裂——天晓得她是从哪儿听来的词。）

她其实知道你不在里面，好几个月了，你一直没有回来（写到这里我猛然意识到你已经离家九个月了），不过也许她还心存幻想：写作室的门开了，你把她举起来，大步走进她们的卧室，三两下把满屋狼藉收拾停当。娜恩一直在看我，希望能和我交换一个心照不宣的眼神，然后我看到了她扬起的眉毛，还有那种只有成年人脸上才会出现的心知肚明的神情：她知道她爸爸在哪儿，虽然没有真凭实据，可是哪怕一个年仅十五岁的女孩也知道这样的生活实在太过蹊跷。我转过身不去看她。自然，你不会在这里，不会帮我们修好安妮，你不会再修好任何东西了。

"爸爸在伦敦处理一些书籍出版上的事情。"娜恩朝她的妹妹喊道，弗洛拉不再砸门了，转而重重踢了一脚。等到上床熄灯，我给她晚安吻的时候，她问我，到了游泳比赛那天你会不会回来，我不知道该如何回答。吉尔，我应该怎么对她说呢？当我下次看到娜恩挑着眉毛一脸心知肚明的样子时，我又该对她说什么呢？说我已经厌倦了，不想再原谅你了？还是我已经不再期待你回这个家了？

对了，还有安妮。我不忍心把她扫进簸箕然后倒到垃圾桶里（下颌骨挨着踝骨，大腿骨贴着头盖骨），所以昨天傍晚，我们尽可能把她的残骸收罗齐了（弗洛拉爬到积满灰尘的床底下，因为我猜那里肯定还散落着几颗哪儿也找不到的牙齿），把它们装进了一辆被扔在屋后的银十字宝贝牌旧婴儿车里，然后推着车走下山坡来到海边。一路上，车轮只要磕到石子，安妮的残骸就会跳一下，发出一阵咔嗒声。

我们把车推上沙滩，来到悬崖底下那道慢慢变窄、最后完全消失在海水里的沙滩的尽头。太阳在村庄背后缓缓落下，孩子们一起在岩石堆里又掘又凿近半个小时，最后把安妮放进了她的安息之所。我们举杯喝了柠檬水，祝愿她能早日进天堂，接着又将野餐布铺在了她的墓地上，坐下来吃了果酱三明治。

"我觉得我们应该为她祈祷。"娜恩说。

"别傻了，"弗洛拉说，"你又不信上帝，我们家没人信教。"

"可是做了又没什么坏处，有时候还真能让你心里好过些。"娜恩耐心地解释道。她低下头。"致安妮，我们会想念你，愿海水冲刷你的遗骨，愿你的灵魂归于沙土。对你的爱将永远伴随我们。"（如果娜恩有心于此的话，她能变得充满诗情画意。）

"好吧，为了安妮，阿门。"弗洛拉说。

"阿门。"我说。

等到孩子们都上了床，我又回到那片沙滩，躺在安妮的墓地上，眼前是一片广袤无垠的苍穹，无数星星闪着冷冷的光。我在想此时此刻你正躺在何处，想着身前身后的烂摊子，想着我们是否还有机会重新厘清一团团乱麻。

★

最先知道我怀孕的是乔纳森。是的，我第一个告诉的不是你，也不是露易丝。说实话，在得知自己怀孕的那一刻我都不愿承认心底深处居然冒出了这样一个可怕的念头：肚子里被植入了一颗外来的种子。我希望乔纳森能帮我解决这个麻烦，我希望一切都没有发生。可是，乔纳森似乎也有顾虑，因为他说我应该把这件事告诉你。

"你们应该一起做决定。"他说。

我想告诉你我不想要这个孩子，我还没有准备好做一个妈妈，也许永远都准备不好。可是你却握着我的手指贴在唇边说："嫁给我。"这三个字犹如一道炽烈的阳光倏然照进了我的生命，之前所有关于我、只有我的人生规划以及夏日一过就和你一刀两断的决心如同海上的一缕薄雾，在那道无法抵挡的强烈阳光的照耀下即刻烟消云散了。你摸着我的肚子说："一个已经来了，还有五个在路上。"为了庆祝我们有了爱情的结晶，你带我去美国玩了一趟。

你还记得吗？我们驾着车从旧金山一路往北开，在塞瓦斯托波尔到根内维尔的路上偶然碰上了旧货大甩卖。原来是兄弟三人在折价处理祖母的家什物件，他们把所有物品都放在街边，供过路的游客翻找挑选：一堆堆暗沉沉的餐具、旧书、装饰桌上露着线头的亚麻餐布，屋前的院子里还摆着三件套的皮质家具。

"我们把它买下来吧。"你说着一屁股坐在了沙发垫上。

"起来，吉尔，"我拽着你的手想把你拉起来，"别犯傻了，这么一大堆东西要怎么搬回去？想都别想！"你用劲拉了我一把，我一下子坐到了你的腿上，你扶着我的腰亲吻我，我们往边上倒了下去，你主导着我们彼此的位置，直到你把我压在身下。

"告诉我你想让我做什么？任何事，我们可以做任何想做的事。"你在我耳边低语。

"吉尔！这里有人，会被人看见的。"我说。最后我不得不使出了撒手锏："当心孩子！"

"谁会来？你是指格林姆三兄弟？"你的手已经伸进了我的裙子，嘴唇紧紧地压在我的脖子上。

"吉尔！"虽然我不停地扭动挣扎，可还是忍不住想笑。我扭着头想摆脱你贴在我耳朵上的嘴唇，等我察觉到有一片阴影投下来的时候估计你已经把裤子拉链都拉下来了。

"你们两个在这里搞什么鬼？"一个男人俯视我们，从我的角度正好能看到他牛仔裤皮带上方紧紧勒着的那个大肚子的底部。

你没有要爬起来的意思，而是伸手从沙发边上的盒子里拿来放在最上面的一本书。"这个多少钱？"你亮出你的招牌笑容，英俊得能把人迷死。我使劲推着你的胸膛，狼狈地从你身下爬出来，把裙子拉到膝盖下面，站得直直的，两颊飞红，那情形有点像偷吃禁果的少女被早归的父母抓了个正着。你也坐起来，翻着手中的书，翻到某一页时开始仔细读起来。我看到空白处不是写满了字就是画满了画。"说真的，"你问道，"整箱书怎么卖？"

后来我才知道那次旅行中的所有花费，包括那箱书全部都是预支的。

你的

英格丽德

（信夹在伯恩哈德·厄尔曼所著、1933 年出版的《家庭钩针编织大全：床单、午餐盒套、围巾及椅套》中。）

19

吃过早餐后，弗洛拉刷了牙，换好衣服，等她回到厨房时，听到吉尔说他想回房再躺一会儿。

"可你不是刚起来吗？"弗洛拉说，"我还以为我们可以一起去海滩散散步什么的，顺便带理查德去看看那片荒野还有艾格尔岩石，他今天好像不用回去上班。你想不想去，理查德？"

"下次再说吧。"他边说边把吉尔搀起来，扶着他走出厨房。弗洛拉想要跟过去，可是娜恩拉住了她的胳膊。

"爸爸想让理查德在这儿多待些日子。"娜恩说。

"什么？"

"他问理查德能不能请假。"

"爸爸为什么这么做？"弗洛拉问。

"他是全职，对吧？"

"我是说爸爸为什么会让理查德留在这儿？"她扫了一眼走廊，压低嗓门说，"我只不过和他睡过几觉而已。"

娜恩翻了个大白眼。"反正我和爸爸都挺喜欢他的，他说理查德能陪他聊天。"

"可你们两个几乎都不认识他。好了，先不管这个，我想不通的是爸爸为什么不能和我们聊？"

娜恩耸了耸肩，走进走廊，弗洛拉也跟了上去。

★

吉尔回到屋前的卧室，靠着枕头躺下来。理查德帮他脱去鞋子，娜恩又进进出出好一顿忙活，非得让爸爸喝上新烧开的热水。躺在床上的吉尔显得特别瘦小，身下的床垫仿佛在不停地生长，过不了几天或几周就会将他完全吞噬，这种感觉有点像铁栏杆周围的树木越长越高，越长越密，总有一天栏杆会被葱郁繁盛的枝叶遮掩覆盖，最后销声匿迹。娜恩拉开窗帘，打开一扇窗，碧蓝的海浪裹挟着海水的咸腥味扑面而来。

"这张床可真够大的。"理查德说。

"是我祖父母留下的。"娜恩一边说一边把被子整平，"他们原先住在大路边的老宅里，离这不远。不过，我就在这里出生，爸爸也是，对吗，爸爸？"

"该死的床！"吉尔往后一躺，闭上了眼睛。

"照顾病人时确实不太方便，它太高了。"

"拜托，娜恩，你现在不是在上班。"弗洛拉说，她绕着床走到妈妈睡的那一侧，在吉尔身旁躺下来。

"你要我读书给你听吗？"理查德拉来一把椅子坐在吉尔那边。这栋房子里堆着成千上万本书，弗洛拉忽然意识到爸爸从来没有为她读过其中任何一本。念书给她听的从来都是妈妈。

★

弗洛拉睁开眼睛，看到床头柜上放着一堆书，最上面搁着一杯冷掉的茶。她又合上眼睛，听理查德和爸爸在她身后聊天。

"我经常跟着英格丽德，在拂晓时分。"吉尔说。他声音里夹带着的哽咽声让弗洛拉吓了一跳。她侧了侧靠在枕头上的脑袋，以便听得更清楚一些。鼻端飘来一股长久没有洗过的头发的气味，感觉是卡其色的。"她总是失眠，"吉尔继续道，"而大多数晚上我都在花园尽头的小屋子里度过。"

"你就是在那个时候写作吗？"理查德问。

"写作？"

"在夜里？"

"不，我从不在夜里写作，虽说夜里更容易集中精神。在晚上写东西的人不是我，是英格丽德，哦不，准确地说，是凌晨，她在门廊里一坐就是好几个小时。"

"我不知道英格丽德也是一名作家，她有没有出版过什么作品？"

"不，"吉尔斩钉截铁地回答说，"她只是在写信。"

"给她的家人？"

问得太多了，弗洛拉暗忖，爸爸一定也和她想的一样，所以才不作声。吉尔没有回答理查德的问题，而是说："她经常下海游泳，虽然医生嘱咐过不要游。"

"不让游泳？"理查德说，"我一直认为游泳对身体大有好处。"

"有一次我跟着她走到小海塘，就是沙丘后面的盐水湖，那儿非常隐蔽，景色也美。我躲在观鸟屋里，看她脱去衣服。她很瘦，肤色苍白，白得几乎有点透明。她走进水塘，忽然转过身来。我以为我藏得很好，可说不定她早就发现我了，而且一直往我这边看。后来，她往后躺倒在水中，仿佛那一池水是她的摇篮，正轻轻摇晃安抚着她，她不用甩动胳膊和腿就能浮在水面上。英格丽德就这样静静地躺在幽暗的水里，头发在身边散开。我看着，看着，太阳升起来——未着寸缕的奥菲利亚。"

"如鱼得水。"理查德说道。

"可是没过多久，她身上的盛装便被水浸透了，拉着她往水里坠，可怜的如花美眷最后沉入了池底的泥淖中。"吉尔接着往下吟诵。他沉默了一会儿，然后像是想起了之前的话题。"我应该走出去的，我应该踏进水中，像个老傻瓜一样跌跌撞撞地走向她，告诉她我爱她。然而现在，什么都晚了。"

"也许她是知道的，以她自己的方式。"理查德的声音很柔和。弗洛拉屏住呼吸，支着耳朵往下听。

"她什么都知道。"

"也许你还有机会告诉她，也许过不了多久。"

吉尔从鼻子里轻哼了一声："一听就知道是天主教的那套鬼

话，娜恩跟你说的，对不对？我非常怀疑英格丽德最后的归宿和我大限之日要去的是不是同一个地方。"弗洛拉感到吉尔在床上换了一个姿势。"弗洛拉，你没睡是吧？"

她伸了个懒腰，睁开眼睛，像是刚醒来一样。弗洛拉觉得吉尔正是因为知道她一直在偷听，所以才会突然加了一句："别去信宗教上的那套说辞，纯属一派胡言。"年轻人像是吃了一惊，往椅子里缩了回去。

20

游泳更衣室，1992 年 6 月 11 日，下午 4:25

亲爱的吉尔：

　　昨天下午孩子们一回家就吵开了。我走进她们卧室的时候看到娜恩一脸惊恐，而弗洛拉蜷缩在床上，手里抓着你用过的一个旧袖扣盒紧紧按在胸口。

　　"哦，我的上帝！"娜恩叫道，"她一定杀了人！她肯定是把谁给杀了，然后把牙齿留了下来。"

　　"它们是放在五斗橱我那一边的，"弗洛拉哭得一把鼻涕一把泪，"你怎么可以随便乱翻！它们是我的！"

　　"你有毛病，弗洛拉，"娜恩说，"你这个地方有毛病！"她拍了拍自己的脑袋。

　　"它们是安妮的，你明明知道它们是安妮的牙齿！"

　　娜恩突然发难，一把抢过袖扣盒，举得高高的，像摇拨浪鼓一样拼命晃着。弗洛拉一下子跳起来攀着她的胳膊，死命地扯着娜恩校服衬衫的袖子，一边尖叫着想要夺回盒子。

"住手！"我大喊一声，"你们两个，都给我住手！"

衬衫被撕破了。娜恩嗷的一声哭开了，她把盒子朝弗洛拉身上一扔，砰的一下摔门而出。弗洛拉抓着盒子跑进洗手间把自己锁了起来。我坐在娜恩床上，浑身上下都充满着一种无力感，我呆呆地看着窗外的大海，看着天上的白云被如同刀刃一般锋利的地平线割成了一片一片破絮。

后来，娜恩去朋友家做功课，我和弗洛拉依偎着坐在她床上。她把脑袋埋进我的胸口，我抚摸着她的头发，闻着孩子身上甜蜜好闻的味道。她低着头闷闷地说："为什么乌鸦不叫棕鸦，乌鸦妈妈明明都是棕色的；还是小狗……"她往后退了退，抬起头看着我，"为什么不叫母狗？还有狐狸为什么不索性叫雌狐狸？这样才公平。"

我正准备回答，可她自顾自地继续说道：

"为什么在家照顾孩子的都是妈妈？为什么这就不能是爸爸的工作？就因为妈妈擅长照顾小孩，是这样吗？"

★

我告诉露易丝我怀孕后，她就不再叫你的名字了，而是以"那个男人"取而代之。我们回到伦敦，我还是和露易丝一起住在原先的公寓里，而你依旧住你的宿舍。

"你去打胎的时候他得陪在你身边。"这是她听到我怀孕后说的第一句话。

"我没想要打掉孩子。"我坐在沙发上,手提包放在腿上。"我和吉尔已经订婚了,我们准备结婚,就在周二,希望到时候你能去观礼。"

"什么?"露易丝正在厨房煮一锅豆子,听到我的话她将手里的锅一下子砸在了炉灶上。"你疯了吧?结婚?到底是为什么呀?那我们计划要做的那些事呢?"

"因为我爱他。"

她嗤之以鼻地哼了一声。"我本来以为我们要结伴去看世界的,我本来以为我们不会像我们的妈妈那样虚度一生的。"她的语气就像我之前预想的那样充满了鄙夷。

"我可以以后再去。"

"那我呢?"露易丝质问道。

"你还是可以去呀,不是都说一个人旅行能收获更多吗?你可以给我寄明信片,让我看看我错过的一切。"我想笑,可是嘴角僵硬,完全不听使唤。

"你变了,孕期荷尔蒙让你变傻了。去你的鬼,英格丽德,快去把孩子做掉,这没有什么不好意思的,该不好意思的是那个男人。"

"我没有不好意思,我只是很兴奋。"可我的话音里一点儿也没有兴奋的意思,心里也没有。

"其实你心里也没底,对不对?"她在我身边坐下,握着我的手,改变了策略,"你还太年轻,英格丽德,想想你姑妈会怎么说。你跟她说了吗？"

"还没有。"我抽出手。

她上上下下打量我。"你还没有显怀，不过胸部倒是大了些。现在几个月了？"她把手放在我的膝上。"我可以陪你一起去医院。"

"我想要这个孩子。我已经决定了，我要和吉尔在一起。"

"这不是你的决定，是那个男人的。"

我什么也没说。

"想想你所放弃的一切。"她说。

"你什么意思？我什么也没有放弃，我会毕业的。"我想都没想过要休学，我也没想过关于肚子里的孩子以及之后的生活会是什么样子。我已经去过哈德利的全科医院，然后预约了伦敦的一家妇科诊所。在那里一个医生为我称了体重，量了腹围，例行公事一般给我做了检查，他甚至都没告诉我他的名字，也许是因为他觉得完全没有必要这么做。他告诉我预产期大概是在什么时候，对我而言，那个日子在遥不可及的将来，就像一个人不可能在四月份去设想圣诞节怎么过一样，我甚至觉得那个日子永远不会到来。他给了我一些产前讲座和如何断奶的宣传单，可是那沓肚里怀着孩子的透视简图似乎跟我没有任何关系，我转身就把它们给扔了。

"预产期什么时候？明年四月，还是五月？没到期末你就大腹便便了，想想别人会怎么说？"

"你什么时候在乎过别人说什么？"

"你靠什么生活？"

"吉尔的妈妈给他留了一些信托基金，他写的小说也挣了些钱……"

"所以你就靠男人给的钱过活?"

"……还有他教书的工资。"

"教书!"她恨恨地吐出这个词,"要是这事被学校发现了,肯定会让他吃不了兜着走。"

"他们才不管这些事呢,以前又不是没发生过。"我拂开她的手,站起来。

"他这么做叫滥用职权,"她说,"你是他的学生,想想就觉得恶心!"

"我爱他。"我重复了一遍,这次真有些生气了。

"你觉得他也爱你吗?你觉得他以前就没有干过这档子事吗?"

"我们马上就要结婚了,我知道他想要—— 一个家。"

我坐下来,有好几分钟我们都没有说话。过了一会儿,我开口说:"豆子好像焦了。"

★

结婚当天,我穿上了那件黄色针织连衣裙,而露易丝却在一九七六年十月五日穿着一身雪白的蕾丝袖高领礼服来到卡克斯顿政府大楼登记处。"二手的,"她说,"好看吗?"她在人行道上转了个圈。她穿成这样是为了气你,可是她不知道这么做会让我多伤心。

我们在大厅里等候,乔纳森想要缓解一下尴尬的气氛。"戴安娜·道尔斯和奥森·威尔斯都是在这里结的婚。"他说。你和露易丝朝着相反的方向别转头，谁也不看谁，我一个人坐在椅子上。"当然了，不是他俩结婚。"

"事实上，"露易丝没头没脑地冒出一句，"主张争取妇女参政的女人们就是在这里召开了第一次会议。"

登记官一边剔着牙一边抹着嘴走了进来。她朝着你还有穿着冒牌结婚礼服的露易丝点头致意，准备告知接下来的仪式流程。

★

事实证明，露易丝是对的：我们的事被学校发现了，而且他们准备严肃处理。我不知道是谁把这件事捅给了校方，也许是卡特太太，是她看见我们第一次拥吻；也许是露易丝，她觉得我背叛了她，一怒之下便不计后果了。不管是谁，一九七七年的四月二十九日，就在孩子预产期前两周，你接到了院长的约谈通知。

"没事的，"你说，"肯定就是拍拍我的手，说，'科尔曼，下不为例'。然后拿胳膊肘顶我一下，冲我眨眨眼，调侃两句就算过去了。真的，不用担心。"

我们去学校的时候谁都没有戴婚戒，课堂上我们表现得就和普通师生没什么两样。秋季刚开学的时候我还没有显怀，盖伊邀我去他的宿舍"滚床单"（他的原话），我很高兴地告诉他我已经和别人好了，他马上拉长了脸。

"那家伙是谁？"他问。我没有告诉他，他不识相地继续追问：

"是我认识的人，对不对？是个有妇之夫，对不对？"

我知道学校里有人在嚼舌根，有时候谣言就像传话游戏一样越传越离谱：比如，你和副校长的太太搞上了，或是和他的秘书有一腿，再不就是你是个同性恋，有人看到你在办公室里脱裤子。快到圣诞节的时候，最后一条谣言几乎接近真相了，只是我们没被人抓到现行。一对一的导师课程越来越频繁，你几乎每天都把我叫去办公室里"上课"，当然，我们从来不谈功课，你总是反复问我，希望我让你做什么，问到最后我不得不想一些答案出来你才肯放过我。

"我想在你的写作室里做爱。"我说。虽然你的办公室、游泳更衣室的大床和沙丘都很棒。"我想靠在天鹅绒椅背上，天黑了，窗子开着，"想着想着我自己都有些心旌荡漾了，"我们能听到海浪拍打沙滩的声音，你跪下来，把我的腿分开。"

★

"小姐，只有科尔曼教授才能进去。"当我们准备走进行政大楼时，门卫用他庞大的身躯挡住了我的去路。说是门卫，我看他倒是更像一个保镖，如果不是看全身而是单看腰围的话，我和他倒是有的一拼。

"不是小姐，是太太。"我更正道。

那个男人只是看着我的眼睛，没说话。

你，吉尔，当时用手搂住我的脖子说："不会有事的，最糟又能糟到哪儿去？"你对我露出宽慰的笑容。

露易丝站在我身后，不用看我也知道她脸上挂着担心时特有的神情：两条眉毛像是打了个结，一脑门抬头纹。那天早上，在院长跟你谈话前她就摆出这副表情说："总得有人在那儿陪着你，这可不光是吉尔的事。"我已经跟她说我可以照顾好自己，可她还是坚持要陪我过来。

你推开玻璃门走了进去，我和露易丝等在外面，我们两个靠墙站着，就像因为逃学而被老师罚站的女孩。在我们面前有一尊著名的金属雕像：管道和线条纵横交错，彼此纠缠，一根杆子底下躺着一个圆盘。

"你觉得这玩意儿像什么？"露易丝歪着脑袋问。

"一头患了关节炎的大象的骨架。"我说。

"左撇子章鱼信手涂鸦的线条画。"

"给孩子们玩的攀登架。"

那个门卫像岗哨一样杵在门口，他这么严防死守就像生怕我们随时会发动突袭冲进大楼似的。（一个身怀六甲的女孩和她瘦骨伶仃的女伴一把推开他，要求学校保留科尔曼教授的教职。）过了一会儿，他走进楼里，出来的时候手里多了把椅子。虽然我觉得肚子不住地往下坠，里头仿佛有什么东西牵拉撕扯得十分难受，可我还是打定主意准备很有骨气地拒绝这份好意。没想到人家压根儿就没打算让我坐，他把椅子放在门口，自己一屁股坐了下来，往后一跷，一副静待好戏上演的模样。他伸长腿，卷了根烟，当时并没有风，可他还是并拢手指弯成握杯状，另一只手点着了烟。

他一口一口地吸着，顶端的小红点在指间忽明忽暗。

你微笑着从大楼里走出来，可我怎么看都觉得你是在故作镇定。

"怎么样，"见你不吭声我便开口问道，"没什么事吧？"

露易丝比我先读懂了你脸上的表情。"英格丽德，除了肚子里的这一个，你有没有考虑过再收养一个'孩子'？"她笑出了声。

"给我闭嘴，"你说，"我不知道你来这儿干吗！"

"我来当然是为了保护英格丽德。"她抱着手臂说。

"别吵了，"我说，"能不能告诉我到底有没有事。"

"听着，"你伸手握住我的胳膊肘像是要把我从这里带走，"让露易丝见鬼去，让院长见鬼去，让这些人统统都见鬼去。"你把我抱在怀里，"放心，我下一本书马上就要出版了。"

我往边上一让："可是你跟他们道歉了，对吗？"

"已经晚了。"

"他们不能就这样把你赶走，你的聘用合同里有没有规定任期或者类似的条款？"

"他们没把他赶走，"露易丝说，她依旧靠着墙，"我猜他是自己主动辞职了。"

"并不全对。"

"为什么要这么做？"我的肚子一下子缩紧了，摸上去硬邦邦的，不过没有痛感。事后你告诉我这叫妊娠期子宫无痛性收缩。

"其实我别无选择。院长一直在那里东拉西扯，说什么不能让丑闻见报、大学基金委员会马上就要来学校之类的鬼话。"

"说不定院长正准备给自己的现代艺术品收藏拉赞助呢。"露易丝说。

"可是你一定可以找到另一份工作的，对不对？"我的手撑着肚子，它就像石头那么硬，"我是说在另一所大学。"

"我才不会给他这样的机会，免得他以为我会低三下四地问他讨要一封推荐信。让其他人追着赶着拍他的马屁去吧。"

门卫深深地吸了口烟，看戏似的看着我们，脸上堆着假笑。

"不，吉尔，告诉我你没有辞职。"

"得了，"你说，再次握住我的手臂，"放心吧，没事的。"

"我得和他谈谈，"我说着便推开他往里面走去，"你需要这份工作——我们需要这份工作。"

门卫见我走近，一下子从椅子上跳起来，把香烟屁股往地上一扔，为我推开门。我从他身边经过时他冲我微微点了点头，也许是想对一名怒气冲冲的怀孕妇女表示一点儿尊重。

院长的秘书坐在桌子后面，我没搭理她，径直走了进去。虽然我身形笨重，可速度够快，所以当我走进院长的办公室时，她还没来得及站起来。

院长长得比我想象中要老。当然，我不是第一次见他，每年开学我都会坐在大礼堂后排远远地看他在主席台上发表五分钟左右激情洋溢的演讲，鼓励我们要为学校、为父母、更重要的是为我们自己争气。

"托格森小姐，"他说话的语气好像不是我不请自来，而是他主动约我见面似的，"请坐。"他朝书桌前的一张椅子打了个眼风。他居然知道我姓什么，或许我不应该为此感到惊讶。

"谢谢，我看我还是站着吧。"虽然膝头发颤，可我还是硬撑着不肯坐下。

"请允许我祝贺你就要成为一位母亲了，"他冲我的肚子点了下头，"这个甜蜜的负担，或者按照医生的说法，预产期是什么时候？"

"下下周。"我说。

我很高兴地看到他脸上闪过一丝震惊，不过他马上调整好表情，绕着桌子走过来，把那张椅子放到我跟前。"还是坐下为好，我可不希望我的办公室变成产房。"

我还是站着，他也不再坚持，回到了桌后。

"想好名字了吗？"院长的脸上一直挂着微笑。

吉尔，你还记得吗？当我的肚子已经大到没法四处旅行时，我们在海边度过的那些周末。周五下午，你会把我塞进车里，我们从伦敦一路往南开。只要你不用换挡的时候，你的左手就会一直搁在我的肚子上。一到游泳更衣室，我连衣服都没脱就瘫倒在床上，肚子上的皮肤绷得紧紧的，你说我坐着的时候肚子看上去就像白杨树枝上夹着的一个白色海滩球。我的肚脐突了出来，肚脐下面长出了淡淡的黑中线（这也是你告诉我的学名）——一条带点姜黄色的条纹——仿佛沿着这条线你就能把我的肚子一掰为二，里面像橘子瓣似的整齐排列着六个小宝宝。我的乳晕变深了，接近橙红色，因为乳房变大，乳晕也大了些。你告诉我分布在乳头周围类似星群一样的突起叫蒙哥马利，我也没问你都是从哪里学来的这些词。你伏在我的两膝之间，嘴唇贴着我的大肚子，低声给我们未出世的宝宝讲故事，关于海马、海螵蛸，还有渔民手中缠结的渔网。有时候你会分开我的双腿仔细打量，而后大呼小叫地说我的骨盆实在太窄，宝宝怎么可能通过如此狭窄的通道来到这个世界。当我把你拉起来，想让你进入我的身体时，你说不可以，因为我马上就要临产了，你说这个阶段你只能看看，但不能碰我。然后，你在我身边躺下来，报着一串名字看哪个最合适：费奥多、索尔、华莱士。难道除了雪莉·杰克逊你就不知道其他女作家了吗？

"我们还没想好。"我对院长说。我很清楚他心里打的小算盘——顾左右而言他，就是不谈正题。"我想和你谈谈关于科尔曼教授的工作问题。"我单刀直入地说。

"恐怕我不太方便和你讨论学校雇员的私人事宜，这属于隐私。"

"他是我的丈夫。"

"他已经告诉我了。"院长把面前的记事本摆正了，"可即便如此，关于他的教职问题依然不能公开。"

"但是我们需要这份工作。"

"也许他该早点考虑这些问题。"他看了看我的肚子。"不过说实话，托格森小姐，"他意味深长地说，"你今天也不能算是白来。"

"你的意思是你会重新考虑？"

院长把脑袋歪向一侧，皱起了眉头。"不，不，我是想谈谈你目前的处境。我原本是想下周约你来谈的，不过既然你今天已经来了……你还是坚持你不用坐下吗？"

我的肚子又紧了紧。我摇摇头。

"你看，这是一个关于标准的问题，我想你肯定知道我们大学必须要维护自己的声誉，也许你认为校方会对师生恋睁只眼闭只眼，不过恐怕事情不是你想的那样。这关乎学校的名声，我们的标准已经变了……"院长还在往下说，声音单调空洞，言之无物。我脚下发虚，他啰啰唆唆说了半天，最后终于言归正传："我已经和英语系主任谈过了，他也觉得如果你能休学一段时间对大家都好，你也应该养养身体，准备准备好迎接宝宝。"

"可下个礼拜就要毕业考试了。"我说。

"现在不是你担心这个问题的时候。不，不，我还是建议你回家照顾好你的丈夫和孩子。那才是你该待的地方。"

"可我该待在这里……我想，不，我必须完成我的学业，拿到文凭。"

院长站起身，把椅子推回桌子底下，笑着说："也许你也该早点想到这些问题。"他站在那里伸长手臂，像是要把我撵出去的样子。"如果你不介意的话，我后面还有约。"

我转过身，走出屋子，迈着大步从他的秘书面前经过，然后在身后甩上了门。

我的学生生涯就在院长的办公室里、在还有一个礼拜就要圆满落幕的时候仓促而狼狈地画上了句号。

你的

英格丽德

（信夹在派伊·亨利·查韦斯所著、1913 年出版的《给妻子的忠告：自我保健及如何对待因怀孕、生产及哺乳引起的不适》中。）

～～～

21

那天下午，在他们把吉尔的车开回来后，弗洛拉便带着理查德去了海滩。海面上吹来阵阵微风，沙地上偶尔长着几丛绿莹莹的野草，一半埋在地下，一半伸出了地面。一群海鸥在浪尖盘旋，仿佛在等待什么东西出现。弗洛拉在家里的烘衣柜里找到一条旧泳裤，不过理查德没要。他坐在浴巾上，手捧沙子，看着它们从指缝中落下。弗洛拉像脱套衫一样脱掉了衬衫，她里面穿着比基尼。衬衫一离身，手臂和腿上就起了一片鸡皮疙瘩。

"不下去游吗？"她问。

"我身上还画着一副骨架呢，就这么光着身子下水，要是让你邻居看见该说闲话了。"

她已经忘了画的事。弗洛拉走进水里，等水没过大腿时才转身回望了一眼。理查德走到海边，牛仔裤的裤管卷了起来，海水拍打着他的脚面。

"太冷了。"他对她喊道。

"别像个小孩子似的。"她深吸了一口气，一头扎进水里。和往常一样，刺骨的海水冻得她一激灵，可是划了两三下后，整个世界便被抛在了脑后，她从一个在陆地上呼吸空气的人变成了水里的一尾鱼，骨头和肌肉配合得天衣无缝，在海里翩然划过。弗洛拉睁开眼睛，海水的颜色有点像薄荷绿，有时候当她用心去听，似乎能在海草随波摆动的沙沙声和海底沙土翻滚的窸窣声中听到妈妈在对她说话：弗洛拉，把腿伸直，伸长手臂保持划动，尽量逆着水流游，这样游回去时就能轻松不少。她随翻腾的海浪潜入海底，时刻注意着自己的手臂、腿，还有含在嘴里没有吐出去的气泡。她触摸到了海床，手划动着握住了一捧沙，如同握着能带来好运的护身符。她浮出水面朝岸边望去，只见理查德依然站在原地看着她。弗洛拉转过身改为自由泳，她甩动手臂划着水，同时富有韵律地摆动着臀部、肩膀和头，一边把嘴探出水面呼吸。如同往常一样，她瞥了一眼远处的浮标，然后笔直地朝它游过去。海浪前呼后拥，左推右搡，不过她很快就掌握了节奏，在身体下沉前呼吸，而后在水里拨开浪头。她尽量压低脑袋，这样一来臀部和腿就会自然上扬，整个身体能更好地配合水流律动。当她伸长指尖触碰到了浮标，她便在水下灵巧地翻了个跟头，然后脚踩着浮标借力一推，一边听着水下簇拥而上的浪潮不停地拍打着身体，一边朝着岸边游去。

当她的脚能够踩到底部时，她站起来，踏着水走向海滩。理查德已经坐回到了浴巾上。

"你太厉害了。"他说。

"妈妈教的。"她在他身边坐下来，胸口不停地起伏着。"好像只有在一起游泳的时候，我们才不会吵架。"她拧了拧湿发，然后拿毛巾包了起来。

"她也游得很好吗？"

"非常好。她可以游出离浮标很远一段距离，你现在看着近，其实很远。"

"说得没错。"

"我知道他们都以为她淹死了，警察、记者，所有人都这么说。有一次我看到一张旧报纸，头版头条写着'情色小说家的妻子在多赛特海岸溺亡'，你不知道我当时有多难过，他们甚至都不愿意花些时间搞清楚她姓甚名谁，在他们眼里，她只是某人的妻子。"

"这也难怪，毕竟她不是作家，如果不是因为嫁给了吉尔，她的事也不会见报。"

弗洛拉觉得妈妈的失踪就像拖在这个家后面的一抹影子，它无时无刻不在提醒人们，要记得把这宗不祥事讲给尚不知情的人听。大约是在她十一岁那年，有一天，弗洛拉正在小店里挑冰激凌，她无意中听到有个女游客对她丈夫说："是不是有个瑞典姑娘在这片海滩附近淹死了？她好像把石头或其他什么东西装进了口袋里，哦，不对，我好像弄混了，你知道的，那个蛮有名气的作家——对了，淹死的好像是他的妻子？"弗洛拉从卧式冰柜抬起头，看到小店老板班克斯太太冲着那对夫妻又是皱眉又是摇头。那个丈夫买了份报纸便拉着太太匆匆离开了。

当时，弗洛拉很想在他们身后大喊一声："不是瑞典人，是挪威人！"可她只是舔了舔指尖，把手贴在冰柜内层的冰霜上。

"你不打算问问你爸爸在哈德利看到了谁？"

"不，不想问。"

"为什么？你就一点儿也不好奇吗？"

"没什么好多说的，换个话题吧。"她用毛巾擦着手臂。

"你爸爸觉得他看见了死去的妻子，你的妈妈，你就真不想去问问他？"理查德一脸的不可置信。

"我已经跟你说过了，她没有死。"弗洛拉拔高了嗓门。恍惚间，英格丽德又一次从游泳更衣室的前门转过身来，胳膊上搭着毛巾，那身衣裙衬得她脖子和肩膀的皮肤一片苍白。弗洛拉把这个片段翻来覆去地研究，就像舌头不停地舔弄拔牙后留下的血淋淋的洞，就算后来伤口愈合了，新的牙齿填补了之前的窟窿，她依然觉得自己失去了什么。

"好吧，好吧。"理查德举起双手，朝她摊开手掌，好像弗洛拉正准备攻击他似的。

"你要是这么感兴趣，就自己去问爸爸，你俩不是一见如故吗？"弗洛拉把脑袋钻进衬衫里，往下猛地一拽，她的胳膊还没擦干，伸进袖管的时候有些费劲。"理查德，麻烦你告诉我，为什么你还留在这里？"

"吉尔让我留下的。我觉得我能帮上点忙。"

"到底能帮上什么忙？"

理查德面露窘态："那得看情况。"

"照你看还能发生什么情况？"弗洛拉的腿上挂着水珠，冻得起了鸡皮疙瘩，她拉过毛巾擦了擦，然后怔怔地望着大海。海浪越来越大，起伏吞吐之间泛起成片的泡沫，波涛翻滚着涌向海滩，随即又急速往后退去。游客里有个妈妈正在叫戏水的孩子快点上岸。

"弗洛拉，我知道你很难——你爸爸……"他顿了一下，说，"关于你妈妈的回忆时不时涌上心头，我明白这些年你是怎么过来的，可我想不明白，你为什么总想把我往外推呢？"他把一只手放在弗洛拉冰冷的膝盖上。"说真的，你为什么要赶我走？我只是想帮你——帮你们。"

"因为我们并不熟。"她说着推了他一把。他们边上坐着一家人——妈妈、爸爸和两个小女孩，他们一边吃着三明治一边往他们这里打量。"看什么看？"弗洛拉喊了一嗓子，那对父母马上别转脑袋，忙着把掉到沙滩上的葡萄捡起来，吹掉沾在上面的沙粒。她又看了一眼理查德，他已经把脚伸进鞋子里准备站起来了。

"我要回去了，"他等了一会儿，然后说，"你刚才说的不算理由。"

她注意到他脚上的匡威鞋和黑白相间的鞋带正好落在视线的边缘。

"待会儿见。"他说。

她咬着牙不吭声。那双鞋子在原地逗留了几秒钟，她还是一言不发，最后，鞋子走出了她的视线。

22

游泳更衣室，1992 年 6 月 12 日，凌晨 4:30

亲爱的吉尔：

　　那次找院长谈过后，你坚持把我送回了游泳更衣室。你确认我没什么事，然后亲了亲我紧绷的大肚子便回写作室去了。我一点儿也不在乎你会不会留下来陪我，因为我希望你快点把小说写完，我们急需用钱。我站在窗前，看着你房间里的灯光熄灭了，心想也许你是累了，需要休息一下，再说，就算我们两个都醒着，又有什么用呢？突然间，我感到一阵来例假似的疼痛从尾椎骨底端涌上来，我束手无策，只好呆呆地站在原地，好在它很快就过去了。二十分钟后，当我正在厨房里喝水时，又一阵疼痛迅猛来袭，我痛得在水槽边弯下腰，咬着牙一个劲地喘气。痛感渐渐消失了，我冲了一壶茶，坐在没有开灯的厨房里，慢慢地喝着。多么奇怪！在我的肚子里居然有个手脚俱全的小人正在全力生长，而且马上就要脱离我的身体降临到这个世界上了，想想就觉得不可思议。

就在我准备站起来的时候，疼痛又来了。我死死抓住椅背苦苦支撑着不让自己跪倒在地上。"吉尔，"他的名字从我牙缝里迸出，"吉尔！"

我上了趟厕所，回到卧室，侧着身子蜷缩在被子里，忍不了剧痛时就把被子蹬掉。我不想动，心里总存着一丝侥幸，没准这样乖乖躺着，疼痛就会自动消失。这孩子来得太早，我还没有准备好做妈妈，也许永远没法做好准备。又来了，我痛得弓起背，一边叫一边在床上翻腾挣扎。还差几分钟就六点了，天际透出了些许光亮，我趴在浴室地上，羊水破了。我沿着走廊往前爬，不敢站起来，生怕一站直孩子就会从我身体里掉出来。我跪着打开前门，然后屁股着地，靠两只手支撑着挪下了三级台阶爬到花园的小路上。就在那里，你终于发现了我。

"你为什么不喊呢？"你问，"怎么不过来叫我呢？"你把我扶起来抱进了卧室，又找了一件睡袍套在我头上。"你有没有打电话给医院？是不是羊水破了？英格丽德，我们就要有孩子了，他马上就要出生了。"

"我不想生孩子，"在下一波阵痛袭来之前我语无伦次地说道，"我改主意了，我要和露易丝一起去旅行，我要拿到文凭。"

"你会成为一个了不起的妈妈。这会是一件无与伦比的事情。我敢肯定。"我下死力紧抓着你的手臂，你试图掰开我的手指，因为你手上的皮肤都被我掐白了。

"别走，"我哭了，"请不要离开我。"肚子里仿佛有只手拼命把我往下拽，五脏六腑如同翻江倒海一般，腹部底端就像有一把刀在那里来回刮擦。

"一分钟，英格丽德，"你好像是这么说的，"一分钟后我就回来。"

我听到有人在尖叫，我疼得快要死过去了，然后我精疲力竭地倒在地上。

你拿来一条毛巾，帮我拨开被汗水浸湿而糊在脸上的头发，我坐在床边开始呕吐。你的手红红的，有一股肥皂的清香。我真怀疑你的前半生是不是当过外科大夫。

"能站起来吗？"帮我擦干净嘴后你问我，"我们要开始了。"你握着我的手肘把我往上提，可是阵痛不肯放过我，它又来了，这次如同海啸一般，我觉得自己就像一叶孤舟在滔天巨浪中沉沉浮浮。我一定是爬上床的，而后神志不清地把脸埋在床头的一大堆毯子、枕头里。"英格丽德。"在我从喉咙深处发出一声长长的呻吟之后，我记得当时你喊了我一声。

"见鬼。"我在枕头里哭喊，然后翻身仰面躺着，一边喘着粗气一边用力往外推。你看向我两腿之间，然后微笑着。

"我看到他了，英格丽德，"你说，"他的头发好黑啊。"

"是她。"我在喘息的间歇挤出两个字。

"管他是男是女呢，都好！好了，宝宝快出来了。"

"我不知道该怎么做，我不会！"我听到自己惊恐万状地叫着，然后随着一股炽烈滚烫的剧痛，孩子的头出来了。

"等等，"你说，"呼吸，她来了。"伴随着最后一次发力，孩子降生了。你托着她的头把她抱起来，然后让她趴在你的膝头，你拍着她青紫色的小屁股，最后她终于哇的一声哭了出来，皮肤也由紫转红了。她和你一样都是一头乌发，皮肤也随你，是小麦色的。趁我喘息的当口，你已经从放置被单的烘衣柜里拿来了干净的毛巾，又给我端来一碗热水。你把她包裹起来，只露出小脸。"我们有女儿了。"你说着吻了我，把孩子放在我怀里，帮我把湿漉漉的头发拨到边上。我们的女儿胖嘟嘟的，满脸褶子，看上去就像一条小沙皮狗。她的眼睛犹如玻璃一样透亮，仿佛能看穿我们的灵魂。"第一个。"你说，我笑了起来。我已经有点歇斯底里了。

大约一小时后，助产士才过来，她推着一个带轮子的氧气瓶哐当哐当爬上门廊的台阶。在她来之前，胎盘已经顺利娩出，脐带也已剪断，她进门的时候，你正把我们的南妮特抱在怀里。

"我的上帝啊，看看这张床，"助产士说，接着又说，"看来好像已经没我什么事了。"她在床边坐下，握着我的手腕测了测脉搏。她又高又瘦，和制服配套的蓝腰带勾勒出她纤细的腰线。

"是个嘴上不饶人的角色。"你事后评论道。

她的后脑勺上别着一顶白色的圆帽，露出了头顶上分得很开的发缝。"我要给你做个简单的检查。"她说着抖开一条床单盖住了我的腿。"科尔曼先生，如果你能回避一下我将不胜感谢。"

我看出来你想反驳，所以马上接口说："吉尔，给我杯茶，好吗？"

"把孩子也放下来。"她说。

她一边做着检查一边啧啧有声地说："在分娩前，我一般都会让产妇剃毛备皮，这样的话后面的过程就会干净爽利许多。你有没有大出血？”

"我不知道。"

"记得要多吃沙丁鱼。你的情况不错，很快就能复原的。好了，把腿合上吧。现在让我们来看看小宝宝。你要知道，其实你不必哺乳，"她从我怀里接过南妮特，解开襁褓。"如今很多妇女都开始用奶瓶喂奶了，配方奶粉里什么都有，比母乳更有营养。"她又检查了一下脐带，从她的表情看，你做得还不错。娜恩被放在便携式体重计上称了体重，然后被重新裹上毛巾放进我怀里。

我没有什么感觉。我在等待人们所说的那种生完孩子后势必会喷薄而出的母爱，我不知道我妈妈看到我第一眼时是什么感觉。生完孩子后的几天里，我依然有些恍恍惚惚的，直到胸口的衣襟被溢出的奶水浸湿时才会猛然想起隔壁房间里还有个小婴儿。我给姑妈打了电话。她听到自己有了一个侄孙女后，非常激动，连声说只要得空就过来看她。在我问出心里的疑问之后，她说妈妈生完后第一眼看到我就全身心地爱上了我。我觉得自己有些不太对劲，因为我见到南妮特时并没有那种母爱泛滥的感觉，只是在电话里我什么也没有说。姑妈最终也没能从挪威过来看她的侄孙女，因为一个礼拜后她就去世了。

★

就在刚才，我从梦中醒来，看到弗洛拉穿着睡衣坐在我身边。太阳初升，我发现枕着桌子的那侧脸颊上淌着一道口水，我原本只想趴在桌上闭目养神，没想到真的睡着了，而且这一睡就睡了好几个小时。

"你在做什么？"弗洛拉问。

"在写东西。"我说。

"可你又不是作家，爸爸才是。"

我有些语塞，心里掂量着该怎么回答。"你说得对，"我说，"爸爸才是作家，妈妈不过是在写信。"

"在梦里写吗？"

"不，在睡着前写的。"

"写给谁？"

"给爸爸。"

"信里都写了什么？"

"很多事。"

"有没有写到我？"

"我还没有写到你出生的那部分。"

"爸爸会回信吗？"

"不会。"

"为什么不？"

"因为他还没有读到我写的信。"

"为什么没有？"

"因为他得先回家才能看到信。"

弗洛拉重重地呼了口气，像是觉得写信的想法既愚蠢可笑又费力不讨好。

"你为什么不直接跟他说呢？"她问。

我为什么不直接跟你说呢？因为你不在这儿，因为即便你在这儿，也不会听我说。

你的

英格丽德

（信夹在亚历山德拉·柯米妮所著、1976 年出版的《埃贡·席勒》中。）

23

弗洛拉从海滩上回来时看到娜恩跪在厨房的地板上擦地，身边放着个水桶，她正用力绞着抹布。椅子被搬上了餐桌，见缝插针地立在一堆堆书中间。理查德在水槽边洗什么东西。

"怎么了？"弗洛拉站在门口问。

娜恩抬头看了看她，用手背把散在脸上的碎发拨到脑后。"洗衣机漏水了，肯定是什么地方堵住了。"

"找到了，原来罪魁祸首就是它！"理查德说着把一个玩具士兵放在娜恩脑袋旁边的案台上。

"这是我的。"弗洛拉大步上前一把抓过玩具，另外两个人不明所以地瞪着她。"这是我找到的，"她说，"就在哈德利的海滩上。"她转身穿过走廊走进浴室。她的眼前又浮现了那一幕：英格丽德离开游泳更衣室，手臂上搭着一块毛巾，手里拿着一本书。

弗洛拉并没有把浴室门关严实，透过门缝她听到娜恩说："看在上帝的分儿上！"她泣不成声。

"别这样，振作些，"理查德说，"来，站起来。"接着，厨房里传来椅子放到地上的动静和娜恩的抽泣声。

"我没法干了，"娜恩说，"我实在干不下去了。"

"干不了就不要勉强自己，这又不是什么非干不可的事。"

弗洛拉往前靠了靠，想听清楚理查德说什么。

"如果我不做，还能指望谁来做？"

"总会有人的，你不是吉尔的妻子，也不是弗洛拉的妈妈。娜恩，你没有必要把这些角色硬安到自己头上。"

"可要是不做的话，一切都会乱套的。"

"那就由着它们乱套吧，"理查德的声音冷静而柔和，"也是时候为你自己而活了。"

娜恩还在抽噎，虽然她把脸埋在手心里多少盖住了哭泣声，可弗洛拉还是听到了，她忽然意识到此前从没听到姐姐发出这样令人心酸的哭声。就在这时，浴室门被推开了，站在门后的弗洛拉被撞得直往后退，她下意识地抓住台盆才勉强站稳了。理查德瞪了她一眼，抽了一长条卫生纸转身便往外走，随手重重地关上了门。

弗洛拉给自己撕了点卫生纸，用水蘸湿了，看着镜子，擦掉了眼底被弄花了的睫毛膏。她脱掉比基尼，换上了一直挂在门背后的那条粉色长裙，然后走出浴室来到厨房。

"我们可以在卧室吃晚饭。"娜恩说话时的样子仿佛之前什么也没发生过。她瞥了一眼弗洛拉身上的裙子，立刻移开目光，什么也没说。"这样爸爸就不用起床了。"

★

吉尔换好了睡衣，重新坐起来，腿上垫着一个准备放盘子用的枕头。坠崖时撞到的那边脸现在看上去就像一枚熟透了的乌梅，果皮绷得紧紧的，仿佛只要轻轻一碰里面的果肉就会裂开似的。另一边脸则蜡黄干枯，黯淡无光。娜恩做了洛林乳蛋饼。

"这身裙子是我买给你妈妈的，"吉尔说。弗洛拉还是坐在妈妈睡的那一侧，吉尔伸手摸了摸裙子，说："那是很多年前的事了。"

"我跟她说了让她脱下来。"娜恩说。

吉尔的手指温柔地摩挲着衣料。

"我之前一直穿的，爸爸，穿了好多次了。"

他看着她。"是吗？我都没有注意到。"

娜恩在为大家装盘，她给弗洛拉盛好一盘沙拉，把里面的黄瓜和土豆挑出来搁在一边，又在周围留了一圈空当。接着，她替吉尔切好乳蛋饼，方便他用叉子叉着吃。

"马丁说他会过来，"娜恩说，"看看你要不要紧。"

"他成天不是忙着打高尔夫就是遛他那条该死的狗，居然还有时间来看我！"

"马丁养狗吗？"弗洛拉坐起来，"什么狗？"

"个头小小的那种，一天到晚叫个不停。"吉尔说。

"我们厨房里倒是有一柜子狗粮。"娜恩说。

"我也想过要养条狗，"吉尔说，"养一条大型犬。我会叫她芭芭拉——哦，不，等等，还是叫雪莉吧。"吉尔说着笑了起来。

"夏洛特这个名字怎么样？"理查德说。

"或者叫西蒙？"弗洛拉说。

"要不叫卡尔森？"吉尔说。

娜恩翻了个白眼。

"哈珀？"弗洛拉又问。

"好，就叫哈珀。哈珀最合适！"吉尔笑得更欢了。

"你不是不喜欢狗嘛。"娜恩对爸爸说，她看到弗洛拉正在用餐刀把乳蛋饼里的蛋和面饼分开。

"你不是真想养狗吧，爸爸？"弗洛拉问。

吉尔倾身拍拍她的手，笑容不减。"别当真，弗洛，只是开个玩笑。"

弗洛拉刮掉沾着鸡蛋的馅料，把面饼往盘子边上推了推。不用抬头看她都知道，娜恩肯定是一脸的嫌弃。

"你在书店工作？"吉尔问理查德，"二手书店？"

"是卖新书的书店，目前只是在打零工，如果有更好的机会我就跳槽。"

"哪有零工一打就是两年的？"弗洛拉说。

"太出乎我的意料了，"吉尔说，"我的小女儿居然和一个书店售货员谈恋爱，我们几乎都没怎么看她翻过书，除非书里有图片。弗洛小时候倒是很喜欢读书。"

"我们没在谈恋爱！"弗洛拉抢白道，然后轻声说了一句，"要说谈恋爱，你该去问娜恩才对。"

"我也不知道自己想找一份什么样的工作，"理查德说，"也许当老师，或者先花点时间到处走走。"

弗洛拉叉起了一片黄瓜。

"这想法不错，"吉尔说，"总之不要太早结婚生子，这些事会捆绑住你的手脚，进而改变你的人生轨迹。"

"爸爸！"弗洛拉叫道。

理查德看上去有点手足无措，吉尔继续往下说："花点时间想清楚自己究竟要什么，总之没有必要过早地安定下来。你多大？二十二，还是二十三？"

"二十九。"

"哦。"吉尔说。

弗洛拉握着刀利索地一划拉，黄瓜便皮肉分离了。

"我打给医院问过书的事了，"娜恩说，"先打到急诊室，他们又把电话转到了病房，然后我问了负责救护车的人，他们建议我打给失物招领处。我重新拨了一个电话，可是总机那个女的却说医院里压根儿就没有失物招领处。恐怕这书是找不到了。"

"没准落在海滩上了。"弗洛拉说。她看着爸爸，他的眼眶里满是泪水。吉尔眨了眨眼，把眼泪逼了回去。

"我再去问问薇芙，"娜恩说，"说不定有人捡到后交到书店去了，可你为什么非要盯着那一本呢？你看，这里的书就够你翻的了，对不对？"这番话说得抑扬顿挫，就像在和小孩子讲道理。

"要是我再不走，这房子里的纸恐怕比木头还要多了。"

"爸爸，"弗洛拉说，"别这么说。"

"什么？"

"别说什么走不走的话。"她把餐刀和叉子搁在面饼上，这是孩子惯使的花招——把不爱吃的东西藏起来。

"我是说真的，"吉尔说，看了看娜恩又看了看弗洛拉，"我已经和理查德谈过了。"

理查德坐在椅子里，显得有些局促，只好低头看着地上。

"我让他帮我把这些书都烧了。"

娜恩听后猛地抬起头，塞了一嘴的食物都忘了要咀嚼。

"我是说在我死后，"吉尔说，"这也不是什么遥不可及的事，随时都有可能。"他笑着对弗洛拉说。

娜恩把食物咽下去，问："哪些书？到底什么意思？"

"屋里所有的书。"吉尔说。

"而你，居然答应了？"弗洛拉不依不饶地冲理查德叫，他没有答话。

"你们对这些书又没兴趣，"吉尔说，"再说了，已经多得装不下了。我知道你们的妈妈倒是想要这些书。"

"妈妈！可你怎么知道妈妈想要什么呢？"弗洛拉跪在床上，手里的盘子没拿稳，堆在上头的面饼碎片掉在了床上。

"你不是很喜欢这些书吗？"娜恩说。

"为什么不把书重新卖给薇芙呢？"弗洛拉挪了挪，一点儿也没注意到膝盖压住了面饼。"要不直接送给她得了？薇芙应该会要的，对吧，娜恩？"

吉尔拉了一下弗洛拉的手臂，让她坐下来。

"你确定不要了？"娜恩问。

"对，确定得不能再确定了。"吉尔把叉子放在了那盘一口也没动的晚餐上。

24

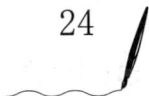

游泳更衣室，1992 年 6 月 13 日，凌晨 3:32

亲爱的吉尔：

　　乔纳森嘱咐过我不要到你的写作室去，因为我可能会看到我不想看到的东西。见我挑起了眉毛，他继续说："你知道的，像有些碎纸片上写着一连串不那么文雅的字眼，还有乱七八糟的纸团，上面的内容已经被画得一塌糊涂，都是不能用的草稿。很显然，初稿都是不堪入目的。"我们都笑起来。那年夏天，我们在荒野上漫步，金雀花已经褪去了最初的艳丽，只留下浅浅的一层黄，从海上吹来的微风中已经闻不到椰子的香味。乔纳森说你需要一间独立的房间，而且不能和接待客人的房子连在一起，那是一个能让你集中精神写作、静心思考的地方。

　　还是在我刚怀上娜恩那会儿，有一天晚上我醒来的时候发现你不在。我走出去，趴在你门口的小窗子上往里看，你正靠在打字机上休息。我敲了敲窗，可是你没有动，我也不确定你是不是睡着了。早上，你躺回我身边，把我拉到你怀里，让我保证如果夜里发现你不见了，不要再出来找你。我笑了，然后听到你说："我没开玩笑，英格丽德，每个人都需要一个可以逃避的空间，哪怕只是头脑中的一个小角落。"

"我保证，"我说，"如果你也能做出相同的保证。"

我们面对面躺着，中间只隔着一层给肚子里的宝宝盖的有涡纹图案的细毛毯子。你别别扭扭地伸出右手和我的握了握。你记得吗？

多年后，在一次争吵中我们砸碎了茶壶，你冲我大喊大叫，不许我进你的房间，因为我总爱刨根问底。"写得怎么样了？今天写了多少？只想了个书名？"你还指责我趁你出门的时候偷看你的手稿、背地里疑神疑鬼、东翻西找，洗了头发也不知道擦干，湿发上的水滴在还没取下辊筒的手稿上，把它弄得一塌糊涂。你说这些事情让你不胜其扰，阻塞了文思，逼退了灵感，而你坐在写作室里已经不再是为了写作，而是为了守住你的精神领地。

可是我被禁止踏入写作室的原因并非这些，对吗，吉尔？

★

一九七七年八月四日。自打娜恩出生后，这是我第一次去比斯帕尼什格林乡村商店更远的地方。你每次给我家用，我都会省下几便士，把它们藏进一个放蛋糊粉的盒子里，最后终于攒够了公交车和火车的车票钱。我把娜恩（三个月零四天大）放进银十字宝贝牌婴儿车里，说实话，比起躺在里头的小宝宝，这辆名牌婴儿车更让我觉得脸上有光，它是用我姑妈留给我的一小笔钱通过邮购买来的。车身像一条油光发亮的黑色小船，下面安着四个高大厚实的白色轮子，放下顶篷时，会发出令人安心的噗的一声响，推杆可以前后移动并且固定上锁。每次推着车往前走时，车身一侧用来挂小物件的挂钩便会随着脚步一跳一跳的。五个月来我第一次抹上口红，涂上睫毛膏，我的背挺得直直的，昂首挺胸地走在路上。我穿着一双坡跟凉鞋，一条带有图案、非常舒服的松紧带喇叭裤，还有一件在村里的慈善义卖会上淘来的四十年代款式的衬衫，领口上松松地系着一个大蝴蝶结。我准备去伦敦。我推着婴儿车沿大路走到公交车站。在那里我遇到了艾伦太太，她饶有兴致地逗着小宝宝，夸我看上去如何迷人，接着又问我打扮得这么漂亮是要去哪儿。

"去伦敦看我最好的朋友。"我回答。

公交车司机帮我把婴儿车抬上车，其他乘客都满面笑容地看着孩子，丝毫不介意我们把过道完全堵住了。我站在火车站的月台上看着九点三十七分发车的列车缓缓进站，当我发现婴儿车过宽，没法通过车厢门时，心里竟有一种匆忙赶去学校考试，到了之后却发现已经迟到了的绝望。我脑海里闪过一个念头：就把车子连同娜恩留在月台上，一身轻松地踏上火车独自赴约。不过最后，我和娜恩，以及那辆婴儿车还是一起上了挂在列车尾部的守车车厢，与自行车、吉他盒和一堆堆大箱子为伴，整整颠簸了两个小时。列车刚出站，娜恩就开始哭了。我来来回回地推着婴儿车，然后又把她抱起来。她紧闭双眼，张大嘴，声嘶力竭地哭闹，小脸蛋涨得通红。平日里，她一直很乖，吃了睡、睡了吃，很好照顾。从温彻斯特到贝辛斯托克，我抱着她在摇摇晃晃的车厢里走过来走过去，把她从这个肩换到那个肩，又是轻拍，又是抚摸，可是她依然号啕不止。车到沃金的时候，我给她换了尿布。在克拉珀姆枢纽站，我当着一群带着自行车的童子军的面解开衬衫，拨开文胸，把一只硕大的乳房塞进了娜恩嘴里。我重新打量了一下，发现自己的胸脯又白又鼓，比娜恩的脑袋还要大上一圈。可是她一口也不吃，只是一味号哭，小小的身子挺得直直的，头一直往后仰。我不知道该怎么办，只好跟着娜恩掉眼泪，那几个童子军则一直盯着我们。我抹着泪水，手指上沾满了黑漆漆的睫毛膏。等车开进滑铁卢火车站时，我和娜恩已近虚脱，都只剩下呜咽的力气了。

露易丝在月台上等我。她的头发特意打理过了，梳了一个时新的发型，身上穿着驼色套装，外套扣着扣子，脚上踩着一双高跟鞋，眉毛也修过了，浑身上下没有半点赘肉。

"英格丽德，我的老天！"她一看到我便喊出了声，接着把我从头看到脚，又从脚看到头，头发随着脑袋一颠一颠的。"看看你这副鬼样子，到底出什么事了？"

"出什么事了？我生了个孩子，就是这样！"我摇着婴儿车冲她喊了一句，娜恩又大声哭了起来。

"我知道你生了孩子。"露易丝往车里瞄了一眼，随即抛下一句"走吧"就大步流星地往前走了。我只好跟在后头，看着那条合身的短裙以及裙子包裹下紧实漂亮的臀部，心里一片悲凉。

我搬出去后，她继续住在原先的公寓里。我们手忙脚乱地坐上地铁，七手八脚地穿过公寓大楼底下那扇无比狭窄的大门，然后挣扎着爬上四楼，整个过程中娜恩一直就没消停过，持之以恒地哭着。房里的气息、灯光、家具一如从前，我百感交集，任凭追忆往昔的怀旧情绪兜头兜脑地向我扑来，毕竟，这代表了一种可能性——我原来可以这样生活。然而，我脸上什么都没有显露出来。露易丝早就把沙发上的那块旧布扔掉了，现在用来遮盖底下那道裂口的是一块簇新的毛毯，她还在桌子中央放了一瓶花。露易丝点着了香烟。

"等会儿出去吃午饭，"她的声音盖过了娜恩的啜泣声，"我在切兹阿兰订了位子。"

我把手从衬衫里拿出来，看着她。

"别担心，"她笑着说，"我请客。"

"带着宝宝？"

"我找到一份工作，在下议院里做调查助理，上个月才开工，这份工作简直太棒了！"她从手提包里掏出一支口红，看着挂在暖炉上面的镜子开始化妆。

"我还以为你会先去旅行。"我拨开文胸，托住一只不停冒着奶水的乳房凑到娜恩呜咽的小嘴边，她终于停止了哭泣，吧嗒吧嗒地吸起奶来。

"可这是一个千载难逢的机会，错过了就没有了。"露易丝咧开嘴往上面抹着口红，声音听上去有些失真。想起当初听到我要抛下计划准备结婚时她对我的诸多责难，胸口不由得一紧。"我敢打赌你已经好几个礼拜没上馆子了，"她说，"多出去走动走动对你有好处。"镜子里的她举着口红朝我指了指，我摇摇头。

"我不知道去不去得成，要看娜恩能不能睡着了。"我说。

露易丝咂吧了下嘴。"要是她不睡，我们就让她待在卧室里，反正她也吵不到邻居。"她在我们从前吃煮豆子和土豆汤的方桌边坐下来，把烟架在烟灰缸的边沿抖了抖灰。

"我不能让她一个人留在这里。"

她顿了一下，随后说："看我多蠢，当然不能这么做了。那就带着她一块儿去，走吧。"

娜恩睡着了，我们再次千辛万苦地爬下楼梯，走到切兹阿兰，一颠一撞地把婴儿车扛上了台阶。

"夫人，"法国招待把我们拦在了门口，"鄙店谢绝幼儿用餐。"

"可是我已经订了位子。"露易丝说。

"非常抱歉，"他的声音里听不出一丁点抱歉的意思，"幼儿会打扰其他客人用餐。"

"这太可笑了。我已经订好了座位，而且我饿了，我要进去吃午饭。"

娜恩被吵醒了，又开始哼唧起来。我摇了摇婴儿车，她正式哭开了。我感到乳房陡然一紧，接着奶水便往外涌。招待耸了耸肩表示无能为力，转身离开了。

我和露易丝坐在圣乔治花园的长椅上，就在十四个月前，我还在那里读你写的小说。（为什么才一年出头就已经物是人非了呢？）她握着我们在李维特快餐店买的猪肉馅饼狼吞虎咽。我侧了侧身，在公众场合给娜恩喂奶让我觉得尴尬。我往前倾着身子，暗暗祈祷能在松开乳房的同时把娜恩的脑袋按到衬衫下面吃奶的位置。

"看在上帝的分儿上，英格丽德，"露易丝塞着一嘴的面饼和猪肉馅含糊不清地说，"大大方方露出来呗，让人看到又能怎样？你以前才不会这么扭扭捏捏呢。"

她的话又戳中了我的泪点，苦苦隐忍的泪水顶得眼眶一阵阵酸胀。最后，我两手并用才帮娜恩衔到乳头。"说说你的工作吧。"我说。

她告诉我，当首相经过下议院的走廊时，她看到了芭芭拉·卡斯尔[1]的背影。夏天过后重新召集议会时她鼓足了勇气跑到她跟前做了自我介绍。露易丝一脸兴奋，她浑身上下充满活力，一看就是一个典型的伦敦女孩。她把猪肉馅饼送到我嘴边，这样既不耽误我喂奶，又能让我填饱肚子。我抽了抽鼻子，张嘴咬了一口，油汪汪的面饼渣沾在了嘴角。露易丝伸着指头把落在外头的面饼送进我嘴里，我们都笑了。不知怎的，我沮丧地发现泪水又涌上了眼眶。

"养儿育女的生活是不是和你想得不太一样？"她解决了馅饼，吮吸着手指上的油渍。

---

1 芭芭拉·安妮·卡斯尔（Barbara Anne Castle，1910—2002）是英国工党政治家，推动了男女同工同酬法令的制定。——译者注

"我很享受，非常好。"我转过头，在肩膀上蹭了蹭，算是擦了嘴。我知道她之后想说："我不是告诉过你吗？"不，我不想让她如愿以偿。

"那你丈夫呢？我猜他也一定好得不得了。"

"是的，那当然。他很宠娜恩，每天都写作，下一部小说马上就要写完了。"

"乡村生活如何？"她轻哼道。

"露易丝，其实你并不了解我过着什么样的生活，你凭什么对它嗤之以鼻？"我提高了声音，怀里的娜恩扭动了一下。不知什么时候她已经吐出了乳头，沉沉睡去。我可不想冒险再把她给弄醒了。

"不用了解我都能猜到。"露易丝跷起二郎腿——虽然已经是夏天了，她还穿着棕色的连袜裤——抱着胳膊。"你并不快乐，你已经后悔了，谁让你作茧自缚呢！你没有文凭，经济上又完全依赖一个男人。你有孩子，可是没钱，无处可去，生活琐碎庸碌，毫无目标。你困在穷乡僻壤，日子过得空虚、乏味，成天想的不是尿布就是喂奶。"

我摇着头，想要打断她，可是露易丝却继续往下说："你的丈夫把时间都花在了写书上，而连你自己都不见得相信书能卖得动。要是宝宝不肯喝奶，你只会一直哭、一直哭，哭到睡过去为止。到了第二天，一切照旧，所有事情重来一遍。"

"你凭什么这么说！"我噌地站起来，抱起娜恩按在肩头，成滴的奶水汇成一股细流在衬衫底下一路流到肚子。"你压根儿就不知道如何成为一名妻子和母亲，你什么都不知道！"

"我也不想知道，"露易丝说，后来她平静了些，"我能帮你，"她把手放在我的胳膊上，"如果你想离开他，我可以帮你，花些钱就能搞定。"

我往边上一让，甩开她的手。"不需要。"我把娜恩放进车里，都没顾上帮她掖好小毯子。她已经吃饱了，睡得很香。

"考虑一下。"露易丝也站起来。

"我得走了，"我松开刹车，"谢谢你的……"我也不知道该怎么接下去，"……猪肉馅饼。"说完，我就推着车子离开了公园。

我在火车站的洗手间待了半小时。火车来之前，我就坐在小隔间里整理情绪，好让自己平静下来。我把隔间的门半开着，看着那辆该死的婴儿车以防被人推走。车站里挤满了年轻人，他们顶着鸡冠头，戴着鼻环，女孩子的牛仔裤像第二层皮肤一样紧紧裹着大腿和屁股。在伦敦，没有人穿带图案的喇叭裤和坡跟凉鞋。朋克一族懒洋洋地躺在公共长椅上，一边吞云吐雾，一边和同伴们打闹嬉笑。我从一群女孩子身边经过，看到其中一个描着黑眼线、脸上抹得雪白的姑娘正张着嘴往外吐舌头，粉红色的舌头越过下唇一路往下想要够到下巴。她看上去二十刚出头的样子，我忽然意识到，我其实和她一般大。

我想给你打电话，试着把婴儿车停靠在公共电话亭肮脏的玻璃门边，这样我就能看到宝宝。只是一想到万一有人把她抢走了我会陷入怎样的灭顶之灾就不寒而栗。伦敦太拥挤，太嘈杂，又脏又乱，让我惶惑不安，无所适从。

★

当我从村边小店旁的公交车站下车时，天色已经完全暗了下来。从登上守车车厢开始，到后来上了渡轮，以及坐在公交车上我打瞌睡的时候，娜恩一直在睡。大海的味道、幽暗的景致，还有汽车开走后留下的宁静，都让我越来越肯定，是露易丝错了。我得打起精神，活得更努力、更积极，一定要想办法让自己开心起来。终于回家了。我推着娜恩穿过停车场绕到海滩边，这样我就可以听到海水轻拂沙滩的声响，以及再远一点儿的地方，海浪拍击着岩石的声音——像是一声声空洞沉闷的喘息。我很想沿着海滩散会儿步，然后慢慢爬上山坡，可是即便像银十字宝贝这样的名牌车也没法在沙地上滚动。

你的车停在私家车道上，我到家的时候看到屋里亮着灯。我走到婴儿车前面，拉着它来到三级台阶下，娜恩还在里头安睡，我把婴儿车停在了门廊下面。前门没上锁，我打开门后，客厅里传来了音乐声，原来是那里的灯开着。

"有人吗？"我问，"我们回来了！"音乐停了，只剩下唱片放完后的空响，还有唱针咔嗒咔嗒的敲击声。我推开房门，里头空无一人。我提起唱针转到一边，又关掉了唱机。卧室里没有开灯，可我还是往里头看了看，和我早上离开时一样，床单、床罩乱糟糟地堆在床上。我又来到走廊口，我也不知道自己为什么非得把每个角落都检查一遍。看完客房我又去了育婴室，一切如常。我站在厨房门口，那里也没人，可是我闻到了热油和食物烹煮后留下的味道。寂静把整个房子裹得严严实实的，但我依然觉得还有什么地方我没有看过。

我第一次来游泳更衣室的时候，你和村里其他人一样都不锁门。可是自从这里建了度假公园，又在岸边搭起了活动房屋，可供游客度过一个不那么烧钱的假期后，斯帕尼什格林村的居民们夜里就开始上锁了。我知道你不会无缘无故开着门就走开的。

我踏进走廊，前面的浴室也是空的，就在这时，我听到了动静：像是一只小海鸥，不过更低沉一些；又像是一只小兽发出的喊声，每隔一分钟左右就会响一阵，那声音是重复的，持续而又急切。我静静地听着，而后确定声音来自屋外。我回到门廊，在那里站了片刻，没错，声音更响了。我看了看车里的娜恩，她还在熟睡中，于是我举步走进花园里。你的写作室里亮着灯。通往那栋小屋的小径上长满了草，不过草已经被你踩弯了。我沿着小径循着叫声往前走，一定是小鸟飞进屋里被困住了。我走上两级台阶往门上的小窗子里看。煤油灯亮着一豆灯火，在你的书桌和一小块地板上留下了黄色的光晕，而房间的其他地方都藏在一大片阴影之下。我把鼻子贴在窗上。

我花了一些时间才看清了屋里大致的情形：你就在房间的远端，正跪在床前的地板上，你弓着背背对着我，灯光下你的脊椎骨显得格外清晰。你的跪姿在地上投下了一片类似三角形的阴影，仿佛你是一条蜥蜴或是一头恐龙。一开始，我以为你在祷告。我能看到你的股沟和相互交叠的脚底板。也许是为了让自己更舒服一些，你的膝盖下垫着枕头。那种鸟叫般的声音又响了起来，你的头也随之频频摆动。我的脑子转个不停，想搞明白眼前这一幕究竟是怎么回事：吉尔不可能祈祷的，他压根儿就不信教。

你有没有看过这样一幅画？乍眼看去，上面画着一个长着鹰钩鼻的干瘪老太婆，再一看又变成了一位身披皮草、头上插着羽毛的美丽女郎。最后，我看到了那个女人，她躺在铺着天鹅绒床罩的床上，你的手按着她的腿往两侧打开，她的小腿和脚紧紧地缠在你的腰身上。我看着她伸出一只手环住你的头，把你的脸埋进她的胸脯。她抬起头，我看到了一头浅棕色的短发，然后她睁开了眼睛。就像娜恩刚出生那会儿一样，她的眼睛也像玻璃一般透亮，虽然她朝着窗子的方向看，可是那会儿她显然已经意乱情迷，所以并没有看到我。她张开嘴又开始发出那种叫声，而她的身体也跟着叫喊的节奏一下一下抽搐着。

英格丽德

（信夹在尼古拉斯·冯·霍夫曼所著、1968 年出版的《我们成了父母警告我们不要成为的那种人》中。）

25

弗洛拉在五点左右醒来，身旁的娜恩睡得很沉，她的呼吸均匀而缓慢。弗洛拉并不打算睡回笼觉，于是悄悄走出卧室，从浴室里拿了条毛巾，把妈妈的那条裙子往身上一套，然后出门往海滩走去。早晨的空气格外清冽，薄雾低低地笼罩着山谷，空气中弥漫着烟霭，东升的太阳也显得朦胧而淡远。海滩上空荡荡的，弗洛拉跳进水里朝浮标游去，海水还是和平时一样冰冷，不过当她游回岸的时候，水温已经不可思议地变暖了，甚至比岸上的气温还要暖和。上岸后她碰到一个遛狗的陌生男人，那男人停下来盯着她一顿打量。

"天体海滩在那边。"他往海湾指了指。

弗洛拉狠狠瞪了他一眼，捡起裙子和毛巾，穿上了人字拖，等她爬上山坡才把裙子重新穿上。

她原以为其他人还在睡觉，可是当她走进屋里时，却听到前头的卧室里传来说话声。床上没人，娜恩斜靠在其中的一根雕花立柱上，理查德则躺在床底下，就像一个机修工钻到老爷车的底盘下面修车一样。

"要不要给你拿个手电筒？"娜恩问。

"爸爸呢？"弗洛拉问。

"在你床上，还睡着呢。"她没抬头看弗洛拉，只顾着跟理查德说话，"肯定是螺丝拧在一起了。"

"你们这是在干什么？"弗洛拉问。

"理查德正在拆床。"

"不是正在拆，而是正在想办法拆。"他的声音听上去很轻。

"你们不能这么做，"弗洛拉说，"为什么要拆？"她握住了其中的一根柱子。她的手指记得上面每一条藤蔓依循哪条路径逶迤而上最终到达顶端的菠萝顶饰，也记得在每条藤蔓的哪一处伸出了一片弯弯绕绕的叶片、缀着一朵含苞欲放的花蕾。几个世纪以来，无数双手在这里握过、抓过、抚摸过，以至于它的中段部分已经变得乌黑油亮。在每根立柱繁密盘绕的枝叶下都藏着一只小动物：老鼠、鲦鱼、毒蛇和鸲鹆。弗洛拉一直百思不得其解，那条鲦鱼离开水面这么久，究竟是如何存活下来的。小鱼儿张着嘴，斜斜地向上伸着脑袋，就像探出水面呼吸空气一样。她小时候曾经壮着胆子把手指伸进了鲦鱼嘴里，意外地发现这个小洞居然比她的整根手指的长度还要深。一九九三年七月二日，也就是在妈妈失踪整整一年后，弗洛拉把安妮的一颗牙齿放进了那张像是永远在打哈欠的小嘴里，以纪念这个特殊的日子。

娜恩深吸了一口气，说："这张床既然能搬进来，就一定能想办法把它弄出去。"

"你不能这么做。"弗洛拉对着理查德的腿和弗洛拉的后脑勺抗议道。

"这事不太好办,恐怕没我们想得那么简单,"理查德又往里面钻了钻,"当初肯定有个木匠跟着床一起进来,床底下没有一个螺丝,接口处全是榫头。"他从床底下钻出来,被积年的灰尘呛得直咳嗽。"床底下堆放着很多东西,有箱子还有好多书。"

"天哪,"娜恩说,"我怎么把它们给忘了。"

"等等!"弗洛拉大叫一声才拉回了他们的注意力。"这是爸爸的床,你们不能说拆就拆。我这就去找爸爸。"说着,她转身准备离开屋子。

娜恩一把抓住妹妹的胳膊。"弗洛拉,"她说,"新床马上就要送过来了,是张可以调节的看护床。"

"为什么要换成看护床?你问过爸爸了吗?他说他想换床了吗?"

"你别去烦他,让他好好睡会儿。"娜恩的手加重了力道。

"如果不是你趁他不在,擅自拆他的东西,我怎么会去烦他?"弗洛拉猛地一使力,抽出了手臂,举过头顶来回挥舞着。"他要是知道你这么干肯定饶不了你。"

娜恩上前想再次抓住弗洛拉的手臂,仿佛只要控制住她的手就能让她就范。弗洛拉往边上一让,没让姐姐得逞。

"给我安静点,"娜恩压低嗓门,"你会把他吵醒的。"

"想拆床是吧?好,接下来你准备做什么?"弗洛拉说,"拆沙发？还是那些画？来，要不要扔一张试试？"她冲到对面就是大海的窗边，"这儿肯定有画。"靠墙处堆着好多本书，她两手一扫，推倒了放在上面的一部分，精装书、平装本顿时散落一地。书堆后的墙壁上露出了一张小小的海景画，它嵌在一个深深的画框里。"给你！"她想把画拉下来，可是由于画镶在镜面层中，所以一时半会儿也拿不出来。"真遗憾，娜恩，除非理查德愿意动用他那把该死的螺丝刀，否则你今天就没法如愿以偿了。"

"弗洛拉，"娜恩走过来说，"别这样，好吗？"

"别怎样？别怎样？"弗洛拉高声叫道。

"这几天我一直想找机会告诉你。爸爸不只是扭伤了手腕、摔肿了眼睛。"娜恩的声音比她还大。弗洛拉看了看理查德，他的嘴抿成了一条直线。"你其实已经感觉到了，对不对？"

"我不知道你到底在说什么。"

"他快死了。"娜恩伸出手臂，像是随时准备把妹妹搂入怀里。弗洛拉的内心深处有什么东西不许她让步，就像一块大石头横亘在那里没法挪动。

"你说谁？"

"看在上帝的分儿上，为什么和你说话总是这么费劲？"娜恩拍着额头说。理查德往边上退了几步，直到靠在一根立柱上。他的头发上粘着从床底下带出来的蜘蛛网，挂在左耳边来回晃悠着。有那么短短的一瞬，弗洛拉以为娜恩是在说理查德。

"那是因为你总是口是心非。"弗洛拉说着就像一头准备发动进攻的公牛一般冲向娜恩。

"我们的爸爸快要死了，他得了胰腺癌！"娜恩一边叫着一边抓住了弗洛拉的肩膀。完全出于一种原始的本能，弗洛拉举起手，在她还没有意识到之前那只手就已经握成了拳头打在了姐姐的脸上。娜恩一声惨叫往后一倒，瘫在地上。几乎与此同时，理查德冲向弗洛拉想要阻止她。"弗洛拉！弗洛拉！"他想抱住她，可是她抡着胳膊，一刻不停地挥动、抽打，理查德被逼得弯下腰直往边上躲，一直退到她打不到的地方才停下来。

"不！"弗洛拉颓然瘫坐在地上。她涕泪交流，发丝糊在脸上，泪眼模糊中她看到理查德伸手捂住了嘴巴。弗洛拉爬着越过了地上散乱的书，有些书的封面已经在刚才的打斗中被踩烂了。她朝着娜恩爬过去，顾不上脚钩住了裙子。娜恩朝她伸开手臂，像抱小娃娃那样紧紧拥住了她。然后她发现理查德在身后环抱住了她们。他身上散发着衣物柔顺剂的味道，那颜色太浅，无从辨明。

"把床留下，好吗？"她伏在娜恩的胸口问。娜恩没有回答，不过弗洛拉听到姐姐的心跳声由急转缓，渐渐平静下来。

26

游泳更衣室，1992 年 6 月 14 日，凌晨 4:10

亲爱的吉尔：

　　周五的时候，弗洛拉的老师打来电话，问我是否方便"周一来学校一趟"。

　　"好的，是什么事？"我问，可心里却在想：这回弗洛拉又闯什么祸了？（为什么我从来就不会以为是好消息呢？）

　　"最好您和您丈夫一起过来，不会占用你们太多时间。"

　　我很想告诉她你不会和我一起去，因为你不在，我也不知道你究竟在哪里，虽然我心里多少有点谱。可是，我还是打起精神，佯装爽朗地说："好的，周一我会和弗洛拉一起坐校车过来的。"

　　我不是个好妈妈。

★

那天，你在写作室鬼混的事情败露后，一场家庭风暴在所难免，我们一个收拾行李要走，另一个苦苦哀求挽留。后来，你给我写了一封信，我没有保留它，不过因为信很短，所以我记得上面都写了什么。

英格丽德：

我知道我做了蠢事，错已铸成，无可挽回。我就是天底下第一号大傻瓜，可是这个傻瓜深深地爱着你。

请不要离开我。

吉尔

信放在床上的一个大纸盒上，盒子里装着一条裙子，钉着珠子和金属片的无袖紧身上衣下拖着层层叠叠的粉色雪纺长裙，透着一股浓浓的复古风，一看就知道价格不菲。我没有多想，直接把裙子拿出来，在身上比了比。看着自己的手指自上而下抚过顺滑的衣料，我突然想到裙子背后龌龊不堪的来历，于是马上把它扔进了盒子。我从来没有穿过它，可我一直把它挂在衣柜里，因为我舍不得扔掉。

虽然收到了信和裙子，我还是不让你睡在屋里。每天晚上，你和娜恩道晚安，然后用你那双哀伤的眼睛看着我，而我总是不为所动，无奈之下，你只好回到写作室里。既然我不是你的菜，那你尽可以躺回到你自己的床上吃你爱吃的菜（字面意思）。一到夜晚，整间房子就属于我和女儿了。每个晚上，我都是这样度过的（现在依然如此）：我总想尽可能地晚睡，可是一到十点十五分，眼睛就开始酸痛，我忍不住趴在厨房的餐桌上或是瘫在椅子上打瞌睡，于是我爬上床，裹着被子陷入梦乡。凌晨时分，我睁开眼睛，电子钟上显示着两点三十五分。这之后不是时梦时醒，而是一直醒着，再也睡不着了。我心里一直期盼如果我闭着眼一动不动地躺着，睡神或许会再次把我带入梦乡。到了两点五十六分，我的眼睛变得又干又痒，飘散跳跃的思绪轻轻掠过一个又一个让人头疼的问题，可是一个也解决不了。三点十二分，我开始对我自己、对糟糕的睡眠、对女孩们，还有对你生气。我踢着床垫，伸手使劲按住紧闭的双眼，就差没把它们从眼眶里挤出来。我从床上坐起来，垂着脑袋抵着胸口，就这么一直干坐到三点二十一分，然后我掀开被子爬下床，站在床边看着你的写作室。当然，那里一片漆黑，没有一丝光亮。如果天很冷，我就从客厅走到厨房，或是像这几天一样，把自己裹得严严实实地坐到门廊的桌边给你写信。

到了四点三十三分，我知道我心里的恐惧已经应验：只有睁着眼熬到下一个晚上睡眠才会再度光顾。新的一天又将开始，等会儿我得三催四请地叫娜恩和弗洛拉起床，给她们装好午餐便当，四处找那双遍寻不获的帆布鞋，还得想办法凑齐她们参加学校旅行的钱，然后一整个白天干瞪着眼，绝望地盼望着接下来的晚上能睡个囫囵觉。只要一想到这些，我就觉得反胃、难受。五点整，我放弃了挣扎，到海边去游泳。

★

　　事发后的几个月里，我像一匹烦躁的马整天在屋子里走来走去，随时准备逃离，而你出奇地温柔体贴，拼命地谈笑风生，仿佛一个背后藏着马勒和马嚼子的马夫，随时能把一匹意图逃跑的马治得服服帖帖。我们的日常对话琐碎而庸常：晚饭吃什么；要是我没赶上公共汽车，你什么时候有空能开车捎我去哈德利买些吃的。我们不再触碰对方，也不亲吻，因为我不允许。我想过离开，这个念头一旦扎根就挥之不去。有一两次，我甚至已经拨通了露易丝的电话，只是在她应声前就挂断了。还有一次，我已经把衣物放进了那口蓝色的箱子，后来因为实在想不出该如何把娜恩的所需物品，包括那辆银十字宝贝牌婴儿车全都带上，才只好作罢。我把箱子里的东西拿出来，重新放回了衣柜。

　　我也不是没有想过抛下娜恩独自离去。

　　那个夏天，在阳光和海滩的吸引下又有好几拨人不请自来，像前一年那样在我们门前的草地上野营、玩乐。你想把他们轰走，可我倒觉得这些人来得正是时候。那些穿长裙、光着脚的女孩都很喜欢娜恩，老实说，对她们我是心存感激的。有一天，我偶然撞见一个女孩——不，是一个女人（她看上去要比我大上十来岁）在给娜恩哺乳。她和同伴们一起坐在垫子上，没穿上衣，正含笑看着娜恩衔着她的乳头。当时我觉得奇怪，她怎么会有奶水，可后来我想通了。女人抬头看到我时，脸唰地红了，而且一直红到了胸膛。她往娜恩嘴角塞进一根手指，逗娜恩吐出了乳头，然后把放声大哭的宝宝递还给我。我摇了摇头，在她身边坐下。她又笑了，引着娜恩那张还没长牙的小嘴回到了原来的位置。

★

后来，乔纳森来我们家住了一段时间。

娜恩出生后，他时不时会过来住上一两天，这一次他带来了一个只要一放倒就会嗷嗷叫的玩具熊、两瓶伯根酒，还给我带来了一大盘古比奶酪。

因为乔纳森的到来，我和你都暗自松了口气，暂时卸下了身上的盔甲。在他来的第一个晚上，我们把宝宝安放在酒和奶酪的对面，一直聊到很晚才睡。

"闻上去怎么有一股沼泽地的味道。"我打开奶酪包装纸的时候，你这样评价道。

"我在做奶酪的农场上搭了个帐篷住了几天，还帮他们一块儿挤牛奶。"乔纳森说。

"有谁能想到全天下最喜欢赖床的乔纳森居然起了个大早给母牛挤奶？"我说。柔软的淡黄色奶酪还有克力架饼干塞了满满一嘴。

"如果你是个旅行作家，你就得这么干。"他笑了两声又停下来，"不过我在那里碰到了一件不太好的事情。"我们都看着他的脸等着他往下说。他移开目光，抬手按住了嘴巴。"有个孩子掉进了沼泽，不见了。"

"哦，上帝。"我轻声说。

"不见了？"你抱紧了娜恩，"你们怎么能把一个孩子一个人扔在那里？"

"她哥哥跟她打赌，看她敢不敢跨过去。女孩往下沉的时候，哥哥想去拉，但没能把她拉上来。"

"我的天，"你说，"她多大？"

"六岁。哥哥马上跑到牛奶房，我们一群人跟着他跑回去，可是他记不得小姑娘掉下去的具体位置了，所以我们一无所获，什么也做不了，整个村子的人都过去找了。"

"你们没有找到她？"我问。

"她已经不在了。"乔纳森说。

"都不能让她入土为安？世上没有比这更残忍的事了。"

我们都没有说话，直到你开口说："这并非最糟糕的，找到尸体更让人痛苦，因为死亡已成定局，什么希望都没有了。"

"我告诉你，"乔纳森说，"孩子没了。"

"也许如你所说，"你说，"但也许说不定多年后的某一天她又回来了，只是改了名字，叫巴利。当时她掉下去的时候脑袋被撞了，忘了自己是谁，而后走失了。只要没找到尸体，她的父母就有想象的余地，就可以抱有一丝希望。"

"他们也许会永远抱着希望，但事情却可能永远悬而未决，永远等不来尘埃落定的那一天，"乔纳森说，"老天知道这将会是一种什么样的日子！揣着疑虑、忧惧，人没法好好活下去。"

"这就事关你能否在肯定希望的同时接纳最坏的结局了。人类从古至今不都是依靠宗教做到这一点的吗？你知道的，所谓的精神与肉体，说到底，其实就是想象与现实。"

"听听，这个天主教家庭出身的老家伙又来精神了，"乔纳森说，"把威士忌递给我，我也需要振作一下。"

你们两个就这样你来我往，推杯换盏，后来娜恩睡着了，我的头枕着乔纳森的腿躺在沙发上，闭着眼睛，有一句没一句地听着你们的对话。

"我在伦敦的时候碰到露易丝了。"乔纳森说。

"你是说英格丽德的那个朋友？"你说，"婚礼过后，我就没再见过她。"

我听到你们咕嘟咕嘟地大口喝着威士忌，还有玻璃杯碰撞时发出的丁零当啷声。

"我带她出去吃了顿饭。"

"真的假的？"

"好吧，骗不了你，是她请我出去吃的饭。"

"她还是老样子？咋咋呼呼地想当女权运动家？"你的声音听上去不那么清楚，肯定是站起来背对着我们时说的话。

"我猜是，反正是她请的客。"

"而你无以为报，只好以身相许了。老天，不会真被我说中了吧？"

"你是说为了一顿饭，我就把自己押给她了？得了吧，我可不是她的菜。"

我听到咔嗒一声响，你打开了唱机，空响了片刻后，你把唱片放在了转盘上。唱针找到了起始轨道，音乐响起。挤在对面沙发上的娜恩像是抗议似的发出一声尖叫，于是你又把音乐停了下来。

"如果可以开诚布公的话，我倒是很有兴趣对她那些'固定资产'做一次审计调查。"你平静地说。

"我敢肯定，它们一定入不了你的法眼。"

"这么说吧，商品也好，服务也罢，肯定都很坚挺。"你们两个像学校里的无聊男孩那样嘻嘻哈哈地笑起来，我感觉到脑袋下面乔纳森的大腿肌肉都笑得绷紧了。

"话说回来，成家的感觉怎么样？"乔纳森问。

"不错，很好。"你的回答听上去有一丝犹豫。

"可我怎么感觉气氛不太对？"

"哪儿不太对？"你话里充满了戒备。

"跟我说实话，你是不是开始怀念城里的单身生活了？"

"我已经和那种日子一刀两断了。"你说得更大声了，我觉得你可能怀疑我没有睡着，故意说给我听的。

"是吗？没想到你还真把结婚誓词当回事了！说实话，我从来都不相信你会在乡村里安定下来。这里不就是一个写书、开派对的地方吗？自打你爸爸去世后，你其实一直都在逃避。"

"什么意思？英格丽德和你说什么了？"

"英格丽德从来没和我聊过这个话题。"乔纳森说。有一会儿，你们谁也没有说话，也许你们都在看我，好确定我到底有没有睡着。"好好待她，吉尔，她应该过上更好的生活。如果你要胡搞的话，最好先放她走。"你们都静下来，默默地喝着酒。后来乔纳森说：

"我从来不觉得光脚走路、怀孕生子是英格丽德该做的事情，我认为她想要的是其他东西。"

"是我拯救了她。"你的语气里听不出丝毫自嘲的意味。

"从哪里？"

"从孤独、可悲的生活中。"

"见你的鬼，吉尔，别太自以为是了。"我不确定你有没有回答，因为我没有听到。"好吧，"他继续说道，"不管怎么说，在她又给你添丁前你最好加快写作进度。"

"我们确实准备再要一个孩子，"你说着打了个哈欠，"我得上床去了，我这个已婚男人已经没法像你这样通宵达旦地喝酒了。"你的脚步声沿着走廊往卧室走去。

乔纳森在我的头顶上方一口接着一口地灌威士忌，很快一杯就被他喝干了。他朝我俯下身子的时候我闻到了他满嘴的酒气。过了片刻，他喃喃地说："英格丽德。"他的手指抚摸着我垂落的发丝，然后又摩挲着我的脸颊。

我睁开眼睛看着他，说："在挪威，如果有人淹死了，你就得带一只小公鸡划着一条小船到湖里去。"

"为什么？"

"据说当船划到沉尸上方的水面上时，小公鸡就会打鸣，然后你就能把尸体打捞上来，让他入土为安了。"

我不知道乔纳森是怎么想的，他会选择知道最糟糕的结局，还是宁可抱着渺茫的希望？我还没有来得及问他，就听到你走出卧室，沿着走廊回到了客厅。我坐了起来。

"好了，瞌睡虫，上床时间到了。"你对我说。你走向我，拉起我的手。你做得那么自然，就像过去的几个月里什么也没有发生过一样。东窗事发之后，这是我们第一次触碰对方。你把我从乔纳森身边拉起来的时候没有看他，然后领着我走进了卧室。

★

虽然我还在给娜恩哺乳，不需要额外给她买吃的，可是三个大人总得吃饭，再加上没法断档的威士忌，故而钱一直是一个大问题。乔纳森时不时会收到他所写游记的稿费，但毕竟数目有限，那点钱只是杯水车薪罢了。我们靠蔬菜和小扁豆填饱肚子，有时候我会去渔民那里贱价买一些别人挑剩下的小鱼小虾。所以当有一天早晨我感到恶心反胃的时候，我以为是不新鲜的鱼虾使我吃坏了肚子，可是当第二次呕吐接踵而至，我已经很清楚自己是怎么回事了。你一直坚持体外射精避免我再度怀孕（我想这大概和你信仰天主教多少有点关联），在这件事上，我原本应该更强硬一些，应该瞒着你坚持口服避孕药。我已经开始盼望等娜恩大一点儿就去自己想去的地方走一走，看一看，哪怕只有我一个人，哪怕你不在我身边。游泳更衣室的四面墙像一个牢笼把我死死关在了里面。当你看到我跪在马桶边呕吐时，我觉得我已经没有必要再多做解释了。

"六个孩子里的老二来报到了。"等我们两个都进了厨房时你这样对我说。你拥抱了我，又拍了拍乔纳森的后背。

"我们养不起这个孩子。"我说。

"什么话？我们当然养得起。"

"我已经没法再省了。"

"我会去找工作的，别担心。"

乔纳森大笑起来，你看着他，他收起了笑脸。

"什么意思？"你问，"你觉得我找不到工作？"

"你自己说你能找到什么工作？"乔纳森针锋相对。

"管他呢。"你挥了挥手，仿佛工作的事完全不值一提，你不允许任何实际问题影响到这个好消息。"在哈德利肯定能找到工作，我可以当渔民，烘焙师，去做烛台，或者去马丁开的店里当调酒师。"

乔纳森朝天翻了个白眼，他觉得你简直就是在信口开河。

"说起马丁，"你说，"我觉得我们应该好好庆祝一下，"你摩拳擦掌地说，"要不吃午饭的时候喝一杯？"

"威士忌昨晚就被你们喝光了。"我说。

"那就去街上的酒吧，怎么样？马丁的酒吧大概……"你看了看表，"一小时前就开了。"

"这不是个好主意。"我说。

"怎么了，你们两个到底怎么回事？"

"我们已经没钱去酒吧了！"我喊了起来，"我们需要牛奶、洗衣粉，还有食物。"

"不要扫兴，英格丽德。我向你保证，一切都会好起来的。"你做了一个邀请舞伴的手势拉我起来，又拥着我跳着舞步转出了厨房，然后扶着我的腰往后仰，当着乔纳森的面俯身吻了我。

我们沿着大路往皇家橡树酒吧走去，你抱着娜恩，我和乔纳森跟在后面。

酒吧里已经有几个客人了：农场主和他的太太（他们的谷仓在一次雷击中付之一炬），清减不少的乔·沃伦，坐在吧台远端的高脚凳上的帕塞里尼太太——她那夹着香烟的手指已经被烟熏得发黄，还有几个身穿西装的饲料推销员正在喝他们的午餐啤酒。店主马丁在吧台后面给客人倒酒端茶。

"吉尔，"他笑着把手搁在吧台上，"你有日子没来了。"

帕塞里尼太太颤颤巍巍地从高脚凳上下来，叼着烟，从你怀里接过娜恩。她不哭不闹，踢着两条裹着白色紧身裤的小肥腿，嘴里发出咯咯咯的声音。

"马丁，我有一个好消息要宣布，"你说，"给我一把餐刀。"你站在吧台边，从酱蛋罐子里拿出一把长柄勺子，叮叮叮地敲响了玻璃杯。酒吧里的客人们都安静下来。

"女士们，先生们，"你说，"我们在这里庆祝科尔曼一家的新成员前来报到，他的到来有望将本村居民的平均年龄降至六十岁以下。我美丽的妻子，英格丽德，"你冲我挥挥手，把我拉到你身边，"即将诞下我们的第二个宝宝。"

我就像娜恩一样被一众喝得微醺的邻居们推过来、抱过去，他们的太太则一个接一个抚摸我的肚子。而你，都不需要自己掏钱买酒喝了。下午两点半，我带着娜恩先回了家，马丁在我们身后关上了门。你从头到尾都没有和他提过你要找工作的事。

那一年的一月格外冷，我抱着娜恩躺在床上相互取暖，等着你和乔纳森回来。入夜了，你们谁都没有回来，我点燃客厅里的炉子，打开卧室门，好让暖气跑进来些，然后给娜恩做了点胡萝卜泥。娜恩睡着后，我吃完了家里最后一点儿面包，又在厨房的餐桌边坐了一会儿。我上床后听到前门开了，有人跑到娜恩的房间，墙的那头传来空床发出的嘎吱声。我勾起手指轻扣了一下墙壁，乔纳森也敲了敲墙作为回应。我躺在黑暗中，木然地看着眼前最近的那根立柱往上延伸，最后碰到了影影绰绰的天花板。我的手指缓缓拂过肚子，整个人已经麻木了。酒吧打烊很久后我才听到你和一群人回到家里，你把庆祝晚宴的下半场直接开到了我们的厨房。

我一定是睡着了，因为等到凌晨我被腹痛疼醒时发现你正躺在我身边打鼾，我都不知道你是什么时候上的床。我身下的床单还有腿被染成了红色，到处都是黏稠的血。我走到厨房，靠在椅背上，用鼻子吸气，用嘴巴吐气。当痉挛过去后，我唯一的感觉（我记得清清楚楚）就是解脱。

我一步步挨进卫生间，当我看着我们的第二个孩子被马桶水冲走的时候，心里已经开始思考要把这个难以启齿的噩耗告诉谁，先是你——吉尔，然后是乔纳森，再就是我们那些邻居。我想着厨房里的那堆空瓶子，没有一瓶是你自己掏钱买的，所以我开始担心邻居们会不会怀疑我其实压根就没有怀孕。

英格丽德

（信夹在马丁·艾米斯所著、1984 年出版的《金钱》中。）

27

　这天下午，弗洛拉和父亲面对面坐在门廊的桌边。天气依旧很暖，母亲当年种下的金银花如今已经开满了屋墙，引来一群蜜蜂在花丛中嗡嗡地飞着。她和娜恩从客厅里合力抬出了一张高背椅，放在能照得到阳光的地方，她扶着吉尔坐进椅子里，又拿了条毯子盖在他身上。上一次回家时，他还只是她的爸爸，一个离群索居的怪人，平日里她甚至都不怎么会想起他。可现在，他突然之间变成了一个行将就木的老人，她还没有机会和爸爸聊聊她在他身上看到的巨变，又或许这也算不上什么新的发现，两天前当她看到他挣扎着从车里钻出来的时候，她就已经隐约觉察到了些什么。

　自从她在情绪失控之下打了娜恩一拳后，弗洛拉一次又一次地向姐姐道歉。这天姐妹俩肩靠着肩坐在吉尔卧室的地板上，也就是在那时，弗洛拉得知爸爸的早期症状，比如消化不良、反胃恶心，先是被他自己，后来又被他的家庭医生忽视了，等到他感觉不对劲时已经晚了。医生提出了治疗方案，可是被吉尔拒绝了，他说这无非是在拖延时间，他的病已经无可挽回了，他坚持只要能出院就立刻回家。

他们在门廊里看着麻雀们啄食娜恩扔给它们的面包屑，过了一会儿，它们又轮番跳进金雀花丛前的洼地里，弄得满身都是泥。后来，弗洛拉发现爸爸睡着了，他的眼睛就像睡梦中的小狗一样在眼皮底下打着转。她从椅子底下拿出画板，掏出一支炭笔、橡皮和一小块她经常夹在画纸间的破布。画纸的味道像奶油，弗洛拉的脑海里浮现出一抹半凝固的牛油般醇厚的淡黄色。

阳光打在雪白的画纸上十分晃眼，弗洛拉把椅子挪到阴影里，然后开始画爸爸。他的头朝椅子一侧倾斜着，右手放在大腿上，另一只手吊着绷带垂在胸前，从海面反射过来的清透的光照在他没有摔伤的那边脸上，颧骨的线条显得十分清瘦、苍劲。她用破布在纸上蹭掉了些炭粉，又用橡皮抹了抹，最后用指尖沾了水往画纸上擦着。

"和你男朋友吵架了？"

弗洛拉抬头看了看，她以为爸爸睡着了。

"没这回事。"

他动了一下，头的角度变了，于是她从他的太阳穴重新拉了条线越过他干瘦的面颊直抵他的下巴。

"别吵，吵架毫无意义。"吉尔说。

"为什么？"

"因为吵架只会让你爱的人难过。"

弗洛拉又抬头扫了一眼。"谁说我爱他了？"

"你永远不会知道什么时候会成为你们最后一次相见。"

弗洛拉盯着画看了一会儿，然后一把把画从画板上撕了下来，揉成一团。

她重新开始。起笔凌厉、迅捷，大刀阔斧，阴影、线条很快就跃然纸上了。在弗洛拉看来，画吉尔的头骨和画椅子的结构没什么本质区别。她一直想看看在能认出人形的前提下她可以把线条减少到何种程度。人类的大脑会本能地去填补画中的留白：只有一点儿鼻孔的影子就能在脑海中补全整只鼻子，有时候画中仅仅只有一圈短短的螺纹，人们就能将其想象成一只完整的耳朵。每个人看画都能看出不同的名堂。弗洛拉的手指被炭笔染黑了，指甲缝里也嵌着黑乎乎的炭粉。画中的那人不像爸爸，他年轻、健康，看上去能活到天荒地老。她又扯下画，把它撕成两半。

"你怎么不给我看看？"

"都是垃圾，我画不好了。"她往前倾着身子，揪着指甲缝里的倒刺。"爸爸。"她喊了一声，可是当爸爸抬头看她时，她又不知道该从何问起了——他是不是能肯定自己在哈德利见过英格丽德；他知道自己来日无多，心里会有什么感觉；又或者他是不是真的想把所有的书都烧了。可是她一开口，问的却是另一个无关紧要的问题："我有没有告诉你，前几天我开着理查德的车回家，半路上忽然下起了鱼雨？它们掉到了车顶和引擎盖上，掉得到处都是。"

"弗洛，我不知道你为什么说你画不好，在我看来，你在《奇怪的鱼》里画的那张图简直好得没话说。"爸爸冲她眨眨眼。

她越过画板看了看其他人：娜恩忙着洗这洗那，马丁趿拉着拖鞋在看报，理查德正闭目养神，眼镜险险地挂在他的鼻梁上。

过了几分钟，吉尔说："我有些事想问你。"

"什么事？"弗洛拉问。

"你把椅子搬近些。"

弗洛拉懒得搬，直接拉着椅子往吉尔那边拖了几步。

"再近些。"他说。她继续往前拖，直到两把椅子的扶手顶到了一起。由于光线造成的错觉，吉尔身后的大海看上去比陆地还要高些，恍若一个可怕的庞然大物正准备把陆地一口吞下去似的。"弗洛，你和我，我们一直是一伙的，对不对？我原本应该也和你姐姐亲近些，当然，还有你妈妈，可是现在说这些已经晚了。我需要你帮我一个忙。"

"什么忙？爸爸，我愿意为你做任何事情。"她把手伸进毯子里握住了他的手。

"我想让你帮我找一只婴儿穿的鞋子来，用毛线织的那种。"

弗洛拉抽出了手。"一只什么？"她问。

"要蓝色的，蓝色毛线的。我不要一双，只要一只。我觉得娜恩医院里应该就有，可是我不能直接去问她，她肯定会认为我疯了。"

"上帝，"弗洛拉笑起来，"爸爸，我还以为你要让我做什么呢，你刚才快把我吓死了。"

"这很重要，非常重要。我需要它，弗洛拉。"吉尔脸上的神情一直很严肃。

"得了，爸爸，你是在跟我开玩笑呢，对吧？你要一只小宝宝穿的鞋子做什么？难道是给一个瘸腿宝宝穿的？"

他没有回答。

"你是认真的，是吗？"弗洛拉收起了脸上的笑容。

"非常认真。"

"上帝啊，可是爸爸，为什么呢？"

"我想把它埋了。"

"什么？"弗洛拉又问，"为什么要埋了？"

"这事和你妈妈……"他欲言又止，像是在思考应该怎么开口。"这么说，你是不肯帮我去问娜恩了？"

"我只是想不明白。"

"好吧，那就忘了我刚才说的话，权当我没说过吧。"他把手缩回到毯子底下，头往后一倒靠在椅背上，低声咕哝了句什么。

"你说什么？"弗洛拉问。他没有重复那句话，不过听着像是"宝宝的鞋子穿不破"。

★

后来，吉尔进屋了。弗洛拉捡起被她撕毁的画，带着一盒火柴走到了花园尽头，然后点燃了画。她看着焦黑的碎片飞到了荨麻丛中。

28

游泳更衣室，1992 年 6 月 16 日，凌晨 4:35

亲爱的吉尔：

昨天，在第一节课响铃前，我在弗洛拉的教室见到了她的老师。她给我看了一封信，问是不是我写的。

亲爱的雷兰德太太：

弗洛拉昨天没能来学校上课，对此请允许我向您致以由衷的歉意。弗洛拉的父亲最近回到家中，想和女儿一起住上一段日子，之后的几天弗洛拉也将请假在家陪伴她的父亲。

您诚挚的

英格丽德·科尔曼

我当着老师的面哭了，不是因为那个渴求父爱渴求到已近乎绝望的孩子写的这封信，也不是像雷兰德太太以为的那样因为弗洛拉撒谎、逃学而失望痛哭，我哭是因为这个孩子根本就不需要我。

★

一九七八年二月九日，你按预约时间开车带我去医生那里做检查。我不想去，有什么必要看医生呢？我之前怀孕了，现在孩子没了，仅此而已。那天我把你叫醒之后，你就没怎么和我说过话。我听到浴室里传来你的哭声，可当我按下门把手叫你的名字时，哭泣声戛然而止。你走出浴室，坐在厨房里，闷声不响地喝了一杯咖啡。

乔纳森又住了一个礼拜，最后我想是因为他受不了屋子里压抑的气氛，所以走了。我很难过，虽然没有他在身边晃来晃去，我心里也少了些顾虑。

你坐在候诊室里等我。做完检查，贝内特医生把你叫了进去。

"不用担心，一切都很好，没什么问题。"医生向你宣布。你没有笑，他继续说道："小产比你想象的要常见，再说科尔曼太太只有……"他看了一眼他桌子边上的信封，里面装着关于我的全部信息。

"二十一岁。"我说。

他透过半月形的眼镜瞄了我一眼，似乎对我开口说话颇感惊讶。"没错，二十一岁，"他说，"看，她自己还是个孩子。"

"可到底为什么会流产，哪儿出了问题？"你追问道。

贝内特医生摘下眼镜。"科尔曼先生，你太太的身体没什么大问题。回家后你们还是可以一如既往地做你们想做的事，我敢保证过不了多久她又会怀孕的。"他重新戴上眼镜，用他那只骨节突出的手在一张卡片底部写了些什么，然后把它插进了装诊断书的信封里。"好好休息，多吃些有营养的食物。"他竖起笔杆，在桌子上轻轻敲了敲。问诊结束了。我准备起身离开，可你依然坐着不动。

"也许你应该建议我太太不要游泳。"你突然没头没脑地说了一句。

"游泳？"医生不明所以地问。

"在海里游泳，"你说，"有时候在半夜，有时候是清晨或傍晚，反正不管什么时候她都会去海里游泳。"

贝内特先生看了看表。"哦，这可不行，当务之急是要静养，她目前不能做任何运动。"

在回去的路上，我们吵了起来，你的两只手紧紧掐着方向盘，掐得指关节都泛白了。

"你以为只要不游泳就是静养了？在你眼里，难道照顾娜恩是件很轻松的事吗？"我说，"她半夜磨牙的时候，你会起来吗？她发烧的时候你又在哪里？她吐奶的时候你可曾搭把手把她收拾干净？你有没有给她换过尿布？家里没有吃的了，你可会停下写作推着婴儿车去店里采购？"

"英格丽德，我们在谈游泳，都是该死的游泳闯的祸！"你说。

"游泳花不了我多少力气，吉尔，相反，我发现只有在水里我才能得到休息。"

"看在老天的分儿上，我不是说游泳会对你怎么样。"路边的树篱从我们身边一晃而过。

"我知道你的意思，你不用提醒我。"

"这事关我们的孩子，你宁可拿他的生命去冒险也要去游这该死的泳。"

"吉尔！"我叫道，"没有孩子了！你最好给我记住，就是在你喝得酩酊大醉的时候，我失去了他！"

你沉默了，带着一种不屑和我计较的神情，可是我看得出来，你正紧咬牙关克制着自己的情绪。"当然，英格丽德，我是说下一回别再去游泳了。"

我看着窗外的大海，心里在冷笑：如果还有下一回的话。接下去的车程中，我们谁都没有开口说话。

★

四个月后，你卖掉了一部短篇小说。不出所料，一收到稿费你就迫不及待地把钱花在了吃喝玩乐上，这一次你带我去了佛罗伦萨。就当是提前给你的生日礼物，或是二度蜜月，你这么对我说。在我们旅行期间，我请来村里的梅根帮忙照看娜恩。梅根比我小一岁，我想她肯定很高兴得到这份差事，因为这样一来她就不用成天拘在牛奶房里了。看着她胸有成竹地抱起娜恩，稳稳当当地托着她的小屁股，我不禁自惭形秽，娜恩已经十三个月大了，而我每次抱孩子的时候始终没有梅根那份笃定与自信，我也不知道我这个妈是怎么当的。

我们上车的时候，梅根牵着娜恩在门廊上目送我们。她一脸同情地看着我，我很自然地想到她肯定已经听说我小产的事了。我们将车倒上私家车道，梅根握着娜恩纤细的手腕和我们挥别。等车上了大路，我的眼泪已经盈满眼眶。你把手放在我的膝头。

"没事的，梅根会好好照顾她的，最糟又能……"

"……糟到哪儿去呢。"我无力地笑着，替你把话说完。哪怕是对我自己，我也不会承认，我之所以流泪并非因为尚未离开就已经开始牵挂娜恩，而是因为我从内心深处松了口气：我终于可以离她而去了。

★

一九七八年六月十五日至十九日，佛罗伦萨。你把一切都安排好了。早晨，我们会去市政广场某家精致的咖啡馆里喝杯浓香四溢的咖啡，你会为我们点两份原味羊角面包。然后我们漫步至波波利花园，在学院美术馆里欣赏米开朗琪罗的大卫雕像。接着，你带我去拉斯派克拉人体解剖雕塑馆，指给我看三个仰卧着的女郎蜡像，虽然她们的五脏六腑就这样裸呈在世人面前，但这并不妨碍十五岁的你对她们一见倾心。你告诉我，当时你父母带着你效仿早先英国贵族子女遍游欧洲大陆的修学旅行来到佛罗伦萨，你几乎每天都会跑到这儿来，借以逃离患有幽闭恐惧症且逆来顺受的妈妈，还有你爸爸那台从不离身、呼哧呼哧不停抽气的便携式氧气机。我们在晚上十点共进晚餐，餐后我们品尝美味的栗子冰激凌和香浓的咖啡，为美好的一天画上句号。

佛罗伦萨的阳光分外明媚，景色更是美不胜收，我们住的旅馆房间也挑不出一点儿毛病。我们坐在石头砌成的宽沿窗台上亲吻，耳边传来街上的各种声响：汽车喇叭声，抑扬顿挫的意大利语，还有女郎的鞋跟踩在人行道上发出的脆响。你为我宽衣解带，一次只解开一个衣扣，可我却硬生生地挤出你的怀抱，冲到浴室里，抱着马桶开始呕吐。其实，在我们登上开往比萨的列车时我已经觉得有点不舒服了，只是当时没把它当回事。

"要帮忙吗？"我呕吐的时候，你站在浴室门外问，声音里的兴奋藏都藏不住。

我把头抵在瓷砖墙上，大声说："肯定是在飞机上吃坏肚子了，没事的，过一会儿就好了。"

你没有进来。我听到你啪嗒一声打开了箱子搭扣，然后又拉开抽屉，打开衣柜，一边吹着口哨，一边把你放在床头柜上的笔记本和钢笔放进了箱子。又有一股酸水从我的胃里蹿上来，眼泪也涌入眼眶，额头沁出了一层冷汗，我又吐了一次。虽然为了支付这家高档酒店昂贵的房费，我们回到英国后不得不过上一段节衣缩食的日子，可我还是要感谢这儿整洁的浴室，马桶也很干净，除了我，好像还没有谁把它弄脏过。

过了一会儿，你听到我在冲马桶，又打开了水龙头，于是走进浴室，挨着我坐在地板上。浴室瓷砖的凸面拼成了一幅意大利地图，周围的大海蓝得有些失真，海面上翻着白色的浪花，类似鱼一样的海洋生物跃出水面。"你觉得……"你的脸上闪过一抹傻乎乎的笑容,"是不是已经,有了?"

我拍打着把你赶出了浴室,我又想吐了。

"对不起,"后来我躺在床上对你说,"我把我们的假期搞砸了。"你躺在我边上,用一只胳膊撑着头,另一只手摸着我的头发。

"可怜的英格丽德,你不需要为任何事道歉,我们现在过得也很开心。"

我确实为你感到高兴,但我自己却怎么也高兴不起来。

"答应我不要告诉其他人。"

"我保证。"你亲了亲我的额头。

"我们俩没必要都躺在这里,至少不要在来这儿的头一个晚上。我想一个人睡,等明天早上我们再一起出去。"

你很知趣地静默了一会儿。

"走吧。"我说。

"如果你坚持的话。"

"我坚持。找个好点的饭店吃点东西。"我靠着枕头坐起来,缩着身子,胳膊软软地搭在腿上。由于刚才一直跪在浴室的瓷砖地板上,我的脚踝处留下了一条像人鱼尾巴一般的印迹。

"要不要给你带点吃的?"你离开的时候问。

★

我在床上休息了一会儿,恶心的感觉很快就过去了,十来分钟后我恢复了精神，疲倦感也消失得无影无踪。我爬下床，坐回到打开的窗前，我把脚抵着窗框，看着楼下的助动车在鹅卵石铺成的街道上突突突地往前行进着。

我洗了把脸，又刷了牙，换了身裙子（就是那件海军领的连衣裙），慢慢悠悠地逛进城里。我没有一点儿方向感，只是凭着感觉穿过了一个又一个广场。不反胃的感觉真是太棒了。

我看到路边围着一群人，当中摆着一张桌子，桌上放着一排盛着水的玻璃杯，一个男人正用蘸水的手指摸着那些杯沿演奏一曲《致爱丽丝》。人群开始鼓掌，男人朝我们鞠了一躬，一想到肚子里正在孕育一条新生命，我的心情也一下子舒朗了许多。就在这时，我看到你坐在一家饭店外面的餐桌旁，黄色的灯光透过窗子打在你的肩膀上，我混在人群中假装自己是个陌生人偷偷地观察你，幻想着下一刻跑到你桌边跟你搭讪。你是那么英俊、自信，悠闲地坐在那里看着来来往往的行人。那一瞬间，我决定原谅你之前所做的一切。

你把侍者叫到身边，一开始我以为你准备埋单，可是你们好像在轻声说着什么，然后侍者从你手里接过钱，带走了一张纸条。你继续坐着，像是在等谁。身边的人群又开始为那位玻璃杯音乐家鼓掌喝彩，往他桌前的箱子里扔硬币，然后离开了，又一拨游客围拢上来。

在侍者回到你身边之前，那首《致爱丽丝》我肯定听了不下五六遍。他不是一个人，身边还跟着一个女人。她和我差不多年纪，个子比我高些，不过也有可能是她的高跟鞋和迷你裙让她显得更高挑。虽然隔着一段距离，我仍然能看到她涂着浓重的眼影，嘴唇闪着艳光。她在你的桌旁坐下，跷起了腿。你和侍者握了握手，那个女人靠向你，你对她说了什么，然后她大声笑了起来，引得路过的一对情侣不住地往你们那边看。等你站起来时，她挽住你的胳膊——仿佛你从来都是属于她的，我的心像是被什么尖锐的东西狠狠地扎了一下。你们朝美第奇礼拜堂走去，而我就跟在你们后面。除此之外，你还指望我能做什么呢？

维亚坎托棣内利街上的露天市场空荡荡的，她带着你走进市场后面的公寓楼里。我不知道为什么要在信里跟你说这些，你自己肯定记得。请你告诉我你没有忘记，如果你忘了在佛罗伦萨那个周四晚上你招的妓女，那就只能说明她不过是你跑去伦敦或其他什么地方四处猎艳时勾搭上的芸芸众女中的一个而已。我从来没有想过有朝一日我会变成一个胡思乱想、猜忌多疑的妒妇。

我抱膝坐在圣洛伦佐大教堂的台阶上，然后看到公寓楼的阁楼里亮起了灯光。当然，也许这并不是属于你（和她的）灯光，不过我觉得是。我想象着你低着头走进一间房间，因为是阁楼，所以门很矮，墙面倾斜着，由于装修得十分马虎粗糙，地板上溅满了斑斑涂料，房间里有一扇低低的窗户，从那里可以俯瞰佛罗伦萨城里高高低低的红瓦屋顶。

"你住在这儿？"你也许会说着英语没话找话。她的皮肤是蜜糖色的，一头黑发剪得参差不齐，虽然在餐馆外听你说笑话时她笑得前仰后合，但其实这个不知来自哪个国家的女人并不知道你在说些什么。她没有回答，又或者只是耸了耸肩。你肯定觉得如释重负，因为你不用再费神找话题了。这就是一次交易，你是买家，她是卖家，和你去饭店吃饭付账是一回事。她是你的另一杯餐后酒，你纵容自己再喝一杯是因为你要庆祝自己又要当爸爸了。

在那间阁楼里（虽然小但很干净），女人自己褪去了衣服，你一边脱一边四处打量着，想看看除了床和地板上还有什么地方可以放你的衣裤。此时，我为你设想了有一把椅子好放你的裤子或已经穿脏了的白衬衫。她从床头柜的抽屉里拿出一枚安全套，你摇摇头，并且许诺事后会多给些钱，但她坚持，你也只好让步。（我告诉自己她一定坚持要你用安全套。）当你戴上保护措施直接或间接地保护了我们三个人之后，你在床上的表现并没有因此受到任何影响，我知道其实你遗憾的并不是少了一份感官上的刺激，而是失去了一次播种的机会。

你们先是在床上做爱，生猛、激烈。你只有四十一岁，正是年富力强的时候。然后，你一边比画着手势，一边引导她面朝窗外扶着窗台，这样你就能在肆意驰骋的同时眺望远处灯火辉煌的圣母百花大教堂。

我回到酒店，在你回来之前就开始装睡。第二天，你绘声绘色地向我描述你前一晚吃的开胃菜（萨拉米香肠、烤芦笋、塞着软芝士的小辣椒）、意大利面豆汤、以月桂和迷迭香调味的顶级小羊肉，以及餐后你闲庭信步穿过维奇奥桥去帕塞拉广场上的一家小酒馆里喝了一杯格拉巴酒。我不声不响地听着，没有戳穿你的谎言。

★

回到家后，我把这件事原原本本地告诉了乔纳森。我们背靠着艾格尔岩石，看着娜恩伸着腿坐在沙滩上玩沙土。他是个很好的聆听者，一直静静地听着，从头到尾都没有打断我。

"我想离开他。"我说。

"真的？"乔纳森很快接口说，"你已经决定好了？"

"也许吧。"

他陷入沉思中。

"我只是还没想好怎么养活自己。我能做什么呢？我没有文凭，没有工作经验，身边还有个孩子需要照顾，光靠赡养费肯定是不够的。"

"办法总会有的。"乔纳森没看我。他用指尖在娜恩胖乎乎的两腿间画了一只松鼠。娜恩探着身子看，一边举起小巴掌拍着画，一边咯咯咯地笑着，沙地上被她拍得扬起一阵红色的尘土。他又画了一只。

"是啊，办法总会有的。"我叹了口气，可有可无地笑了笑。"也许我可以做妓女，然后吉尔凑巧买了我的钟点，到时候他一看眼前站着的居然是他的前妻，准保他吓一跳。"

"其实你并不知道那一晚他有没有做那档子事。"

"为什么你总是在替他说话？"我说。娜恩摇摇晃晃地往前爬，然后小手碰到了岩石，她扶着石壁慢慢使力，直到自己站了起来。"也许你是对的，我看见他和一个女人走进了公寓，但我确实不知道他在那里做了什么。"

娜恩转过头来看了我们一眼，脸上笑嘻嘻的，很是得意。然后她一只手离开了石壁。

"没错，"他说，"也许她是一名治疗师。"

"这算哪门子治疗师！"

"说笑而已，"乔纳森说，"看，我不是吉尔的说客，我只是希望你能想清楚。"

"你觉得我离不开吉尔，对吗？"

"我没这么说。"

"哦，乔纳森，你是个老派人，你太传统、太天主教了。"

"要不你也去找个情人？"他忽然说。

娜恩的两只手都离开了石壁，她突然意识到自己居然在没有任何东西的搀扶支撑下一个人站在了那里，她像是被吓到了，重心往后一倒，一屁股坐在了地上，呆了片刻后她嗷的一声哭开了，乔纳森一把把她举起来，放在肩头。我们默默地往家走去。

第二天，我告诉你我想去买一种新款的验孕棒，可是你坚持带我去贝内特医生那里做尿检。

"尿检更准确。"你说。

而我在意的是哪种更便宜。

尿检结果是阳性。

★

　　一个小时前我写完了这封信，很抱歉有些地方弄脏了，是钢笔漏水的缘故。我想我不会再写信了。有什么意义呢？所有写过的信，还有想把事实全部记录下来的想法都愚不可及，而且这样做只会让我陷入痛苦的泥潭里，无法自拔。更重要的是，你几乎不可能读到这些信，所以这是最后一封了。

再见了

英格丽德

　　（信夹在莉迪亚·维拉奇奥及莫里斯·埃尔斯顿编著、1985 年出版的《自学意大利语》中。）

~~~~~

29

几天后，娜恩在厨房里轻描淡写地说："我今天早上给乔纳森打了电话。"她背对着理查德和弗洛拉站在水槽边，话音轻飘飘地落在面前要洗的一堆碗里，仿佛打电话给乔纳森不过是一件稀松平常的小事。她心里暗暗希望这句话能被水冲进下水道里，最好谁都没有注意到她说了什么。

可是弗洛拉却问道："你是说我们的乔纳森？"她们并不认识其他名叫乔纳森的人。想到他有可能过来，弗洛拉不禁心头一松，现在除了娜恩和理查德又多了一个人可以告诉她应该做些什么了。乔纳森和弗洛拉每年都会在伦敦聚上三四次。他带她去展览馆、水族馆或是艺术画廊，然后又请她去那种铺着白色亚麻餐布、摆着厚重银质餐具的高档餐厅吃饭。他会问她的画，她就告诉他自己最近在画什么，其实他们都心知肚明这些不过是为之后进入正题所做的铺垫。然后他们说到了游泳更衣室和吉尔，在几杯白兰地下肚后终于说到了英格丽德。乔纳森想知道弗洛拉的父亲近况如何，平日里做什么，而她也会带他去逛逛慈善商店，或是在海滩边散会儿步。弗洛拉能从乔纳森那里听到很多关于他和她父母的陈年往事——在花园里露营的嬉皮士，在走廊里打板球，讲鬼故事，喝爱尔兰威士忌喝得烂醉如泥。就像一个痴迷于听睡前故事的孩子一样，她对这些旧事百听不厌，抓着每一个小细节刨根问底。虽然乔纳森自己不说，但弗洛阿拉肯定他也像她一样在茫茫人海中寻找着英格丽德。他在兰卡斯特门地铁站里寻找她，在围观喂海马的游客中寻找她，在驻足欣赏莫奈名作《格尔奴叶的浴者》的旅行团里寻找她。

娜恩转过身说："爸爸要我请他过来。"

"什么？"弗洛拉说，"来我们家？"

"谁是乔纳森？"理查德问，弗洛拉没理他。自从她打了娜恩一拳后已经过了四天，他还住在她们家里，一点儿没把自己当外人，该吃就吃，该玩就玩，还关着门和吉尔聊天。弗洛拉打心眼里烦他。她不知道理查德是怎么跟店里解释他请假的原因的，他也许会说他被留在了一位著名作家的病榻前等着为他送终，又或许会说留在那里是为了烧掉一屋子书。

"爸爸想让他带露易丝和……"娜恩开口说。

"露易丝？"弗洛拉跳起来。

"我也跟你一样吃惊。"

"乔纳森是他的兄弟吗？"理查德又问。弗洛拉怀疑他会不会在夜里用吉尔那台老爷打字机把他白天打探到的所有情报都打出来。

"他是爸爸最好的朋友。"娜恩说。

"曾经是。"弗洛拉纠正道。

"我得再去采购点吃的，烧些好菜。也许做条鲑鱼。"

"那露易丝又是谁？"理查德问。

弗洛拉抬头看看娜恩，只见姐姐拿着一块抹布一遍又一遍地擦着手。娜恩也看着弗洛拉，她紧闭双唇，眼睛里只有冷漠。弗洛拉忽然意识到自己脸上的表情也许和姐姐的如出一辙，她的脸就是姐姐的一面镜子。理查德看看弗洛拉又看看娜恩。

"哦，"他恍然大悟，"那个露易丝。"

30

游泳更衣室，1992 年 6 月 22 日，上午 9:00

吉尔：

我并不是想重新开始写信。我不会再写了，写信只会让我痛苦，而且解决不了任何问题，但我必须把这件事写下来，我得把它从我的脑袋里赶走，而现在除了你，我找不到其他人可以倾诉。

今天早上我又下海游泳了。（一大早。）我本不该去的。哦，上帝，我不该去的。当时天还很黑、很冷，所以我披上了你的长大衣。我记得你和我说过，有一次在莫斯科，当地一个年轻人看上了你的一双小山羊皮皮鞋，作为交换他把他的长大衣送给了你。（"爸爸，跟我说说莫斯科的事唢。"我的耳边仿佛听到了弗洛拉的声音，她穿着这件庞然大物，整个人几乎被埋了进去，只有小脑袋勉强从领口钻了出来。）我身上只有这件大衣，里面什么也没穿，我很喜欢厚重硬挺的羊毛戳在皮肤上的感觉，我被裹在里头，就像发了霉的你拥抱着我。

海滩上空无一人，潮水已经退去，留下了一大片缠绕的海草，它们或是躺在沙滩上，或是散落在岩洞中。我绕过绝路岬走到海滩中段，那边的海水相对而言更清澈些。我解开大衣扣子，不知为什么，在脱下衣服之前我破天荒地摸了摸口袋。弗洛拉肯定又背着我穿过大衣了，因为我在口袋里发现了一张背面印有加冕女王的红桃皇后，两枚绿盾邮票，除此之外我居然还找到了我的钱包，里面还有十英镑和一些零钱。我把东西都放回口袋，折好大衣，脱下人字拖和大衣一起放在沙滩上，然后穿过海边小屋奔向前方的大海。

水中幽暗而宁静。我潜在离海面约一英寸的水里，身体不见了，就像它从来没有存在过一样。东方的天际微微露出太阳的影子，它躲在云层之后散发着炫目的橙色光芒，我朝着初升的太阳游去，仿佛游进了一幅文艺复兴时期的风景画中。阳光在海面上洒下一条路，像是在对我说："往这边游，笔直地游过来。"可是我累了，于是我掉转方向，换成蛙泳往岸边游去。我懒洋洋地游着，头部始终露在水面上，我看到了远处有一点儿亮光，有人在沙丘那边燃起了一堆篝火。

你还记得我们在一起的第一个夏天吗？天气燥热，半夜里我们经常跑去海滩，泡在海水里解暑。我们脱光衣服，手拉着手边叫边笑地穿过沙滩，穿过和正午时分没什么两样的闷热空气跳入海中。

等我上岸后，我发现我的人字拖和大衣都不见了。我第一个想到的就是弗洛拉刚才肯定偷偷跟着我来到了海滩，可是我前后看了看，没有看到她的影子。写到这里，我心里充满了愧疚，是我错怪了她。我把海滩中段前前后后查看了一遍，在最后一间小屋前我发现了那张被丢弃的、已经被揉得皱巴巴的红桃皇后，而我的钱包和其他东西都不见踪影。那个时候我可以先回家的，我原本应该回家的，可是当时我太生气了，我需要那十英镑，而那件大衣是弗洛拉的宝贝！然后，我想起了上岸前看到的那堆篝火，我没有多想，拔腿就找了过去。

黎明时分，我蹲伏在沙滩上看着两个男人一边喝酒一边大笑。篝火跳跃的火苗照亮了他们的脸，我看到了你的大衣正搭在其中一个人的肩膀上，另一个人的脸颊和前额上像是文着方形的刺青，过了一会儿，我才辨认出那其实是两枚绿盾邮票。我在滨草丛后发出了一声低沉的、长长的怒吼。

"你有没有听到什么声音？"披着大衣的那个人边说边抬起了头。

"听到什么？"另一个人问。我想那家伙肯定是喝醉了，要不然反应不会这么迟钝。

我从草丛里钻出来，身边的滨草发出了一阵窸窸窣窣的声响。大衣男站了起来。"好像有什么东西从那儿出来了。"

"就是草而已，看把你吓的！来，抽一口。"另一个男人夹着一根烟，想递给大衣男。烟头的红点幽幽地发着光。

我像一个疯女人或一头猛虎一样跳进了篝火照亮的光圈里。我伸手一把抓住大衣，就算钱包已经不在口袋里了，我还是不管不顾地想把衣服夺回来。可是没有给我留下一点儿反抗的余地，那个男人一下子把我扑倒在地，而大衣依旧挂在他身上。他很重，压得我没法动弹，他的一只手牢牢地抓住我的下巴，把我的脸转离篝火，死死地往沙滩里揿，我被灌了一嘴的沙砾。我不知道那个时候绿盾邮票男在干什么，我看不到他。披着大衣的男人一定是把我当成了什么雄性动物，他手臂上的肌肉收缩紧绷着，另一只手攥成了拳头。不过，他很快意识到自己身下到底压着什么东西，或什么人，于是整个人一下子松懈下来，一触即发的临战状态被一种更可怕的企图所取代。他一手掐着我的喉咙，一边将腿挤进我两腿间。我好像没有喊叫，只是拼命摇着头，我想说，不，求你不要这样，我想挣脱，想逃离，可是他的手上更用劲了。然后，我停止了挣扎。我忽然明白了（现在依然这么想），挣扎只会让眼前的（以及今后的）事态变得更糟。趁这个男人正在解裤子拉链时，我的左手摆脱了控制，我挪动着手臂，手指在沙滩上四下飞快地摸索着，忽然，我摸到了一个圆柱形的东西，感觉很轻、很光滑，是一个空啤酒罐。我把它扔到一边，继续朝火光摸去。那个男人因为要压住我也累得够呛，他一边哼哧哼哧喘着粗气，一边费力地脱着衣服，就在这时，我的手指碰到了篝火堆边的一根粗木棍。我屏住呼吸，把棍子拉近些，然后一把握住，高高地举了起来。木棍的一端冒着白烟，已经被火烘焦了。然后，我下了一把死力，把它按在那个男人的后背上，你那件橄榄色的羊毛大衣立刻散发出一股织物烧着时的焦煳味。我不敢泄劲，咬牙继续往下捅。直到大衣下的 T 恤被点着时，男人才反应过来，又过了一会儿，他开始尖叫，我乘机抽出另一只手抓住棍子把他牢牢卡住，往自己身上压。最后，他终于摆脱了我的钳制滚到一边，鬼哭狼嚎起来。他甩掉了大衣，我一把接住，扔下木棍拔腿就跑。

我不敢放慢脚步，一口气跑到了山坡下的那片海滩，直到那时，我才感到身上一阵阵火辣辣地疼。太阳已经完全跃出了海面，金黄色的光芒穿透了破絮般的云层。我看到自己的手掌和手指上全是一道道烫伤后留下的白寥寥的印子。我蹲坐在海浪里，手垂在水下，盯着海滩，然后歇斯底里地大笑起来。你大衣的下摆已经被海水浸湿了。

我回到家，身上除了泥还冻出了一大片的鸡皮疙瘩。我走进女孩们的房间，原来我离家还不到一个小时。我弯下腰看着她们，湿漉漉的发梢滴着水，打湿了睡梦中孩子的脸庞。她们睡得正香，在我离开的时候她们都好好的。

我把受伤的手包扎好，娜恩问起时我告诉她是刚才煮鸡蛋时烫伤的。她想看下伤口，又叫我去看医生，我说小事一桩，没必要兴师动众。一小时后，孩子们出门赶校车去了，我把那件大衣塞进了垃圾袋里，然后用那根支起晾衣绳的金属杆把袋子捅进屋后杂物堆的深处。

英格丽德

（信夹在 1931 年出版的《沃恩写给女孩的冒险书》中。）

31

下午，弗洛拉准备去海滩走走。经过吉尔卧室的时候，她把耳朵贴在紧闭的门上想听听爸爸和理查德在说些什么。可是屋里的说话声太轻，偶尔飘出来的只言片语让弗洛拉听得一头雾水。她想敲门，可是娜恩朝她嘘了一声，让她快点走开。弗洛拉踢着泡沫，白色的浮沫漂在岸边，就像一条长长的婚纱被风吹落在沙滩上。她低头盯着地面，从绝路岬一直走到悬崖，努力不去想爸爸的事，有意识地克制自己的习惯，不去看海滩上的游客，不在他们中间寻找肤色白皙的直发女人。她想下海游泳，可忽然觉得连游泳都变得没什么意思了。她把身上的毛巾拉下来丢到一边，躺在沙滩上闭上眼睛。

她在想露易丝现在会是什么样子。就在英格丽德失踪前，露易丝入选了下议院。弗洛拉在报纸上看到了她的照片，她穿着合身的外套，脖子上挂着珍珠项链，耳朵上戴着和项链配套的珍珠耳环。她简直无法想象她妈妈会有这样的朋友。报纸摊在餐桌上，弗洛拉看到英格丽德用红笔在露易丝的照片上涂鸦：纹丝不乱的发型中伸出了一对魔鬼的犄角。

弗洛拉好像睡着了，她自己也不太确定，不过她忽然觉得有片阴影投在她脸上。她睁开眼睛，抬起手挡住阳光，理查德正站在她的面前看着她。

"怎么了？"她问。

"我想看看你是不是睡着了，不要在阳光底下躺太长时间，对你不好。"

"我没睡着。"

"我的意思是对皮肤不好，这么大的太阳，很容易晒伤的。"理查德穿着一件长袖 T 恤，一条短裤，脚上踩着一双跑鞋。

"我在海边活了一辈子了，理查德。"她说。

"好吧，娜恩要去购物，我说我和她一起去，你爸爸不能一个人待在家里。"

"哦，老天，他没什么不好吧？"弗洛拉跳了起来。

"他在睡觉，还是老样子。"

★

吉尔在吸气，而后缓慢地、粗重地呼气，弗洛拉靠在床边的椅子里，闭着眼睛，屏息等着身边那间隔过长的一呼一吸。忽然，她听到爸爸说："今天怎么没看到你画画？"

"你现在想让我画吗？"

他重新闭上眼，弗洛拉将之视为默许。

等她拿来画板、炭笔、橡皮和破布后，吉尔对她说："扶我坐起来。"

她将手伸进他的腋下，用力往上提。他身上的皮肤松松的，打着褶皱，皮肤底下几乎没有一丝肌肉。她把眼里看到的都画了下来：靠着枕头的头和肩膀，突出的颧骨，陡然沉陷的面颊，浑浊的双眼，蜡黄的脸，以及纵横交错的皱纹和伤痕。吉尔脸上的伤已经消肿了，可是瘀青还没有完全褪去。她看得仔细而深入，手里的画笔有条不紊地记录下那双眼睛是如何陷入头骨的眼窝处，记录下他那薄薄的、往两边下垂的嘴唇，还有下巴底下松松垮垮的皮肤。

"记得小时候我在海滩上找到的那个鲸鱼脑袋吗？"弗洛拉问。

吉尔睁开眼睛："你是说真的鲸鱼？"

"不，塑料的，要不就是玻璃纤维做的。"

"是玩具？"

"和真的差不多大小。当时我还求你一定要把它挂到墙上去。"

吉尔摇摇头。

"可是你应该记得的。"

"不，不记得了，"他的目光移到弗洛拉的画板上，"让我看看。"她把画板递给他。"很不错，像我爸爸去世前的样子。身上的大部分零件已经报废了，剩下的那些也都不中用了。"他笑了笑，用他那只没受伤的手拉开被子。"我去下洗手间。"他说。

"要不我给你拿便盆来？平时娜恩不是也给你用便盆吗？"弗

洛拉有点紧张，这是她第一次独自照顾吉尔。

"我总是对她说不，这次用了，下次没准她就要给我兜尿布了。"

弗洛拉没告诉吉尔她在烘衣柜里看到了一大包成人用的纸尿裤。她把吉尔的一条胳膊搭在她肩膀上，两个人相扶着穿过走廊，尽量不碰到那儿的书堆。她在厨房里等爸爸，一边呆呆地看着娜恩挂在晾衣绳上的衣服。她把水壶搁到灶头上，打开点心罐，看看里面有没有饼干，然后她打了个哈欠，百无聊赖地看向窗外。五分钟后，弗洛拉把耳朵贴在浴室门上，听到爸爸在里面喃喃自语。

"爸爸？"她拍了拍门，"你还好吗？"

"我很好，"吉尔大声说，"回床上去，弗洛，我们明天一早来看你。"

"爸爸，可现在是下午。"她蹲下来，眯着一只眼往钥匙孔里看，可是那个小洞被十七岁时的娜恩用手纸堵上了，那时候弗洛拉年纪还小，老喜欢从钥匙孔里偷看姐姐，娜恩不胜其烦才出此下策。如今，那团手纸已经又干又硬，没法再取出来了。弗洛拉站在门口，用力敲了敲门。

"是你妈妈。"吉尔说。

"爸爸！"弗洛拉不停地试着转动门把手，她看了眼走廊，一会儿担心娜恩马上就要到家了，一会儿又不由自主地期盼她快点回来。"爸爸，你不要锁门呀！"她听到浴帘拉开的声音，几秒钟后门上的插销打开了。吉尔手上拿着牙刷，胡茬上粘着一小坨牙膏。

他走到浴缸前。"看！"他说着伸出一只手放在满是水印的浴帘旁边，浴缸就藏在浴帘后面。马桶、浴缸开始在弗洛拉眼前打转，也许是浴室所处的地势太高，空气稀薄，弗洛拉只觉得天旋地转，头昏眼花。吉尔像一个准备亮出绝活的魔术大师那样打了个花哨的手势，唰的一下拉开了浴帘。浴缸里什么也没有。可是魔术师并没有觉得有什么不对，他没有发现活板门没有打开，没有注意到藏在袖子里的花手帕已经露出了一角，也没有看到兔子已经跳到了舞台中央。

"你看到她了吗？"吉尔看着浴缸前面的镜子问，"看见了吗？她就在台盆边上。"

弗洛拉在镜子里看到了自己，还有一个老人，他的半边脸是灰黄色的，胡茬从下巴一直蔓延到了松垮的颈部，眉毛就像两簇乱蓬蓬的野草。除了他们两个，屋子里没有其他人。

"是的，"弗洛拉说，"我看到她了。"

32

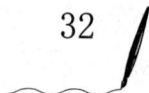

游泳更衣室，1992 年 6 月 23 日，凌晨 4:15

吉尔：

昨晚又停电了。我们三个正坐在客厅里，这时电灯闪了两下，然后熄灭了。娜恩跑到街上，我拉着弗洛拉的手等在屋外。她从小就怕待在漆黑的屋子里。

"整个村子都停电了，"娜恩跑回来告诉我，"我去拿蜡烛。"

"嘘！"弗洛拉抓紧了我的手。"听！"她说。语气里的紧张让我和娜恩都停了下来，等着接下来的动静。"有声音，"弗洛拉说，"就在厨房里。"接着，我听到了一声慢悠悠的嘎吱声，是地板发出的声响。"是那块松动的地板。"

"哪块地板？"娜恩问。

"就是厨房电炉前面的那块。"

我听到弗洛拉的声音里透着惊恐。

"别疑神疑鬼的。"娜恩说着大步走进屋里，找到了蜡烛。自然，厨房里什么人也没有。

我想告诉弗洛拉，这世上没有什么东西是可怕的，她可以做她想做的任何事、成为她想成为的任何人。

写完上一封信后我一直在想那天海滩上发生的事。一开始，我充满了怨恨，因为你不在我身边，你没有来救我。是你把我带到了这个地方，是你让我生下了两个孩子，然后，你却离开了。我成年后的人生里所发生的每一件事都和你脱不了干系，而你却撇下了我，由着我孤身一人单打独斗。我觉得自己就像一只雏鸟，还没学会飞，就被无情地抛弃了。后来，我想通了，那天我在孤立无援的情况下仅凭一己之力活了下来，所以我已经不再需要你，也不再需要任何人来救我于水火了。我一个人，没有什么不可以的。

★

和乔纳森在艾格尔岩石前的那次畅谈后，我决定留下来。不，或许应该说是我下不了决心离开你。离开，是一件太过严重、太过复杂、太让人望而生畏的事，同时，它又只是一个非常抽象、非常朦胧的念头。我努力将意大利之旅摒弃在回忆之外，想尽办法全盘忘记它，与此同时，我很惊讶地发现自己对于第三次怀孕竟然充满了期待。我之所以会出现这样的心理转变，倒不全是因为恶心反胃之类的妊娠反应很早就消失了，而是这次怀孕让我坚强起来，好像没有什么困难是不能克服的。我开始和你一样兴致勃勃地看你贴在冰箱门上的备选名字清单（赫尔曼、里奥、君特），没错，我也觉得这次怀的是个男孩。

你向乔纳森宣布喜讯后他给我来过电话。

"所以你还是会留在那里？"他说。

"对，目前的情况都还不错。"

"需要我过来吗？"

"你能来当然好，不过你没有必要为了我专程过来。"

"吉尔在你旁边？"

"不在，我说的是心里话，孩子多少是个牵绊，再说，他也不是那种完全不顾家的人。他是我的一部分，我也是他的一部分，也许命中注定我就该待在家里相夫教子，我只是比别人用了更长时间才认识到这一点。"

"如果有什么事情……"乔纳森说。

"不会的。"我打断他。

"……我总在电话那一头。"

七月的一天早上，我问马丁能不能借一下他的割草机给我。我和他靠在游泳更衣室的花园门口看着一院子齐膝高的杂草。他没有马上答应，而是拿来一把大镰刀，在磨石上来回磨锋利了，又利用下午酒吧歇业的时间教会了我如何使用。我挥舞着这个大家伙，才做了两三下歪歪扭扭的弧线运动后我就觉得腰酸背痛了。（和我游泳时的那种酸痛感好像不太一样。）我趁娜恩睡觉的时候割草，割了整整一个礼拜才算把一园子的杂草缩短到了可以使用割草机的高度。之后，我又在门廊下挖了一块花圃，这里的土地十分紧实，所以这活也相当费时耗力。米尔客伍德·斯泰伯听说我准备养花，给我卸了一堆肥料。每天我都戴着大草帽，穿着长裤和你的旧衬衫在花园里耕耘劳作。马丁有时候会靠在花园门口一边看一边大摇其头，说我应该种些花楸或沙棘当防风墙，艾伦太太的姐姐送给我的那些花种不可能在临海高盐分的环境中存活。可我却想，既然孩子能在我肚子里生长，花儿也一定能在盐碱地里开放。

现在，当我回想起那段肚子一天大过一天、充实满足的时光时，我发现记忆中只有我一个人住在游泳更衣室里，或者更确切地说，是我、娜恩还有花园。你一直关在写作室里打字，因为那年夏天你寄出去的一部手稿被退了回来。

你之前出版了两部小说，所以每年都会收到两笔微薄的版税，我们就靠着它还有你妈妈留给你的信托基金勉强度日。当然，这些钱并不足以应付我们的日常开销。午饭我们只吃得起人造黄油三明治，茶叶泡了又泡，已经淡得没有了味道，每次送牛奶的来收费我总是躲在门后，假装家里没有人。马丁原本让你在酒吧打份零工，可是你去了三次后他就把你解雇了，因为你喝的比给客人倒的还要多。你又在马厩里工作了几个礼拜，可是你怕马。之后，你去了牛奶房，在那儿上了六个月的班，可惜起得早并不意味就能干得长。（多有意思，那次乔纳森和我们聊起他在爱尔兰给牛挤奶后你就辞了这份工。）

打理花园和下海游泳让我暂时忘却了缺衣少食的烦恼，我也得以从周而复始、烦琐艰巨的育儿工作中获得片刻的喘息。我的体内正在孕育一个生命，而我相信置身水中对胎儿的发育肯定有好处。我常在深夜背着你偷偷溜出屋子去游泳，我的脚认识海滩上的每一块石头，它们带着我绕过礁石踏入水中。回来后，我把湿毛巾藏好，冲干净头发里的沙子，在你吻我之前抹掉留在唇上的咸腥味。因为怀了孩子，我游泳时动作轻柔舒缓，不再像以前那样用尽全力，也不会游得很远，这样的话，我和孩子都不会有危险。那些在海中度过的凌晨十分奇妙，我想象着孩子在我体内的羊水里悠游，而我则漂浮在属于我的海水中，我们两个都处于一种最自然、最舒服的状态。

等天冷下来后，我就不再下水了，可我还是会去海滩看海。有时海面平静、辽阔，一眼望去是无边无际的灰色；当旭日东升，海水反射着太阳的光芒，美得让人窒息；而最壮观的景致莫过于大风呼啸而来，汹涌的海浪重重地拍在岸边的岩石上，如同飞雪碎玉一般。

一天下午，班克斯太太看到我躲在货架后面数钱包里的零钱，看是不是够买一块黄油。娜恩坐在婴儿车里，管每一样东西都叫"果酱"，不管那是擦窗器还是棕色的调味汁。

"她可真是个乖宝宝，从来没见她吵着闹着要下来。"班克斯太太对我说。"你真是个听话的好宝宝。"她又像唱歌似的对娜恩说。

"果酱。"娜恩说。

"希望你这一胎也能顺顺利利的。"班克斯太太说。我看着我的女儿，然后像每一个母亲那时都会做的那样，伸手帮她把一绺散落下来的卷发别到耳后。"我猜这次你希望是个男孩，儿女成双，多好！"

"乔治。"我摸着肚子，没由来地从嘴里说出这个名字。

"好名字，是按乔治五世的名字定的吧，他是位了不起的国王。"

"不，"我说，"是按萧伯纳或奥威尔的名字定的。"

她像是没听到我说什么，自顾自地说下去："他们都说今年冬天会很冷，连我们这里都逃不掉，我看你得给肚子里的小宝贝多准备些暖和的小衣服才行。"

"我一直留着娜恩的衣服，应该都放在阁楼里。"

班克斯太太弯下腰凑近娜恩说："你说说看，能让你的小弟弟穿一身粉红色的小衣服吗？当然不行了，这可不合适哟。"班克斯太太的一只手从娜恩的头顶上滑下来，手指按在了她的小鼻子上，要是换作其他宝宝早就哭开了，可是娜恩却笑了，而且是那种大人才会有的笑——宽容的，不予计较的微笑。班克斯太太重新站直了。"你得开始织毛衣了，我们店后面还有一点儿蓝毛线，我这儿肯定还留着棒针，到时候你拿去用。"

"可我用不着，"我说，"我不会织毛衣。"

她啧啧地说："今天午饭时过来吧，我来教你。"说完她便拥着我把我送出了店。到家后，我发现娜恩的小毯子底下塞着一块黄油和一罐草莓酱。

之后的一个月，我每天中午都泡在店里，娜恩忙着在一口小锅里搅拌纽扣，班克斯太太和我并排坐在卖肉的柜台前，一个教，一个学。毛线是淡蓝色的，非常软和。我织好了一只小鞋子，左右两边不太对称，尺寸也太大了，刚出生的宝宝肯定穿不了，可是我还是把它放在枕头底下，这样的话我每天夜里都能握着它入睡了。

十一月二十三日的那天晚上，我正照着班克斯太太教我的方法起针，准备织另一只蓝色的小鞋子。我有点神不守舍，不知道你在伦敦是怎么给自己庆祝生日的，我想抛掉杂念，不去想此时此刻你到底在哪里。就在这时，身下又传来熟悉的动静——羊水破了，我赶忙用手兜在两腿间，仿佛要阻止液体流出来，可是羊水还是不停地流到椅子和地毯上。我肯定是叫出了声，因为我马上听到娜恩在她房里一连声唤着"妈咪、妈咪、妈咪"。我把抹布扔在了一地狼藉中。

因为担心付不起电话费，所以我几乎不怎么打电话，可是那晚我破例了。我站在电话机旁，脑子里飞快地转着应该拨哪个号码。还好我们还保留着活页电话本，我花了好几分钟手忙脚乱地查找字母索引标签，拼命地想记起你代理人的姓名，当我按下电话号码最后一位数字时，我才忽然意识到当时已经很晚了。铃声在伦敦空无一人的办公室里回荡，这时，我感到了第一波阵痛，它来得不疾不徐，缓和而深沉，后来的几波阵痛也是如此。那个周末，乔纳森也在伦敦，我想起了他入住的酒店的名字。接线员告诉了我酒店的号码，可是我拨过去时，他们却告诉我他外出了。我知道他一定是和你在一起喝酒，你们没钱埋单，酒钱都记在账上。我只好给酒店前台留下口信。除了你们，整个伦敦我就只认识露易丝了。我已经有一年多没见过她，圣诞节和过生日时我们会互寄贺卡，我写给她的信从来都是报喜不报忧，就像潮水冲刷过的沙滩一样抹去了所有的干涸枯寂。电话铃声响了五下后露易丝接起了电话。

"你好，费兹洛维亚 386 号。"

"露易丝吗？我是英格丽德。"我说。

"英格丽德。"她机械地重复了一遍，语调里听不出任何起伏。电话那端传来刀叉轻触瓷器时发出的丁零当啷声。"英格丽德！"她又念了一遍我的名字，这一次我听到她的声音先是高高扬起，然后又轻轻落下。"你好吗？"

"我很好。"我说。又一阵剧痛袭来，我咬紧牙关，从牙缝里勉强吸进一口气。"我要生宝宝了。"

她停了一会儿，然后说："你又怀上了？恭喜。"

"不，不是刚怀上，是马上就要生了。"

"那你还不快点给医生或助产士打电话？"

"我会打的，可是我得先找到吉尔，他现在在伦敦。"

"在伦敦？"她说。

"对，他应该约了代理人，要不就是和乔纳森在一起。除了你，我不知道该给谁打电话。"

她像是用手盖住了话筒和其他人说了什么，我听到更多的人声，然后爆发出一阵哄堂大笑。

"他们都不在？而你，马上就要生孩子了！"

"对，要生了，可是比预产期提前了好多天。"我忍着没哭，我不想在她"面前"流泪。

"听着，英格丽德，"她的语气比以往任何时候都更果断，"我帮你去找吉尔，你挂上电话马上打给医院，告诉他们你要生了，让他们派辆救护车过来。立刻，马上！还有，英格丽德，不要担心，不会有事的。"

两天后我重新躺在了自己的床上，两腿间垫着厚厚的卫生巾。我看着边上空空的行军床，你不在，你一个人去了皇家橡树酒吧。我写不下去了，我没办法描述之前发生的一切，不过你当时就在那里。时至今日，医院里的那一幕仍旧在我脑海里回放着，有时候我放任自己去想，因为拼命抵抗实在太过辛苦，反倒是由着它带领自己一遍一遍反刍痛苦要来得容易些。他们带走了我们的小男孩，我都没来得及和他好好道别。没有小棺椁，也没有骨灰盒，他就这样孑然一身地走了。在离开家被送往医院的前一刻，我从枕头底下一把抓过那只织好的毛线小鞋子，把它一块儿带到了医院，虽然只有一只，可是我也满心期待着想看看我的宝宝穿上它会是什么模样。后来，那只小鞋子不见了，我找遍了病房都没有找到。有时候，我会一厢情愿地安慰自己：一定是助产士把它套在了宝宝的一只小脚上。我从来没有对你说起过，可是我真想那只小鞋子啊！它是唯一属于我们儿子的物件。要是我找回了它，又能怎样？我也不知道，也许依旧把它放回到枕头底下，也许把它埋入泥土，然后像给安妮落葬时那样为他祷告。

我听说你自己带了一瓶酒去酒吧。我不想责怪你。你坐在吧台远端帕塞里尼太太常坐的位子，马丁和酒吧的常客们窃窃私语，时不时向你投去担心的目光。

"请让我的孩子来到我的身边，请不要拦着他们。"马丁告诉我你当时对着酒杯这样喃喃自语。

这时，坐在酒吧另一端的乔治·沃德压着嗓子说了句不合时宜的蠢话："要让那孩子赶得及上天堂，当时就得快点找个牧师去病房。"他以为自己说得很轻，其实没有，你从凳子上站起来，跟跟跄跄地朝他走过去，就在他转身的时候，你猛挥一拳打在他脸上。马丁告诉我，他听到一声脆响，乔治的鼻梁骨被那记拳头打折了，他跌跌撞撞往后退了好几步，血从鼻孔里流了出来（好多血）。你摇晃着又挥出一拳，马丁赶忙绕出吧台抱住了你往后拖，嘴里一个劲地重复着："吉尔，好了，没事的，吉尔，吉尔，没事的。"就像在安抚一个发脾气的小孩。

有时候，我会想象乔治·沃德在酒吧挨揍的情景，想象事后他被送到急诊室躺在帘子后面的病床上，手里攥着一条被血水浸透的酒吧毛巾，一边接受鼻梁骨复位手术。与此同时，在同一家医院的某个地方，我们的小乔治却一个人孤零零地躺在那里，浑身冰冷，无人陪伴。他是一尾小鱼，过早地离开了只属于他自己的那片海洋。

英格丽德

（信夹在万斯·巴汉姆所著的《乔·斯特朗，捕鱼的男孩》中，出版日期不详。）

～～～

33

理查德和弗洛拉面对面坐在沙发上，两人身旁堆满了书。吉尔和娜恩已经回房休息了。弗洛拉想从身后的书堆中间抽出一本平装书，书脊上写着《乔·斯特朗，捕鱼的男孩》，抽的时候上面的书塔摇摇欲坠。

"当心，快倒了！"理查德说。于是，弗洛拉又把那本书推了回去，从它上面一点儿的位置抽出一本精装本：《如何修剪果树和灌木》。她随意翻了翻书页，一张心形的糖果纸掉落在她的腿上。

"我们真诚地邀请您，"她念着印在糖纸上的文字，"来参加迈克尔和克莱门蒂娜于一九五七年二月四日举行的订婚晚宴。"纸张已经变得十分绵软，颜色也从原先的紫色褪成了淡淡的粉红色。

"也许情人节还没到，他们就已经分手了。"理查德说。

弗洛拉又换了本书，《白鲸》。封面上，一条巨大的塌鼻子白鲸跃出水面，相较之下一船水手都成了侏儒。翻开封面，内页上贴着一张藏书签。"此书为，"弗洛拉大声念道，"萨拉·西姆斯所有。"那些字写得颇为用力，能看到笔尖在纸上留下了印痕，她似乎看到了一个小女孩正吐着舌头，一脸专注地埋头写字。就在名字底下，萨拉这样写道：不过，我一点儿也不想拥有它。弗洛拉不禁笑了，她摊开这一页递给理查德看。"该你了。"她说。

理查德转身在后头的书堆侧面轻轻拍了拍，最上面的那本晃了一下便直接掉了下来，书塔屹立不倒，毫发无伤。"《午夜的红色天空》。"他读了一下书名，然后翻了翻书页，没有任何东西掉出来。他重新翻了一遍，这次翻得很慢，翻到一半时，他在某页停下来，看了片刻，他勾起嘴角，笑了。

"旁注。"他说这个字眼的时候故意拖长了元音，辅音咬得很重，声音听上去比平时低沉许多，弗洛拉一听就知道他在模仿吉尔说话的腔调。"是女人的私处，肯定是哪个下流胚画的。"

理查德把打开的书递给她看。

"画得不赖，"她说，"技法很好。"

她又拿来一本《讲给女孩听的恐怖故事》。扉页上画了一座海水环绕的荒岛，以教科书图解的画风呈现了荒岛的纵剖面，一条逃生通道从小岛的中央部分贯通而下，通道的顶端有一个铰接盖舱口，被伪装成了小岛的顶峰；通道通向水下，那儿正停着一艘潜艇在等候乘客。

"妈妈走后，我觉得我们的生活变得很奇怪，很别扭，"弗洛拉说，"花园没人打理，野草丛生，屋子里堆满了书，我的姐姐成了妈妈，而爸爸老得像我祖父，他整天把自己关在小屋里守着那台打字机，可我从来没见他打过一个字。"

理查德往上推了推眼镜，等着弗洛拉继续往下说。

"我从来不带人回家，"弗洛拉把腿搁在沙发上，双手抱膝静静地坐着，"我没什么朋友，不过有一段时间我曾和一个叫凯西的女孩处得不错，放学后我经常去她家混时间，因为我不想回家，"弗洛拉拨弄着她膝盖上的一处痂说，"我第一次去她家，快到门口时，她磨磨蹭蹭地拖着步子说，'有一件事我必须先告诉你，是关于我妈妈的'。我当时心想，见鬼，她肯定是要告诉我她妈妈不见了，失踪了。可是她却说，'我妈很胖，真的很胖'。"

"她说得没错，她妈妈确实胖得有点离谱。我一进屋就看见她坐在扶手椅里，身上的肉把座椅的空当填得密不透风，那天她穿着一件大花图案的裙子，只要她一坐下，裙摆就往上移，露出肉墩墩的腿，我心里暗想，要是有人拿叉子在她腿上戳一下，一准能溢出油脂来。凯西觉得有这样的妈妈很难为情，可是我却很喜欢她。那个学期我经常往他们家跑，一个礼拜起码去两次，吃饭的时候我就把饭菜放在腿上，坐在电视机前一边看一边吃。凯西的爸爸是个成天往返于办公室和家的普通上班族，她还有个当汽车机修工的哥哥，我在心里假装他们就是我的哥哥，我的爸爸，那栋半独立式的房子就是我的家。现在我知道她妈妈之所以善待我完全是出于怜悯，同情我的遭遇，可当时我一点儿也没往那方面想。每次离开前，这个女人都会给我一个大大的拥抱，每次我都会被她的那身肉压得喘不过气来。她抱得那么紧，仿佛是要把我嵌入她的身体里成为她的孩子。从凯西家回来后，晚上我躺在自己的床上，回忆着她妈妈怀里的味道，她的衣服上散发着烧饭时沾染的饭菜香和油烟味，低垂的领口冒着一股热腾腾的汗味。我觉得所有这些气息混合在一起就是妈妈的味道，那是一种胭脂红。"

"胭脂红？"理查德说，可是弗洛拉没有解释，她接着说：

"我第一次看《浪荡子》就是和凯西一起看的，我们躲在被子里，拿手电筒照着那些写得很露骨的段落。我记得书好像是她一个叔叔的。当然，我们也就囫囵吞枣看了个大概，至于最前面的那行字我压根就没怎么留意，直到后来我才明白这是石破天惊的一句话。"

理查德想说什么，可是弗洛拉打断了他。"等等，既然已经开始了，就索性让我一吐为快吧。

"几个月后，凯西开始明里暗里地提醒我应该请她上我家玩了。她说：'你爸爸是名人，我还从来没见过名人呢'或是'你当真住在游泳池的更衣室里吗？'反正就是诸如此类的话。我很头痛，我知道如果她真来我家，那么快到家门口时我也必须告诉她关于我妈妈的事，可是我真的不知道该怎么说——有些事我得告诉你：我爸爸是个只集书不写书的作家，我姐姐就像妈妈一样照顾着我，对了，顺便提一句，我妈妈她不见了，不过不许你说她已经死了。也许她一早就知道了这些事，每个人都知道。

"我最后一次去凯西家那天正好有个邻居来他们家串门。她妈妈和那个女人坐在厨房里喝茶，我和凯西在玩间谍游戏，我们假装研究编织针法或菜谱，其实是在厨房门外偷听里面的人在讲什么。她们说着说着话题一转。

"'我看到弗洛拉又来你家了，'那个邻居说，'可怜的孩子。'

"'她几乎每天放学都过来，'凯西的妈妈说，'看着真是不忍心，不能多想，一想我就替这孩子难过。你看她那个爸，不是关在小屋子里大门不出二门不迈，就是不知道又晃到哪儿去了。'

"'我担心的是她姐姐，'我们听到那个邻居说，'她才多大呀，就要给一个十岁孩子当妈了。什么，我没听错吧，她才十五岁？'

"'啧啧，照你说，小弗洛拉就不可怜了？这么小的年纪就没了妈，天晓得她怎么就把妈给弄丢了。'"

弗洛拉停住了，她看向理查德，他面无表情，等着她把话说完。"把妈给弄丢了，"弗洛拉重复了一遍，"他们都认为是我的错。"

"这只是一种习惯说法，她们并不是真觉得此事因你而起……"理查德还想说，可弗洛拉却摇了摇头。

"我看着凯西，她脸上的表情告诉我她也是这么想的：在我本该看住妈妈的时候，却让她失踪了。我确实看到了她——当时我就藏在金雀花丛里，没错，我就在屋子外头，"弗洛拉冲着窗子点了下头，"那天早上，娜恩看着我上了校车，可是到了下一站我就偷偷下车走回了家。我一心巴望着妈妈快点走，这样我才能溜进屋里换上泳衣去海滩那儿游泳。我亲眼看着她离开的，我没有阻止她。"

"可你那天要是去上学了不也没法阻止她吗？"

"我从凯西家跑了出来，"弗洛拉的声音盖过了理查德，"她在后面喊我回去，不过没有人出来追我。也许凯西告诉她们我已经回家了。"

"哦，弗洛拉。"理查德轻唤着靠近她，抚摸着她的脚踝。

"对，没错，我知道我的童年有多糟糕，"弗洛拉突然笑了一声，"事情还没完，第二天，同桌的女孩递给我一张纸条，我认出纸条上的字是凯西的笔迹。我在桌子下面打开纸条，上面写着，'我知道你已经做了什么'。"

"什么意思？"理查德问。

"我不是告诉你了吗，她认为是我把我妈妈弄丢的，其实我也是这么认为的，直到现在我心里依然是这么想的。"弗洛拉没有告诉理查德故事的后半段：那天，她把纸条带回家，坐在餐桌边又读了一遍。娜恩不在，吉尔正在厨房里煎蛋。她想让爸爸看看纸条，读一下，然后告诉她，失去英格丽德不是她的错。

爸爸把盘子放在她面前，堆在香肠上的鸡蛋还在晃动，没有煎熟的蛋黄漏了出来，培根上流满了黄色的蛋液。她不确定自己会不会吃这盘东西。吉尔的目光越过弗洛拉的肩膀看到了凯西写的纸条。

他咂着嘴不以为然地说："应该是'我知道你曾经做了什么'，"他说，"而不是'已经做了什么'。"弗洛拉把纸条塞到盘子底下，之后连同盘子里的那堆食物一起倒进了垃圾桶。爸爸没有逼她吃，也没注意到她最终没有吃任何东西。

弗洛拉从沙发上站起来，穿过书堆走到落地窗边，看着天空中一朵朵乌云行色匆匆地和月亮擦身而过。"我看好天气可能要告一段落了。"

"弗洛拉？"理查德说。

"我没事，都是很久以前的事了。"她背对着理查德，看到妈妈合上游泳更衣室的前门，手里拿着一本书。弗洛拉睁大眼睛想要看清楚书名——是一个问句，也许。她在金雀花丛中收拾出了一小块空地，那块空地像一个周围遍布荆棘的堡垒。那天，她就蹲在那里，急不可耐地盼着英格丽德快点离开。终于，英格丽德转过身，穿着那件粉色长裙步入阳光里，拐了个弯走上车道，而后消失在斯帕尼什格林的大街上，那一天里，弗洛拉再也没有想起过她。

她对理查德说："走，上床吧。"

34

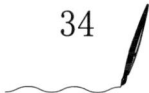

游泳更衣室，1992年6月25日，晚上11:50

吉尔：

今天我接到了弗洛拉校长的电话，她在电话那头告诉我弗洛拉又闯祸了，我能听到我们十岁大的女儿在她身后喋喋抱怨着什么。今天上午，有人看到她站在学校大门外的马路上竖着大拇指拦车。事后她告诉我说她准备搭顺风车去伦敦跟你一起住。我问她到了伦敦怎么找你，她说她会去书店找你的书，上面有出版社的地址。（聪明！多有想法的孩子，我们的小女儿！也许我真该让她去的。）

我发现在写信的时候我已经不怎么想你了。我指的是今天的你，你现在在哪儿，在做什么，我都已不再关心。与此同时，从前的那个你却占据了我的整个身心。我会趁孩子们上学的时候打理花园，那儿总有干不完的活儿。从屋子到海滩的小路需要好好打理，有一株朱蕉长势过于繁旺，而那棵柽柳早在三月就该修剪了。我有时候会想，要是我不在了，花园会变成什么样子。（斜坡上的荨麻丛重新夺回了它原有的领土，几个礼拜后草坪上杂草丛生，花圃里也挤满了各式各样的入侵者。）我按照我的想法拔除杂草、修剪枝叶、平整草地，把花园打理得漂亮、有序，可像这样随心所欲地强行改变自然环境到底是否正确？也许什么也不做，任由这片土地回到它自然的样子才更妥当、更真实。

★

记得吗？弗洛拉七岁那年有一回从家里跑出去不见了。这又是一件我们避而不谈的事。那天你有事去了伦敦，说好第二天早上回来。等孩子们上床后，我便顺应天气的召唤走下山坡。我想躺在起伏不定的海面上让浪头冲刷身体，感受大雨砸在皮肤上的压迫感。弗洛拉从床上爬起来翻窗而出的时候我不在屋里，碰巧那一晚你坐末班渡轮提前回来了，又或者你压根儿就没有去伦敦，一直在这里。不管怎样，你肯定是听到了娜恩的叫声，孩子屋里的窗开着，我们的小女儿不见了。

当时，我已经回到岸上，正赤着脚爬上山坡，路很泥泞，我仔细地看着脚下，就在这时，我听到了你们呼喊弗洛拉的声音。我抬头往上看，只见好几支手电筒打出来的光柱在幢幢树影中晃来晃去。我知道我本该待在家里看着孩子们的，我一边自责一边在树林中飞奔起来，身上的毛巾掉在了地上。后来你找到了她，我推开人群，看到弗洛拉正躺在你怀里。当着朋友和邻居的面，你狠狠地抽了我一耳光，那声音就像一声枪响在原野上久久回荡。

我不配照顾我们的孩子。

英格丽德

（信夹在哈德罗·Q.马苏尔所著、1958 年出版的《最后一场赌局》中。）

～～～

　　"别动，"弗洛拉跨坐在理查德的腿上，"一动，骨头的位置就不对了。"他躺在写作室远端的床上。晨光从窗外倾洒而入，门开着，他的肤色看上去柔和了不少。弗洛拉正全神贯注地在他手臂上画着肘关节，她想在他的皮肤上呈现出肱骨下端的肘关节是如何与前臂的骨头衔接在一起的。

　　"那天，天上掉下来好多鱼，"弗洛拉说话的时候并没有停下手里的活，"就是我借你车回来的那晚。"

　　"鱼？"理查德问。

　　"对，"她开始画他的另一只胳膊，"路上全是鱼，小马鲛鱼。"

　　"我在哪儿读到过，"他说，"海面上或大池塘里有时候会刮那种小规模的龙卷风，也叫海龙卷，它们会把水里的小动物，比如鱼、青蛙什么的吸到空中，然后抛到另一个地方。"

　　弗洛拉叹了口气，在被子上挪了挪膝盖，说："我想要的不是什么科学解释。"

"那你想要什么?"

"难道你不觉得这里头另有深意吗?"弗洛拉停下手中的笔,看着理查德皮肤上的画若有所思地说,"为什么在我回家那晚那些鱼就从天而降了呢?难道这不像是某种征兆吗?"她抬起头看了看他的脸,不过让她怅然若失的是理查德似乎并没有同感。"算了,就当我什么也没说。"她重新把注意力集中到画上。

过了一会儿,理查德开口说道:"真不敢相信我居然躺在吉尔·科尔曼当年写《浪荡子》的屋子里。"他转过头看着门口,弗洛拉也跟着看向门外。这是爸爸的专属领地,她总觉得她不该和理查德待在这里。小屋的边窗开着,一大片荨麻丛尽收眼底,从那儿还能看到一角湛蓝的大海。窗台下方有一块贴墙合上的活板,把它拉开后既可以当餐桌也可以当书桌,墙上还挂着一把折叠木椅,需要的时候随时都可以取下来使用。门边有一个炉子,墙上钉着一排吊钩,上面挂着一只用旧了的隔热手套,还有两个杯沿有缺口的杯子和一盏煤油灯。理查德身下的那条深褐色被子上满是补丁和陈年汗渍,被子被他团得极皱,堆在床边,露出了底下散发着霉味的灰色床单和枕头。这股味道像蘑菇菌盖底下菌褶的颜色,飘浮在弗洛拉的眼前若隐若现。

"你觉得故事里有多少情节是在这儿发生的?"理查德问。

"你说什么?"弗洛拉说,"你不会真以为那是本自传吧?"她笑了起来,笔下的线条抖成了涟漪,"看在老天的分儿上!"

"可人们都这么说。"

"我还以为你不会相信那些八卦呢。"

"好吧，不过他确实是在这里写的，就在这张桌子边，看着窗外的风景。"

"大概是吧，那时候我们谁都不准进这间屋子。"她伸着舌头，牙齿轻咬舌尖。她已经画到了理查德的手腕，腕骨的结构非常复杂。

"为什么不能进来？"

"这是老早就定下来的规矩。"

其实弗洛拉曾经一个人偷偷来过这里。一天晚上她也记不得自己为了什么事从卧室窗子里爬了出来。娜恩在厨房里，她不太清楚妈妈在哪儿。外头下着雨，她一跳进花圃，稠密温热的雨点便打湿了她的睡衣。她沿着草地中的小径奔到了写作室，灯亮着，门也没锁，一开始弗洛拉以为爸爸正在写作，可屋里却没有人。她在门口站了一会儿，虽然她知道不可以进去，但还是忍不住推开了门。屋子里充斥着爸爸的味道，一种男人特有的、浓郁的味道，像水獭身上的那种褐色。被子胡乱堆在床后面，就像爸爸才起床似的。她想钻到被子底下，可是转眼她又被桌上的打字机吸引住了，打字机的辊筒上还卷着一张纸。"我的手在她的股沟来回游弋。"她念道。弗洛拉并不十分清楚"股沟"的意思，于是她靠近一点儿准备读下一句。这时，她湿发上的水滴到纸上，墨迹随即晕开弄糊了一片。

她逃也似的离开了屋子，穿过花园奔到大街上，而后沿着上山的小路跑进了一片山毛榉树林里。树干已被雨水浇透，留下了一道道古铜色的水渍。她一边跑，一边伸出手掌像拍打马儿那样拍着一棵又一棵大树。等出了林子，雨已经停了，她喘着粗气，身上跟着暖和起来。小路一直往上通到了巴罗丘陵的山坡，那儿的草地被兔子啃得矮矮的，地势起伏不定。弗洛拉发力一口气跑到坡顶，小路朝右拐向哈德利的海岸，而左边则是一片像被修剪过的草地，一直延伸至海滩尽头的悬崖后便不见了。弗洛拉前方的土地正对着大海，地势平坦。她张开手臂跑进风中，穿过芳草如茵的斜坡奔向悬崖顶端。经历了日复一日、年复一年的风吹日晒，那悬崖已被侵蚀成了一道两英尺宽、十二英尺长的沙嘴，如同一根巨大的手指伸向大海，责难一般地指向"老烟鬼"。那是一根几百年前没准还和陆地连成一片的白垩石柱，如今，它却像从海中突然冒出来一样耸然而立，如同一艘沉没的巨轮戳上水面的大烟囱。"老烟鬼"原本还有个老婆，那块个头比它小一些的岩石曾一度盘坐在它身边。长满青草的指状沙嘴上有一条被人踩出来的小径，那是顽劣的孩子和蛮勇的成人留下的杰作。弗洛拉和娜恩还有她们认识的孩子从小就被严禁踏上沙嘴，弗洛拉突然想起来，不仅是沙嘴，大人们甚至不许他们独自一人来巴罗丘陵。她跨上小径，那条路的宽度仅和一只鞋子不相上下，她又迈出一步，脚尖抵着前面那只脚的脚跟，就这样慢慢地往前挨，直到再也看不到向两边无限延展的广袤的大地。山崖的两侧之下是翻滚不息的大海，弗洛拉不敢看脚下，生怕一看就会掉下去，于是她直勾勾地盯着从月亮前头掠过的云朵和矗立在海水中如同灯塔一般的"老烟鬼"。弗洛拉伸开手臂，风吹起了她的头发，她指尖沁着汗，又迈了一步，再一步，又是一步，她终于走到了沙嘴的尽头。如果再往前，脚下除了空气就空无一物了，她会一头栽下去，笔直地下坠，而后掉进悬崖底下的海水和水下的礁石中。忽然，从背后刮来一阵大风，风用力地推着她，仿佛在催她不要停下。她吓得一个激灵，一下子跪倒在地，死死地抓住山崖边和着烂泥的野草不敢撒手。等稍微镇定下来后，她开始沿着小径哆哆嗦嗦地往后挪，手里依旧拽着野草确保自己不会掉下去。

当她往回跑到山毛榉树林时遇到了找她的一群人，手电筒的光柱在树林中的枝丫间来回晃动，她听到爸爸、马丁还有其他邻居不停地叫着她的名字。吉尔看到她后一把把她举起来抱进怀里，其他人都围拢过来。她不清楚后来发生的事到底是真的还是一场噩梦，因为弗洛拉恍惚记得一抹白色的影子紧跟着从树影后面飘出来，它的皮肤在月光下闪闪发亮，她看到爸爸走向它，狠狠地抽了它一耳光，那个影子转身逃走了，而后爸爸带着她回了家。

妈妈失踪后的那个秋天，弗洛拉再度来到那条伸向海里的沙嘴，她趴在悬崖上，脑袋伸出崖边，往下扔了一颗安妮的牙齿。这颗小小的白色牙齿前一刻还被她拈在指尖，下一刻就消失了，它是那么小，那么无关紧要，掉下去后就再也看不见了。她想象着那颗牙齿在空中打着转，一路畅通无阻地往下坠，然后穿破水面，被潮汐卷入海底，越来越深，越来越远，直到最后沉入海草和礁石中。

"你别在我手上画。"理查德抽出手，他的中指上留下了一条歪歪扭扭的黑线。弗洛拉吃了一惊，像是没想到她的模特会擅自移动。"我很快就要回去工作了。"理查德说。

269

弗洛拉都快忘了理查德还有工作，也快忘了在渡口的那一头还有人正朝九晚五地为生计奔忙。这片海、这片土地，还有游泳更衣室总是这样，让她忘记了世上还有其他人、其他事。"好吧，如果书店比起你的肢体还有身体其他部分都在该在的位置、比和我待在床上更重要的话，那就请便吧……"她说着从他身上跳下来，理查德一把抓住她的胳膊，把她重新拉回床上。

事后，理查德躺在她身边闭目养神，弗洛拉看着窗外的天空，云朵从海上飘来，往村子那边飘去，小屋里点着炉子，温暖而干爽，因为开着窗，空气十分清新。过了一会儿，她轻声说："理查德，睡着了？"他一个激灵醒了过来，适才平缓均匀的气息消失了。"你真会把爸爸的书都烧了吗？"

"当然不会。"他吻了吻她的脖子根，他下巴上的胡茬刺得她起了一身鸡皮疙瘩，她推了他一把，理查德反而把她抱得更紧了。

"那你有没有告诉他你不会这么做？"

"还没有，他态度很坚决，我也不知道该怎么跟他开口。这是吉尔·科尔曼的遗愿，你叫我怎么拒绝？不过我不会烧的，其他东西也许可以，但书，不行。"

她爬下床，把水壶搁在炉子上。"我盼着乔纳森快点过来，都快等不及了。他知道该怎么做。"她蹲下身子拉开炉子底部的排气门。

"我会跟吉尔说的，"理查德边说边戴上眼镜，"今天晚些时候就说，我保证。"

36

游泳更衣室，1992 年 6 月 26 日，凌晨 5:00

吉尔：

　　乔治的小床拆了后在阁楼里放了将近四年，一千多个日日夜夜无论我走到屋子的哪个角落，那些干木条都如同一块块大石头重重地压在我的心上。娜恩婴儿时期穿过的衣服都收在一个纸箱子里，出事之前我把它们洗了又洗，晒了又晒，那些衣服香喷喷的都是阳光的味道，后来纸箱被搁进床底，只剩下落灰的分儿了。我心里总是放不下，原本应该有个小宝宝软乎乎地趴在我的肩窝的，以至于有很长一段时间我老觉得那个地方空落落的。世道变得越发冷酷、粗粝，盖在身上的被子让我起了疹子，衣服使我皮肤过敏，我整个人也变得敏感易怒。唯一让我感到解脱的就是在水底和花园里的时候。女人在生产时都会经历可怕的阵痛，可在熬过最痛的那一刻后就想不起来了，那些触景生情、痛不欲生的瞬间同样会成为过去，慢慢地不复记忆。这就是大自然惯用的伎俩，也托赖于此，人类才得以繁衍、生生不息。

生活总得继续，我以为我们逐渐回到了原先的轨道。我成日在花园里修修剪剪，顺着斜坡辟出了一条之字形的小道一直通向海滩，在路两边我种上了海甘蓝和茴香。周围的邻居经常会拿报纸包上花草插条放在我们家的台阶上，还有人在门口留下了一盆盆蓬子菜、绒毛花和匙叶草。我把它们种在园子里，浇水、除草，精心地照顾着它们还有我的娜恩。当时，你开始写另一本小说（之前你还作势要去找工作，后来也不了了之了），我知道你的书写得不顺利。我们整天关在屋子里，锱铢必较地艰难度日。等故事卖出去后，我们就和乔纳森一起庆祝，他经常过来和我们住上一段日子，用你那台打字机把他的游记一字一字敲出来，你在写作室里的时候他就到花园里帮我做些粗重活。他不再像从前那样把人成群结队地往家里领，有时候他身边就只带一个女人（还记得一九八〇年圣诞节来的那个美国女人吗？）。我也努力想让自己喜欢他们，扮演一个好客的女主人，诚心诚意地欢迎他们，可是没办法，有些人实在太过奇葩。那个美国姑娘软磨硬泡地缠着乔纳森，最后让他买下了一堆做姜饼屋的材料，其实我们当中压根儿就没人喜欢那玩意儿，甚至连她自己也不喜欢。姜饼屋做好后就一直搁在厨房的角落里，表面积了一层黏糊糊的灰，到了第二年三月，姜饼屋的屋顶终于塌了。

只要你不回屋睡觉的夜里我就溜出去游泳。有一次，一连下了两个礼拜的雨，溪水上涨，冲出了岸堤。东方的天际才露出一点儿鱼肚白，我便绕路穿过米尔客伍德马厩后面的原野，那是一大片斜坡，一直通向底下的小溪。我把衣服挂在栅栏上，然后走进灰蒙蒙的溪水里。一想到小径、矮树篱还有铁丝围栏都沉在水面之下，我心里居然闪过一丝异样的兴奋。

我经常去小海塘游泳，当时那里还不是什么旅游胜地，没有开辟直通小路，自然也没有竖起正儿八经的路牌。水塘里的水有些凉，而且浑浊，漂着海水的咸味。我费力地穿过芦苇丛，然后面朝河岸慢慢地往后倒下，让水托着我的身体，直到我完全仰面平躺在水上。我微微抬起头，头发垂在水中。如果我躺着不动，一睁开双眼就能看到太阳初升的天空从绛紫渐渐变成橙红。回到岸上的时候多少有些狼狈，水塘里的淤泥一经搅和就会散发出一股硫黄味，虽然身上的味道不好闻，可是在那里游上几趟能让我整个人活过来，让我觉得自己不再是一具行尸走肉。

那应该是一九八〇年十月的一个清晨，我下海游过了最远边界的标志物——那个浮标，而后朝着"老烟鬼"游去。岩石距离浮标非常远，但我是游泳高手（现在依然是），而且那天天气也不错，虽说是阴天，但海面上风平浪静。就在我快游到目的地时，突然，一股暗流毫无征兆地向我袭来，它势大力沉，刹那间我有点蒙，不敢相信水流中居然蕴藏着这样巨大的力量。它像一头隐形的怪兽挟持着我，一步步把我逼向外海。我又踢又蹬，拼命挣扎，用尽力气朝岸边扑腾，可是那怪兽并不打算放过我，它太过强大，我完全不是它的对手。我大声呼救，可不过几分钟的工夫，它已经把我推得太远，即便岸上有人，也不可能听到我或看到我了。怪兽在水下把我翻来滚去，又是绞又是拧，不停地往我嘴里灌海水。一次、两次，我拼尽全力钻出水面，一边呛一边咳，本能地发出垂死的尖叫。接着它又拖着我沉下去，我在水里打着转，直至放弃挣扎随波逐流。海面下的水流剧烈地翻腾着，仿佛暴风云一样急速地聚了又散，散了又聚，我被卷裹其中，像旋风中的树叶一样无助地旋转着，旋转着。我的胸膛犹如炸裂一般，周身无数条光柱照亮了水底，我清楚地看到一串串气泡附着在随流摇曳的大叶藻上，有时候蹿到我上面，有时候又漂到我的下方。我记得那一刻我还在感叹水底世界竟是如此美丽，等我上岸后一定要向人们好好描述一下眼前这番美景，可就在下一秒，我异常冷静地意识到自己可能永远也没有这样的机会了，因为我马上就会淹死，谁也见不到了。然而大海似乎并不想要我的命，它只是想逼我缴械投降，就在我放弃挣扎后，脑袋像个软木塞子一样很快浮出了水面，摆动的双腿拍打着底下的逆流，一来二去居然产生了默契。水流带着我靠近"老烟鬼"，然后把我猛地推向石柱，我的膝盖和脸颊都被粗糙的岩石表面擦破了，我顾不上疼痛，伸出双臂紧紧抱着那根坚硬的白垩岩石柱。等我好不容易喘上气，调整好呼吸，我便贴着岩石边缘挨到柱子的南侧，尽量远离狂暴猛烈的激流。我朝着背风的方向在拍岸的海浪中仰头看了一会儿。"老烟鬼"高得令人晕眩，它笔直地插入明净的天空，不一会儿太阳出来了，南侧的石柱顿时陷入耀眼的亮光中。你有没有试过把脸贴在摩天大楼的外墙上抬头仰望？高耸的危楼就像一片巨大的阴影赫然出现，并以压顶之势朝你逼近，你头晕目眩，不由自主地往后退去。再过上几百年，"老烟鬼"也许会在风雨、骄阳中销蚀殆尽，如同先它亡故的"妻子"那样在海中销声匿迹。

离开石柱后，我继续朝南游，经过了卵石海湾，那儿没有通往内陆的路可走，于是我只好一路游到了霍普湾，从水里拖着疲累沉重的身子爬到岸上杂乱的岩石堆里。那些石头都是从岸边的悬崖上掉下来的，由于被海水不断地拍打，上面沾满了海草。我浑身赤裸、手脚并用地爬过一块块大卵石，膝盖流着血，头发一绺一绺地打着结，就像一条被切了尾巴的美人鱼。当时，有一对夫妻带着孩子在上头一块平整的岩石上露营，他们带着铅桶和网兜准备在这里钓鱼捉虾。那个妈妈正在打开保温壶的盖子，爸爸在解一团捕蟹线，七岁上下的孩子坐在一个硬邦邦的野餐盒上，他们就这样瞠目结舌地看着我向他们一步一步爬过去。是我命大。

直到现在我还记得那次死里逃生之后我当时陶醉不已的感觉，就像喝醉了酒似的整个人都晕晕乎乎的。每次看着窗外的大海，我就会情不自禁地笑出声来，这是一场与大海展开的殊死搏斗，最终我战胜了它！一切是那么神奇，那么不可思议。忽然之间，我整个人快乐起来，不仅仅是在花园里，就连洗衣服的时候，在老好人班克斯太太小店的柜台上一个一个数着硬币的时候，在凌晨五点好不容易睡着后又被娜恩吵醒的时候，我的心情都无比灿烂。

你有没有发现我的转变？即便你觉察到了我有什么不一样，你也不会说的，不过你在家里待的时间比以前多了，我们做爱的时候也恢复了初坠爱河时的激情，而你，又重新开始问我想要你为我做什么，或是我们还能翻出什么新花样。我说让我们在海里、沙丘地、在你汽车的后座上做爱，不过没有一个答案能让你满意。

"告诉我，你想不想让乔纳森也加入我们？"你问。之前，我从来没有想过，可是你这一问就像一颗种子植入了我的脑袋，我任由它慢慢发芽、生长、开花。每个晚上我都会一帧一帧地描摹画面，逐字逐句地跟你描述我们三个人之间发生了什么，如何纠缠，如何结束。我像是在口述一部小说，所以一到早上你就急急忙忙跑到你的写作室里，整天抱着那台打字机，啪嗒、啪嗒、啪嗒的敲键声传到了花圃，传到了草地。

"你很清楚你所描述的一切都只是幻想，对吗？"一天晚上，当我们两人坐在厨房的餐桌边时你这样问我。你迅速地翻着手里的书，书本的前主人在每一页的页脚都画了些什么：一只猫后腿直立着和一条鱼跳现代舞。你不用多说我就已经明白你话里的意思，然后我听你继续说道："我可不希望现实生活中真会发生这样的事。"

"好的。"我说。

"你知道我在说什么吧？"那只猫举起前爪，腰身往后仰，那条鱼稳稳地立在猫的鼻尖。"向我保证，你永远不会爬上乔纳森的床。"你停下了翻书的动作，抬起头看着我。

"好的。"我重复道。

猫拍了一下鱼，鱼在空中翻了个筋斗，猫张开了嘴，当那条马鲛鱼下落的时候，斑纹猫啪地合上了嘴巴。

★

后来，我又怀孕了。我们没有告诉任何人。我们坐在之字形小路一头的长椅上，听到消息后，你只是把我拥入怀中。怀乔治时的那种踏实安稳的感觉并没有回来。晚上，我的脑袋里不断冒出离家出走的念头，可是一到早晨，所有这些计划都变得无比荒谬、可笑。弗洛拉的出生比预产期足足晚了两个礼拜，她闭着双眼哭声嘹亮，小手紧紧地攥成了拳头，两条腿有力地踢着这个陌生的世界。你从看到她的第一眼就爱上了她（你的弗洛），我看到了你眼中盛着满满的爱，然后你无限爱怜地把她抱进怀里。

"第二个，"你说，"还有四个在路上。"

可是你算错了。弗洛拉已经是我们的第四个孩子了。当她像一条滑溜溜的鱼一样离开我的身体，落入医院助产士的手中时，我用尽了全身的力气才掩饰住内心排山倒海般的失望。只有现在，在这个只容得下真相的地方，我才能承认这一点。弗洛拉不是乔治，她甚至都不是一个男孩。我再次陷入失去那个孩子的悲痛中。

英格丽德

（信夹在威廉·莎士比亚所著、1968 年版的《第十二夜》中。）

37

理查德走出屋子的时候，弗洛拉正坐在写作室最高的一级台阶上。

"我已经告诉他了。"

"你怎么和他说的？"

"我说烧书这种事我做不了，那是《华氏451度》[1]里才会发生的事。"他在她身边坐下，用肘部推了推她，示意她往边上坐坐。"他倒是没说什么，而且他看上去并不吃惊。"

"他什么也没说吗？"

"他引用了句德文，我问他什么意思，他说是海因里希·海涅[2]的话。"

---

1 《华氏451度》是科幻小说大师雷·布拉德伯里（Ray Bradbury，1920—2012）的经典代表作之一，书中描写在未来时代，统治者禁止人们持有书籍，一旦发现，一律烧毁。华氏451度是纸张起火的温度。——译者注

2 海因里希·海涅，德国抒情诗人和散文家，被称为"德国古典文学的最后一位代表。"——编者注

"谁？"

"一位德国浪漫派诗人。'在他们焚烧书籍的地方终将焚烧他们的人民'。不过，他又拜托了我另一件事，要我帮他下海，就今天下午。"

"怎么可能呢，他去不了那儿，他哪有力气走到海滩？"

"我说我抱他过去。"理查德把腿伸进阳光里。

"你和爸爸之间到底是怎么回事？你有什么资格说你知道怎么做才是为他好？"

"我没说我知道，"理查德说，他的声音依旧四平八稳，听不出有没有生气，"也许只是因为我不是他的家人，你明白的，我不像你们那么亲近。"

弗洛拉转过头，强迫自己迎着阳光看过去。

理查德伸出手臂环住她的肩膀，说："放心吧，我也没说什么，只是对他说要面对现实之类的话。"

"你知道他让我帮他找一只婴儿鞋子吗？就是用毛线织的那种。"

"一只什么？"理查德问。

"而且他只要一只，说得非常明确。"她转过来看着理查德，他一脸惊讶，看上去不像是装的，"我还以为是你让他找的呢。"

"我为什么要让他去找那种东西？"

她耸耸肩。

"没什么好担心的，不过就是最后一次下海而已，能出什么事呢？"

★

弗洛拉和理查德两人心照不宣，谁也没有把带吉尔下海的计划告诉娜恩。午饭后，娜恩说要再去哈德利一趟，她有些东西忘买了。她穿了一条铅笔裙，黑色 T 恤，胸口用亮片绣了一只蝴蝶。

"爸爸在房里休息，我带着电话，"娜恩把手伸进 T 恤，调整了一下文胸的肩带，"我会一直开机的，有事打给我。"

"看看你这一身行头，"弗洛拉说，"怎么看都不像是要去超市。"

娜恩低头看了看自己身上的打扮，又拉了拉 T 恤，胸口的亮片移动位置后反射着阳光，屋子前头的墙壁上立即跳出了好些细小的光点。"要是有什么事，我是说任何事，答应我一定要给我打电话。"

"好的好的，我保证，来，向后转。"弗洛拉转着手指说。

"接到电话我马上回来。"娜恩扭头朝背后看了看，确认一下她的裙子有没有完全遮住臀部。"我这样穿还可以吧？你觉得怎么样？会不会太露了？"

理查德长长地吹了一声口哨，娜恩不好意思地笑了笑。"我觉得最好去问问薇芙，爸爸那些书应该怎么处理。"

"你看上去漂亮极了，"弗洛拉说，"简直迷倒众生。"

"我带着手机，"娜恩又重复了一遍，"你知道号码。"

"别担心了，"弗洛拉说，"不会出什么事的，好好玩。"

★

　　下山的时候弗洛拉走在最前头，她一手抱着毯子、枕头，胳膊底下还夹着一张折叠椅，吉尔说没有必要带上椅子，不过弗洛拉没听他的。理查德抱着吉尔跟在后面。

　　吉尔戴着一顶宽边草帽，屋子走廊的挂钩上挂着好几顶这样的帽子，它们已经闲置多年，没想到今天其中一顶居然能派上用场。他的鼻梁上还架着一副女士太阳眼镜，是弗洛拉从餐桌抽屉里翻出来的。比起前几天，他又瘦了不少，不过现在他已经可以睁开左眼，眼睑上的紫色变成了青黄色，乍一看有些吓人。他靠在理查德怀里，也没觉得尴尬，一路上，他不时抬头看看天，又看看身边的树，仿佛是在和它们一一告别。

　　弗洛拉走上沙滩时看到马丁正站在水边。微风懒洋洋地吹着，海水也有些无精打采的，只有在触碰到海岸的时候才勉为其难地卷起一小丛浪花。

　　"爸爸，"弗洛拉说，"怎么回事？马丁怎么在这儿？"

　　"可以把我放下来了，受累了，理查德。"吉尔说，下地后他强撑着朝大海走去。"马丁。"他喊道。

　　"你怎么样了？"马丁没有迎上来，弗洛拉看到他手里握着一根绳子，一条小船正搁浅在他身后的沙滩上。

　　"马丁是谁？"理查德问弗洛拉。

　　"见鬼，"弗洛拉压低嗓门骂了句，"我就知道来海滩没那么简单。"她上前扶住爸爸。吉尔和马丁握了握手。

"你这只眼睛看上去恢复得不错,"马丁说,"能在海滩上看到你真是太高兴了。难得今天海上没起浪,正是下海的好天气。"

"你搞到船了,对吧,那鸡呢?"吉尔朝朋友的身后看去。

"没法弄到橡皮艇和摩托艇,不过我想在海上划划船也不赖。你后面那个小伙子看上去身上倒还有些肌肉。"马丁站直身子,举起胳膊,握紧拳头,而后笑了,因为他的肱二头肌没有因为这个姿势变大变壮。"以前我们也能把人抱在怀里走上好长一段路,是吧?"马丁说着拍了拍吉尔的肩膀。

"鸡呢?你没弄到鸡吗?"吉尔又问了一遍,从太阳眼镜的上沿盯着马丁,"只有船没有鸡可不行。"

马丁往后站了站,露出了身后那条小船,船身上蓝色的油漆已经十分斑驳,里头有两排座位,船底积着一汪脏兮兮的水。本来船上坐三个人是绰绰有余的,不过现在船里塞了一个铁丝笼子就有点局促了。笼子里关着一只小公鸡,它探出脑袋先是用一只亮珠子般的眼睛盯着他们,然后又换了另一只眼睛打量,那只笼子也跟着它摇晃不定。

"爸爸,"弗洛拉问,"这是怎么回事?我以为我们是带你来看海的。"

"我今天准备出海,"吉尔说,"我不太肯定马丁够不够力气划船,所以你们两个当中有一个人得跟我一块儿去。"

"这鸡是用来干吗的?"理查德问。

"小公鸡。"马丁纠正道。

"是弗洛拉的妈妈告诉我的，"吉尔说，"很久很久以前……其实也没那么久。"他往前一步踩进水里，站在船边，他的裤腿浸了水马上变成了深灰色。"扶稳了，马丁。"吉尔说着颤颤巍巍地抬起一条腿，那只小公鸡从喉咙深处发出一阵低沉的叫声。

"等等，爸爸，等等。"弗洛拉叫道。她放下折叠椅，把毯子和枕头扔进小船里，而后向爸爸走去。"理查德，"她说，"还不快过来帮忙。"

"我可不觉得这是什么好主意。"他咕哝着，不过还是走上前站到老人的边上，一手环住吉尔的胸膛，一边沉下肩膀好让他倚靠。弗洛拉和理查德抬手的抬手，搬腿的搬腿，就像摆弄一个关节僵硬的洋娃娃一样七手八脚地把吉尔安置在了小船靠后的那排座位上，他的对面就是那只小公鸡。吉尔用那只没受伤的手抓住船舷，大口喘着粗气，他的遮阳帽在上船的过程中被碰掉了，现在正被系绳吊在他的后背上。其他人都站在海滩上踌躇不前，那只鸡直愣愣地盯着吉尔。

"马丁，这到底是怎么回事？"弗洛拉低声问。

"我还想问你呢，你还不知道你爸爸吗？他让我今天下午准备好一条船和一只小公鸡在这儿等他。我可告诉你，要找到这两样东西可费了我不少工夫，就说这只鸡吧，我是从西德纳姆的一个农民那里押了二十英镑借来的，说好了，只能借一个下午。要是它身上弄皱了一根羽毛，我就别想拿回我的钱了。"

"也就是说我们中要有一个人负责划船？可是往哪儿划呢？"弗洛拉看向大海。几艘游艇停在很远的海面上，水天交接的地方能隐约看到一艘集装箱货轮的影子，它一动不动低低地停在那里。

"他以前总喜欢干些不要命的事，"马丁说，"天知道，想当年我们在村子边上也冒过几次险，说出来你肯定不相信。"他像是要给弗洛拉列举几桩他们年轻时候的光荣事迹，不过后来又改了主意。"吉尔怕是不行了。"他平静地说，而后他们三个都看向吉尔，他不盈一握的脖子支撑着头颅往前倾斜，瞪着眼前的小公鸡，后者也不甘示弱地回瞪他。"就带他去海湾附近划一圈，然后就回家吧，估计他也没什么其他要求了。不过，为什么非得带只鸡呢？人们好像总喜欢在身边带些奇奇怪怪的东西。"马丁依旧没能找出一两个例子来证明自己所言非虚。

"你去吧，"理查德对弗洛拉说，"尽可能多陪陪他。"

"那条船能装下我们两个。"话虽如此，不过弗洛拉也不确定有了那个鸡笼后她和理查德是不是都能坐进去。

"我和马丁在岸上等你们。"

他们把小船掉了个头，然后推进海水里，当船开始在水上漂浮时，弗洛拉跳了进去。她背对着小公鸡，面朝着爸爸，握着桨坐在船中间。弗洛拉喜欢划船的动作：当脚抵着船舷内侧，肩膀打开，肌肉开始拉伸舒展时，她会感到一种无以名状的满足，这种感觉和游泳最为接近，而且无须下水就能过足瘾。小船随着起伏的微波轻轻地摇晃着，吉尔摘掉了太阳镜，闭着眼，整个人嵌在船尾和船舷形成的夹角里。他伸长手臂，一只手紧紧抓着一侧船舷。

他们往外划了大约一百米，弗洛拉让小船转了个向，迎着涌向"老烟鬼"的水流逆流而行。她划船的时候有她自己的节奏,她先是从水里拉起桨,把桨向上举,而后转动桨叶。身后的小公鸡一刻不停地叫着,一开始是咕、咕、咕,后来变成了噗、噗、噗。

"我在书里读到过,说是小公鸡能派上用场。"吉尔睁开眼睛说。

"你不是说是妈妈告诉你的吗?"当桨叶离开水面时弗洛拉说。

"哦,是的。不管是谁说的,"吉尔说,"他们都有第六感。"

"我得歇一会儿了。"弗洛拉把桨靠在船舷上,弯着腰喘了会儿气。他们已经划过了绝路岬,对面就是一排海滩小屋,几个房客正坐在屋前的木头甲板上休息。一旦停止前行,小船就开始在海浪中上下颠簸,海水从悬崖的背风处向他们涌来,浪头比离开海滩时大了许多。弗洛拉汗流浃背,被风一吹,热汗瞬间变得冰冷,黏糊糊地贴在背上。"你冷吗,爸爸?"吉尔缩起肩膀弓着背,那只空着的手夹在两腿间。弗洛拉捡起船板上的毯子和枕头,可是它们都已经被海水浸透了,她只好把它们扔了回去。忽然,一个大浪砸向舷侧,船里的两人都被水花打湿了。小公鸡叽里咕噜的聒噪突然变成了一声尖厉的啼叫,起音无比高亢洪亮,中途陡然骤降,最后以一声低沉喑哑的咳嗽徐徐收处。这叫声不像公鸡报晓,反倒充满了惆怅、伤感的况味。一声长鸣结束后,小公鸡紧接着又来了一遍。弗洛拉转身朝后面看了看,小船也跟着晃动了一下。"这只鸡是不是晕船了?"她问。

"如果你划船经过一名溺亡者遇难的地方,公鸡就会打鸣。"吉尔说。

"什么?"弗洛拉转回身子问。

"又或者是他们沉尸的地方，在水底下。我记不太清了。"他闭上眼睛，像是在绞尽脑汁拼命回忆着什么，他的手重新握紧了船舷，握得指关节隐隐发白。

"你做这些就是为了这个？你真以为妈妈淹死了？可你不是说你在哈德利看到她了吗？"

"我是看到了，谁知道究竟是不是她，也许只是我的幻觉。"

小公鸡叫得更响了，弗洛拉看到海滩上的人纷纷朝他们这边看过来。

"你看它不会有什么事吧？"吉尔伸着脖子朝她周围看了看，"也许是晕船了。"

弗洛拉翻了个白眼。"幻觉？"她问。

吉尔没理她。"也许我们得放它出来，说不定这样它就能好好打鸣了。"公鸡的叫声越来越骇人，听得人坐立不安，它想扑扇翅膀，可惜笼子太小，它完全施展不开。

"我可划不到整片海，"弗洛拉边说边拿起桨，"现在连天体海滩都没到，我看我们还是回去吧。"当她看着陆地时，船已经开始沿来时路朝着绝路岬往回漂了。

"把笼子打开，就一小会儿，"吉尔说，"至少它不会像现在这么闹腾。"

弗洛拉转身抬腿想从座位上跨过去，这时，船身一下子失去平衡，冰冷的海水从倾斜的船舷处漫了进来，鸡笼也跟着往下滑，那只饱受惊吓的鸡叫得更响、更惨烈了。弗洛拉扭着身子伸手去够鸡笼，准备把门打开。公鸡不停地扑腾着，一下一下往笼子顶端撞。

"小心。"吉尔说。

"我已经很小心了!"弗洛拉转身喊了一句,不过她指的不是小心伺候那只鸡。当她捧着哀鸣不止、拳打脚踢的公鸡转过身时,一支桨滑出船舷,掉进了水里。

"我来。"吉尔笨拙地往船外探出身子。

"别动,爸爸!"弗洛拉喊得比鸡还响。那只鸡吃了一惊,对准弗洛拉的脸啄了过去,弗洛拉手一松放开了鸡。公鸡站在船舷上一会儿盯着眼前的两个人,一会儿打量着脚下这块漫着水的"陆地"。

"在那儿,"吉尔指着水里喊,弗洛拉觉得爸爸纯属多此一举,就算不指她也看得清清楚楚。"把它捞上来。"

弗洛拉只好划着剩下的那支桨去追另一支。小船晃晃悠悠地往前漂着,忽然随着一阵刮擦声,他们的船在绝路岬附近触礁了。

"往外推!往外推!"吉尔一迭声地喊着,弗洛拉用桨抵住水面下的礁石,往反方向使劲顶,小船又猛地晃动了一下,吉尔攀着船舷的手抓得更紧了。船每摇晃一下,那只鸡就跟着跳一下,重新找一个落脚点,就在弗洛拉使出吃奶的劲儿终于让小船重获自由的瞬间,小公鸡突然扇动翅膀,以一种极不雅观的姿势飞到了几米开外、布满海草的礁石上。小船终于告别了绝路岬,往回驶去。弗洛拉不停地划着桨,好调整角度让船头对准沙滩方向,同时能借助水流把他们顺势推回去。

理查德和马丁在原地等他们,边上还站着一脸怒容的娜恩。

弗洛拉和吉尔不约而同地掉头看了一眼那只小公鸡，只见它昂首挺胸地站在礁石上，嘹亮地打着鸣。吉尔呼哧呼哧地笑出了声，弗洛拉也忍不住大笑起来。理查德蹚水来到船边，拽着船上的绳索把他们拉上岸。

"该死的吉尔！"马丁叫道，"告诉我怎么才能把那只同样该死的鸡给弄回来！"

娜恩的一张脸气得煞白。

一队人拖泥带水地往回走，等走到山脚下时，理查德把浑身湿透的吉尔抱了起来。

"他可能会淹死的！"娜恩压着嗓门从牙缝里狠狠地蹦出这几个字。弗洛拉没说话，有那么一瞬间，她真觉得也许这就是爸爸出海的目的。

38

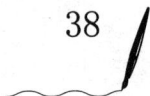

游泳更衣室，1992 年 6 月 28 日，凌晨 4:45

吉尔：

　　昨天，我们三人坐公交车去了哈德利。我原本以为这一天会过得非常开心：我们先去海滩上野餐，吃炸鱼薯条，然后再去买些衣服，虽然这个月你迟迟没给我家用。我们先去了一家自诩为"百货商场"的小店逛了逛，它之所以给自己冠上了这么个派头十足的名号是因为它门面虽小，里面卖的东西倒是五花八门，一应俱全。我和娜恩在一排排货架间左挑右选，可弗洛拉却一直在边上闹别扭，她不想待在店里，也不想穿上任何一件从那个"没有档次的鬼地方"买来的衣服。她说她要坐"该死的公交车去伦敦或其他任何地方，就是不想待在哈德利"。我又是哄又是讲道理，答应给她买她想要的东西，后来索性不理她。整整五分钟里我想尽各种办法，可最后她还是头也不回地跑出了小店。我和娜恩追了出去，看到她在街角转了个弯，跑进游戏厅里不见了。我们在外面等了十来分钟，然后我让娜恩进去找她。

"她不肯出来。"娜恩回来时说。

我只好自己跑进游戏厅，里面嘈杂喧腾，闪着光的游戏机屏幕、攒动的人头看得人头晕目眩。每台游戏机上都放着一个铝质烟灰缸，里面塞满了烟头，不大的空间里烟熏雾缭，呛得人喘不上气来。

我在屋子最里面找到了她。"弗洛拉，我们得走了。"

"马上就好。"她走到边上，查看了一下游戏机底部的托盘里有没有落下的硬币。我亦步亦趋地跟在后面。"娜恩在外头等着呢，我们现在就要走了。"

"我还没好呢。"她说。

"不管你有没有好，我们现在就得走了。"

"好。"她又换了台游戏机。

"你也得跟着我们一起走。"

"为什么？"她连看都没看我一眼。

"因为是我说的，你得按我说的做。"我拔高了嗓门。

我们的小女儿用胯部顶着游戏机上的玻璃板，那上面画着里约热内卢嘉年华的场景，几个女孩穿着椰子壳做的文胸在放置两便士硬币的滑动盘边搔首弄姿。一串硬币瀑布似的掉进了边上的槽口中不见了。

"该死！"她咒了一句。

我看到兑换窗口后面的女人斜着眼朝我们这边看过来。"现在，马上！"

"如果我不愿意呢？"

"我才不管你愿不愿意呢,现在就走。"

娜恩也进来了。"妈妈,"她皱着脸抱怨道,"我饿了。"

"知道了,娜恩!"我说得很响,把自己都吓了一跳。娜恩也不开心了,扭过身不看我。

我抓住弗洛拉的手腕猛地一拽,弗洛拉一个趔趄,可她抿着嘴不发声。身边的游戏机呜啦呜啦地叫着,我充耳不闻,只顾闷头把她往外拖。

"妈妈!放开她!"娜恩一边叫一边用力掰我的胳膊。游戏厅里那些随身带着五十便士、用塑料壶装着劣质酒的寂寞男人,还有叼着烟顶着一头金发的无聊女人齐齐看向我们。他们肯定在暗暗嘀咕:坏妈妈。不断央求我放开她妹妹的娜恩心里也一定在想:坏妈妈。

等我们出了游戏厅,弗洛拉跑下台阶冲到海滩边,在海滨人行道的墙根蹲下来缩成一团,就像我要追过去揍她似的。娜恩上去劝了半个小时总算说动弗洛拉跟我们坐车回家了。这一天什么都没干成,既没买到衣服,也没吃上炸鱼薯条。上车后女孩子们坐在一块儿,我一个人坐在靠前的位子上。我把前额抵在玻璃窗上,鼻端充斥着窗帘散发出来的暖烘烘的、满是灰尘的味道。就在这一刹那,我忽然问我自己,如果孩子们没有我是不是会过得更好些。

★

一九九〇年的九月,你向出版社编辑提交了《浪荡子》的手稿。以往他都要拖上个把月才会给你回电话，可是这一次他却史无前例地邀你去伦敦和他一起共进午餐，又马不停蹄地带你参加这个会议那个活动。你不在家的时候每天晚上都会给姑娘们打电话，而我则负责留守家中，跟弗洛拉解释为什么爸爸不能像以前那样每晚送她上床，跟娜恩说明为什么她忘了随手关灯后不用再担心我收到电费账单会失声痛哭。我花了好几个礼拜才习惯了逛超市时不再计较价格，去哈德利的时候可以打车而不再坐公交。

在我再三要求后你终于给我看了《浪荡子》的手稿。你把它装在一个牛皮纸的大信封里，并叮嘱我一定要等孩子们睡着后再看，看完一定要把它藏好。等到小说出版发行后，你是不会允许它出现在我们家里的，一本也不行。看了这个故事我一点儿也不觉得震惊或恶心，在那些夜里当我在你耳边将所有的情节娓娓道来时我已经看到了书的雏形。不过那个秋天，当你把手稿交到我手上时，里面却略去了一个至关重要的环节，我说得对吗，吉尔？我口中编派的所有香艳情节和你在成书中记录下的所有露骨描写加在一起都不及那一行字来得不堪入目。

这本书正如你的出版商和代理人所期待的那样引发了诸多争议和巨大反响，不过评论家们的眼光却超越了小说的内容，称你的第三部小说"洗练而质朴""富有韵律且充满诗意""是一位知名作家的巅峰之作"。乔纳森当然不可能像评论家那样看待这部作品，尤其是你连名字都懒得改，直接用了他的原名。他最后一次来我们家时大发雷霆，我心里很清楚，他脱口而出的那些咒骂都没说错，我真想告诉他这本小说的始作俑者其实是我，但我实在不敢想象要是告诉他真相，以后他会怎么看我，一想到如果我说出实情就有可能永远失去这样一个好朋友，我只好把已经到嘴边的话又硬生生地咽了回去。我和吉尔没有对其他任何人说过《浪荡子》的雏形究竟诞生于哪个人的脑袋。

你总喜欢在接受采访时强调，《浪荡子》是你写的第四本小说，每次听你这么说我都会感叹，为什么我就没有这样的勇气。你知道美发师或新搬来的邻居随口问我有几个孩子时我是怎么回答的吗？我暗暗把手攥成拳头，让指甲深深地嵌入手心，然后告诉她们："两个。"这个数字就是我不变的回答，为此，我痛恨我自己。

小说的成功以及随后滚滚而来的收入让你欣喜不已。你在广播电台和电视台接受采访，每次提到你的私生活，你都会故作腼腆，然后连消带打地蒙混过去。你看上去是那么俊逸潇洒，风度翩翩，公众的焦点过多地集中在小说作者身上而不是读者阅读小说后的感受上，对此，你会不会觉得有点讽刺？没有人，甚至连你在内都不在乎读者究竟是如何看待这本书的。

我忙着照顾两个孩子，几乎没什么机会和你一同参加那些"文坛盛事"。"你不会喜欢他们的，"你告诉我，"都是些无趣的书呆子，只会站在那里自吹自擂。"只有一次，我去了你的采访摄制现场，那是一档艺术类谈话节目，十来分钟的样子，你坐在一张扶手椅里，面前放着一杯威士忌。

我当时就站在一堆电线、和许多摄像机的空当处，看着聚光灯下光彩夺目的你。你把我们底下所有人都迷住了，电视台的工作人员、观众、主持人（还有我)无不为你摄人心魄的魅力所倾倒。

我们时而被你幽默风趣的谈吐逗得前仰后合，时而屏息聆听你滔滔不绝地发表高论。我太骄傲了！他们爱你，爱你的书，爱你的故事，还有你的外表。我也爱你。

是的，我爱你，我对自己点点头。这时，站在我边上的电视台制片助理轻声说道："他是不是很棒？"我笑了，她接着说："不过他实在有点坏。"那又怎样，我依然爱你。她继续说："我想他肯定有老婆孩子，他把他们藏得好好的，不让他们受到伤害。"我没说话。"几个礼拜前，他钓上了我的一个朋友，先是请她出去喝一杯，"女孩轻声说，"然后问她愿不愿意去他住的旅馆过夜。'你结婚了吗？'当时我朋友问他，他说，'眼睛看不到的以及思想不曾触及的便是不存在的'。"

女孩说话的时候我没有转头看她，而是看着你跷着二郎腿坐在台上那张黑色的旋转扶手椅里，你穿着我熨好的长裤，还有一双我洗干净后晾在厨房外面晒干的袜子。现在连主持人都被你逗得方寸大乱，以至于他连事先准备好的问题都没法连贯地说出口。我忽然想起了我们一起度过的第一个夏天，我们躺在游泳更衣室外的草坪上，你的头枕着我的大腿，我一边为你朗读一边把手里的书举得高高的挡住刺眼的阳光。

"她后来去了吗？"我问，"我是说你那个朋友？"

"这事怪不得她，"制片助理说，"他确实有点老了，不过换作是我，我也会去的。你肯定也会，对吧？"

★

　　我一直在等，等我们的车下了渡轮，付了摆渡费，然后开上通往家的那条笔直的路。

　　"刚才我遇见一个女孩，"我说，"她告诉我你睡了她的朋友。"我把"朋友"两个字咬得很重，就像那些女孩给知心大姐信箱写信说她们的朋友和男朋友的兄弟上了床，然后询问处理意见时的那种腔调。

　　"什么？"你哈地笑了一下，短促得像突如其来的一声犬吠。

　　"你的意思是你没有？"

　　"没有什么？"你又问。

　　"没有睡她。"

　　"去睡一个朋友的朋友的朋友？"你就像在和我开玩笑。

　　我不作声。当你发现车内的沉默已经到了令人尴尬的地步时，你开口说道："别傻了，英格丽德，这不过是那个蠢女人在背后乱嚼舌根罢了。说不定她一早就知道你是谁，故意说这些话来气你，好看看你有什么反应。"

　　"所以你不承认你睡了她？"我紧咬不放。

　　"按你的意思我睡的好像应该是她的朋友，"你说，"你倒是说说看我哪儿有时间做这档子事？你又不是没看到，我成天忙得像个陀螺，忙着给我们家挣钱。"

　　"停车。"

　　"都快到家了。要不我们晚些再谈。"

"停车！"我厉声说。

你把车停在路旁的沙地上，几辆车从后面超上来，车头灯的光柱从我们身上扫过，就像灯塔的光打在岸边的岩石上。"我不想再这样下去了。"我说。

"不想再怎样？"你松开了方向盘，两手交叉合抱在胸前。

"不想再被人当成傻子！"我叫道，"不想再成为最后知道你出轨偷腥的那个人！"

"你不是傻子，英格丽德。"你没有看我。

"可是你把我当成了傻子。"我咬牙切齿地说。

"你是因为这本书吗？你觉得我写得太过火了？"你转过身，把手放在我的胳膊上，然后眼睛一眨也不眨地看着我说，"你不用担心娜恩或弗洛拉会看到这本书，家里一本也没有。"

"看在上帝的分儿上，吉尔，这个世界并不是只有你的工作才重要！"我拨开你的手。

"那你就没什么可担心的了，你是我孩子的妈妈——你和孩子在哪儿，哪儿就是我终归要回去的那个家，永远都是。我不会抛弃你们三个的，一个也不会。"

"也就是说你的确带着你这本书的粉丝去了你的旅馆，和她上了床！"我的手指哆哆嗦嗦地摸到了安全带，用力拽开了拉扣。

"英格丽德，这没什么大不了的，它就是自然而然地发生了。"

我想都没想，整个人扑上前甩手就给了你一巴掌。我打得并不重，你本能地一躲，头撞到了挡风玻璃上。你没有出声，依旧看着前方，这种姿态仿佛是在告诉我，你做错了事活该受罚，这一巴掌打得正中下怀。

"也许在你看来是小事，可对我来说不是！"我抓住你的头发往车窗上撞。然后，我摸到了身边的门把手，用力推开门，踉踉跄跄地下了车。

"英格丽德！"我听到你在身后喊道，"对不起，英格丽德，我错了！"

我没有回头，一步三滑地跑进路边的金雀花丛中，地上根系交错，脚下磕磕绊绊。接着我又穿过一片茂密尖利的野草地，一边跑一边哭。我就这样一直往前跑，不停地跑，直到心脏快要跳出胸膛，胸口胀痛得喘不上气来，我不得不慢下脚步。走了几分钟后，我看清了眼前的路，发现自己正在穿过沙丘地带往海滩上走。月光透过薄薄的云层倾洒在浮动的水面上，风抽打着我的头发，我在想，如果自己就此踏入水中会发生什么，有没有人会想念我，虽然我相信自己已经知道了答案。我脱掉鞋子，把鞋带绑在一起挂在脖子上，踩着紧实的沙地朝家的方向走去。退潮的大海被我抛在了身后。我到家的时候看到车停在车道上，不过你一定在写作室里，因为屋里没有人。我把钱付给保姆，打发她回家，然后上了床。

第二天早上，我打电话给露易丝，拜托她帮我安排好一切。两天后我去了诊所，打掉了我们的第五个孩子。

英格丽德

（信夹在克莱维·詹姆斯所著、1983 年出版的《了不起的生灵》中。）

~~~~~~

39

一行人回到家后吉尔就上床休息了。娜恩喂他吃了药,又给他喝了点水。弗洛拉坐在以前妈妈睡的那一侧床上,娜恩坐在椅子里,身上还穿着铅笔裙和黑色 T 恤。

"爸爸,"娜恩说,"薇芙说她那儿没那本书,就是你坠崖时手里拿的那本。她问我书名是什么,说是会帮你在店里找找,看看有没有一本一样的或是复印本。"

"那些都没用,"吉尔说,"我只要我那本。"他紧咬住下颌来抵抗咳嗽引发的疼痛。

"要不要叫医生来?"娜恩站起来走到爸爸床边,帮他把枕头拍松。

"我再也不想看到医生了,一个也不想。"吉尔说。

"爸爸,是不是书里有什么东西?"弗洛拉问。

"一张纸条,不过现在已经晚了。"他连着咳了好一阵,咳得头都垂到了胸口上。

娜恩拿起一杯水，里面插着根吸管，她把水端到爸爸嘴边让他吸一点儿。

"你们女孩子是不会想看的，一个风烛残年的老头。"

娜恩端着水杯嗔怪地瞥了弗洛拉一眼。

"我真希望你们记忆里的我就像你们的妈妈那样年轻、漂亮。"他的眼皮缓缓地合上了，弗洛拉在想此刻他是不是看到了戴着宽边草帽的英格丽德抄起园艺叉插进沙土里，或是站在洒满阳光的门廊上。

一时间谁也没有说话，吉尔微张着嘴，下巴就像合不上了似的。弗洛拉以为他睡着了，然而他闭着眼睛说了句"生死不明"。

"什么？"娜恩问。

他睁开眼睛。"我去过图书馆，他们帮我在电脑上查过了。"

"查什么？"弗洛拉问。

"当你不知道你要找的那个人是死是活时，你就没法彻彻底底地去哀悼，你的悲伤始终像没有落定的尘埃。"他停了停，像是想等力气恢复些再继续往下说。"有一次我对你们的妈妈说：'比起知道最坏的结局，还是不明真相地活着好，因为你可以一直怀揣希望。'"

"你也是这么跟我们说的。"弗洛拉说。

"爸爸，这些都不重要，"娜恩说，"你该睡了。"她拉了拉被子，像是要拉平被子上压根儿就不存在的褶皱。

"我错了，"吉尔说，"真相远胜过幻想。你们的妈妈已经死了，现在我知道了。"

"不，"弗洛拉说，"你见过她！"

"那只是幻觉。"

娜恩跷起腿，什么也没说。

"我不信。"弗洛拉说。

"我曾经想要找到她的尸首，至少是一种可以证明她已经死亡的证据。可是没有找到，其实所有一切都在这儿。"他举起手，指了指脑袋。"一个人不能摇摆不定地活着，你要接受事实，弗洛拉。埋葬她，和她告别，我们所有人都应该和她说再见。"

★

浴帘杆上挂着两件泳衣和一件比基尼。衣服还没干，裆部沾着好些结成团的沙子，弗洛拉懒得把它们冲洗干净。她打开烘衣柜，里面塞满了旧床单、毛巾、毯子、被压扁的汗渍斑斑的枕头，一柜子五颜六色的织物就像哈德利旅游纪念品商店里卖的装满染色沙子的瓶子。这堆乱七八糟的东西里肯定还夹带着其他泳衣和她给理查德找出来的泳裤之类的东西，那些都是很久以前来度假的游客用过后胡乱塞进柜子里的。每层架子上只有放在最上面的三样东西是娜恩洗过、熨平、折好，然后放回来的。弗洛拉的胳膊像虫子一样一寸一寸往压在最底下的床单被套里钻，看看能不能摸到质地顺滑的织物。等到她的手肘都快看不见的时候，她好像抓到了什么，弗洛拉便劲往外拽，直到看清楚手里抓着的原来是毛巾的一角。她又费了些力气才把整条毛巾抽了出来。弗洛拉看着它，觉得这条毛巾很眼熟，毛巾原本的沙黄色已经淡了不少，许多地方的绒毛都已经被磨平了，一块一块显得光秃秃的，边上被人戳了个洞，多年前它曾一度被挂在浴室门背后的挂钩上。弗洛拉把毛巾凑近脸，闭上眼睛，深深地吸了口气，它闻起来是灰色的，那种长久不洗的闷闷的味道。然后，她又看到了妈妈，她永远穿着那身粉红色的长裙，在门口转身离去，金雀花散发着椰子的清香，蜜糖的金黄色，她的手里拿着一本书。

弗洛拉走进厨房，理查德在水槽边洗盘子，娜恩站在他边上，正在往一个玻璃碗里舀酸奶油，一条鲑鱼躺在烤盘里，案台上还零散地放着一袋新买的土豆和做沙拉用的食材。

"记得这个吗？"弗洛拉把毛巾往娜恩眼前递。

娜恩的眼睛都不知道该往哪儿看好。"什么意思，你问我是不是记得一条毛巾？"她眨了下眼睛。"弗洛拉，拜托你穿上衣服，看看你，这像什么样子！"她又舀了一大勺酸奶油，把它堆在刚才舀出的那坨上面，最后撒了一把切碎的欧芹。

"理查德又不是没见过，对不对，理查德？"弗洛拉说。

理查德龇牙咧嘴地挤出一个假笑。

"是妈妈的毛巾。"弗洛拉对娜恩说。

娜恩低头看着手中的碗，一副看不得妹妹赤身裸体的尴尬模样。"我从来不记得我们家里有谁有过自己的毛巾，虽然有总比没有好。据我所知，在这个屋子里所有的东西都是人尽可用的，从来不分什么你的我的。"

"不，我是说这条毛巾是她失踪那天用过的。"

"穿上衣服，弗洛拉，你行行好。"

弗洛拉打开毛巾往身上一裹，把边角掖在腋下。"这样行了吧！"她说着在桌旁坐下来。

娜恩拿起勺子，把碎欧芹和雪白的奶油搅拌均匀。"大概是吧，我记不清了。"

理查德把水壶灌满，从碗柜里取出几个杯子。"喝茶还是咖啡？"他问。

"如果那天她带着这条毛巾去了海滩，"弗洛拉把胸口处裹紧些，"那它又是怎么回到烘衣柜里的呢？"

"我不知道你想说什么，"娜恩大声说，"它不在烘衣柜里应该在哪里？"

"它是怎么跑到烘衣柜里的？还有妈妈带到海滩上的其他东西又都去了哪里？"

"它们都和你身上这条可笑的裙子一样去了它们该去的地方，"娜恩说，"没错，我把它们都放好了，该进烘衣柜的进烘衣柜，该进衣橱的进衣橱，该放到书架上的就放回到书架上，我就是比别人讲究，喜欢物归原处。"她握着半个柠檬用力挤，汁水顺着她的指缝流进了盛着酸奶油的碗里。

"可它们是怎么回到家里的？"

"我不知道，一定是马丁第二天把妈妈的衣服、毛巾还有其他东西送回来的。有人在天体海滩上捡到它们，然后塞进一个包里，我想应该是搜救队的人。"

"那她的书呢？"弗洛拉追问，"那本书怎么样了？"她也不知道为什么非得弄明白妈妈的东西是怎么回来的，也不确定搞清楚这些东西现在在哪里到底有什么意义。这些问题她都找不到答案。

"我不是告诉过你了吗，我把它们都放回到了它们应该待的地方。"

"警察就没要求看看它们？"理查德问。

弗洛拉都快忘了还有另外一个人在厨房里。"那群蠢货就对一件事情感兴趣——是不是爸爸杀了妈妈，然后把她的尸体埋在了房子底下，"弗洛拉往地上狠狠跺了一脚，"后来那些塞满糨糊的脑袋瓜终于搞明白了他什么也没干，一旦证明了这一点，他们就此撒开手不管不问了，"她说，"只要不是刑事案件，他们都不感兴趣。真是一群饭桶。"

"弗洛拉，"娜恩说，"你这么说不公平，妈妈是一个成年人，"她又对理查德说，"她去游泳，把衣物留在海滩上，海岸警卫队也去找过了，可是……"娜恩没有把话说完。

"那她的护照呢？"理查德问。他打开橱柜，找到了一把棕色的茶壶，圆鼓鼓的壶身上有好几条曲折的裂缝，一看就知道是被人敲碎后重新粘合起来的。他把茶壶拿到窗边看了看，像是不太确定这把壶能不能盛水。

"哪儿都找不到。"弗洛拉意有所指地说。

"她好多年都没用过护照了——自打我还是一个婴儿那会儿她就再也没用过，她的护照早就过期了。"娜恩继续搅拌着奶油。

"你也认定她死了，对吧？"弗洛拉说，"我敢打赌，你一直都是这么想的。"

娜恩抬眼看了看她，叹了口气，而后在她对面坐下，把碗放在两人中间。"如果她要走，肯定会留下一封信，一张字条或其他什么东西。她不会不告而别。她只是去游泳了，然后在海里遇到了麻烦，溺水了。整件事就这么简单。"娜恩忽然轻声笑了笑，见弗洛拉不出声，她继续说道，"妈妈是不会抛下自己的孩子的。"

"这话是谁说的？"弗洛拉伸出手指头挖了一小坨酸奶油。"我看天底下的爸爸们不就经常抛下自己的孩子嘛，他们眼都不带眨的，不过这话要是让我们家那位听到了大概要伤心了。我就不懂了，同样是抛下孩子这件事，为什么妈妈做就天理不容了呢？"她把手指头放进嘴里。

"我想我们还是喝茶吧。"理查德说。

"对妈妈而言，这是不一样的。"娜恩说。

"有什么不一样？是因为妈妈就应该比爸爸更爱自己的孩子？还是因为这是自然法则，女人天性就是如此？"

"没错，我在医院里天天见的就是这个，"娜恩说，"妈妈和她的孩子之间有一条看不见的纽带，生产的时候也许爸爸也在产房，也许他们会是第一个把孩子抱进怀里的那个人，他们也会因为孩子的降生而欣喜不已，可是这和妈妈与孩子的感情是不一样的。"她站起来，端起碗。

"可在这个家不是这样的，对吗？"弗洛拉说，"你只是不愿意承认罢了，我们的妈妈和我们之间就没有你说的那种纽带，我甚至怀疑她和任何人之间都没有那玩意儿，她有的也许就只是身为一个母亲的责任、对另一种生活的期待，以及因为没法爱她的孩子而抱有的愧疚，所有这些压得她不堪重负，所以她离开了，现在她可能依旧在某个地方好好地活着。"

弗洛拉话音刚落，娜恩就接口说："如果她真像你说得那么糟，我不明白为什么你还总盼着她能回家。"

"对她来说，要成为一个母亲并不容易，而对爸爸来说，成为一名父亲就要简单许多。"

"我亲爱的小妹妹，你什么都不知道。"娜恩摇着头。理查德手里拿着茶叶罐无措地站在原地。

"我不知道你在说什么，"弗洛拉说，"他是个好爸爸。"娜恩长长地吸了口气，弗洛拉等着她开口。"什么意思？"

"他马上就快不行了，现在说这些不合适。"娜恩说着又把奶油搅拌了几下。

"那什么时候说才合适？"

"你真想知道？这么说行了吧？他就是个好色之徒，只要是他能勾搭上手的女人，他都不会放过和她们上床的机会。"

弗洛拉笑了一声。理查德用热水冲了下茶壶，然后默数着往壶里放了三勺茶叶。

"在我大概十四五岁的时候，"娜恩说，"每次爸爸出门，我和妈妈就会提心吊胆，不知道他又去哪儿寻欢作乐了，这次又会带什么样的女人回到那间该死的写作室里。"

"太可笑了，爸爸怎么可能这么做。"弗洛拉提高了声线，她感到体内有股莫名的怒火在横冲直撞，她希望理查德能说些什么打断娜恩的话，可是他什么也没说，只是静静地站在灶边等水烧开。

"那你以为他在那间屋子里做什么？写小说？"现在轮到娜恩笑出声了，"从你生下来后他只写了一本书，那到底是本什么样的书啊！我到现在都不知道里面有多少东西是真的，也许我永远也不会知道。"

弗洛拉用余光看到理查德正往她这边看。"书里写的当然都是虚构的。"

"这么多年了，弗洛拉，也难为你居然能一直视而不见，"娜恩说，"我和你上床睡觉的时候，他就溜到写作室里跟梅根还有其他女孩做爱，每到这个时候，妈妈就会离开屋子去海边游泳。"

理查德从冰箱里拿出牛奶盒，闻了闻。

"梅根？"弗洛拉问，"那个保姆梅根？你胡说，我不信！"

"上帝，现在这些都不重要了，"娜恩说，"把它们都忘了吧。"

"你怎么可以这样？朝我扔了一颗炸弹，然后轻飘飘地说让我都忘了？"

"你难道没发现吗？他这一辈子都在编故事，这位人见人爱的大作家说什么在和妈妈打电话，又说什么在哈德利看到了她。全都是鬼话！"

水壶发出尖锐的咝咝声。

"不是全部。"弗洛拉这话几乎是说给自己听的，就像是在绝望中寻求一线希望。

"哦，弗洛拉，你总是想当然地去解读往事，你对许多事情的记忆都出了偏差，有时候我真怀疑你有没有同我和妈妈一起在同一间屋子里生活过。"金属勺子轻敲着玻璃碗，几滴奶油溅到了娜恩的脸上。

"从来没有人告诉我发生过什么事，"弗洛拉冲姐姐喊道，"我只好躲在门背后偷听，一边想，一边猜，然后把听来的零碎的话拼凑起来填满那些莫名其妙的空白。如果我的记忆是我凭空编造出来的，那也怪不得我。"

"你有什么可抱怨的？"娜恩说，"至少你还有爸爸，有谁曾把我捧在手心里呢？就算妈妈在的时候，我也不曾有过这样的待遇。而且你也不必在十五岁那年突然变成一个大人，家里没了妈妈，总得有人去做妈妈该做的事。"

"没有人要求你这么做。"弗洛拉拉着椅子往后退。

"那你上学的时候是谁让你每天都能吃上饭，第二天又有干净衣服可以换？总归不是我们的爸爸吧？我不得不在一夜之间变成一个妈妈，接手一个我不想要的女儿。"

弗洛拉瑟缩了一下，仿佛娜恩朝她挥出了重重的一拳。厨房的窗户上沾满了水壶喷出的蒸汽。

"你不会知道我费了多大劲儿才完成了助产士培训，"娜恩像是收不住了，"因为我不得不来回奔波，因为我担心你会不会出什么事。你彻夜不归，喝酒、抽烟，和男孩子乱搞，别以为我不知道。有其父，必有其女。"

弗洛拉猛地站了起来，身后的椅子往后倒，撞翻了靠墙堆放的几本书。"我彻夜不归是因为我不想一个人待在屋子里，这个家快要把人逼疯了。"

"你要怪也怪不到我头上，"娜恩说，"所有这一切都是拜那个躺在卧室里、你认为好得不得了的男人所赐。他这一辈子只为我们做了两件事：挣钱把我们养大，让我们有一个栖身之所。钱，得益于那本叫人恶心的脏书，它简直让我羞于承认我是他的女儿；房子是从他那个一无是处的父亲那里继承来的。"

水壶尖厉的鸣啸声几乎到达了最高点，就在这时，娜恩举起那只碗，狠狠地扔了出去。弗洛拉本能地弯下腰躲开了从她头顶上飞过的碗，玻璃碎片溅得到处都是，厨房的墙壁上、桌上和地板上同样溅满了酸奶油。娜恩径直走出厨房，走到走廊时她转过头，一字一顿地说："之前我确实没有说出真相，你说得一点儿不错，我认为妈妈淹死了，但她很可能是自杀，如果真如我猜想的那样，你心目中那个完美无缺的爸爸就是罪魁祸首。"

40

吉尔：

我想找份工作。(谁会要我呢？没有学历，没有工作经验，现在又有那么多人失业。也许我该去学开车。)

在床底下的箱子里有一张乔纳森拍的照片，是你和弗洛拉的合影，你们坐在写作室的台阶上，你五十岁，弗洛拉五岁，再过一个月她就要上学了。那是一个傍晚，即将西沉的太阳把你们的影子拉得长长的，到处都是金色的光。难得照片上的弗洛拉穿着衣服——一套下半截缝着荷叶边的比基尼，她的小脚丫上沾满了沙子，好像刚从海滩上回来。你穿着 T 恤和牛仔裤坐在她边上，胳膊交叠着放在膝头，侧着脸对着我们的小女儿。阳光照亮了你的颧骨和手臂上浓密的汗毛。弗洛拉抬头看着你，眼神是那么热烈，那么专注。很显然，你们在交谈，而且谈得十分投入。我仔细地端详这张照片，心中竟泛起了一种被你们排斥在外的孩子气的醋意。最让我难以落笔的是娜恩并不能填补看着你和弗洛拉这种亲密无间给我带来的失落感。娜恩已经是个大孩子了，她已经不再需要依附他人，至少她完完全全不需要我了。这个家里唯一一个能让我成为母亲的孩子是我们死去的儿子，乔治，也许多年前我就应该离开了。

★

那件事大约发生在大半年前（应该是去年九月）。那天我透过前门的玻璃窗看到门外站着个小伙子，一开始我以为是小报记者或福音传教士，他两手紧紧地握着一本书，看他那副态势，仿佛只有握着那本书他才有足够的重力，才能稳稳地站在我们家的台阶上，要是他撒手的话，整个人就会飘到门廊房顶的木椽上似的。他看到我走向他时努力微笑了一下，不过我看得出那是一个硬扯出来的笑容。

"是谁？"弗洛拉从我们的卧室里问道。她之前正躺在有四根立柱的大床上画图。那天早上她谎称头疼不想上学，我当时也不知怎么的就是打不起精神赶她出门去上学。也许是因为我迟迟没有应门，又或许是虽然应声了但语气有些不同寻常，所以当我沿着走廊经过开着门的卧室时，她一骨碌从床上爬起来，用嘴型问我："是谁？"

"别担心，没事的。"我对她低语，虽然我也不知道是不是真没事。已经有小报记者把我堵在超市门口了，他们先是搭讪着问要不要帮我拎袋子，然后话题一转开始问那本书里写的是不是真事，我越是闭口不答，他们就问得越发咄咄逼人。不过，当时还没有人敢跑到我们家门口来。

我把门打开一条缝，问："有什么事吗？"

他看上去和娜恩差不多大，也许比娜恩稍微大一些，不是十五岁就是十六岁。（顶多就是个大男孩，叫他小伙子都嫌叫大了。）他的下巴上长着金棕色的绒毛，脸很瘦削，鼻子和嘴却长得过大。他看着有些眼熟，只是我想不起来在哪里和他照过面。听我这么一问，男孩有些语塞，仿佛突然忘记了准备好的台词，又或是到了现场却发现那些台词根本用不上。

"吉尔·科尔曼在吗？"他问。

我犹豫了一秒钟，然后据实相告："不在。"

他把那本书握得更紧了些，我低头看了一眼。书拿倒了，所以我看到最上面是一张简陋的床，枕头往下凹陷，能看出有三个人头的形状，床单上的褶皱巧妙地勾勒出一具女性的身体。《浪荡子》，我念道。我见过这个封面——哦不，你称它为护封——不过因为你保证过，所以我们家里一直没有这本书，一本也没有。你给我看过这张封面设计，当时你很得意，因为你的名字印得比书名还大。

"我能在这儿等一会儿吗？"他断断续续地问，声音微微发颤。

"你找他有什么事？"

"我只是……"他把书举了起来。看来他是一个名人签名的收集者，我思忖。"可以吗？"他又问，头朝着门廊上的桌子点了点，

"我就坐在那里等，保证不会打扰到你的。"

按常理，我应该一口回绝的，可是他身上有什么东西触动了我，而且他看上去不是一般的疲累，于是我耸耸肩，关上了门。

他走向桌子的时候，我看到他背上背着一把吉他。他挑了把面朝草坪的椅子坐下来。草坪上蜿蜒着一条鹅卵石铺成的小路，路两边放着一盆盆天竺葵，小路往前一直延伸至大海和你的写作室。虽然在屋里，我还是能听到他在给吉他调音，一遍一遍重复着由低至高、循序渐进的调子。我从卧室门口经过时，弗洛拉在床上跳上跳下，她从牙缝里问我："妈妈！你为什么同意让他待在这儿？我都不能出去晒日光浴了。"

"没有什么日光浴，弗洛拉，你不是正生着病嘛。"我说着走进卧室，没有往窗外看，径直拉上了前窗的窗帘。"弗洛拉，回床上去，如果你觉得好些了，就穿上衣服坐公交车去学校。"她气呼呼地坐下来。

我回到厨房继续准备晚餐，切了洋葱，下锅炒了，又煎了牛排。忽然，我意识到弗洛拉已经很久没出声了，安静的时长已经超过了她能达到的极限。我赶忙沿着走廊往卧室走，两只手抹着裙子擦干水渍。这时，我听到男孩正在弹一首曲子。

弗洛拉还是穿着刚才那身睡衣，她站在窗前，从窗帘的缝隙偷偷往外看。

"走开。"我压低声音说。

"为什么？不是你让他坐那儿的吗？"

"盯着别人看没有礼貌。"

"他不也正盯着什么东西在看吗？他看上去像条饿坏了的狗，一条伤心的、饿坏了的狗。也许我们应该给他一些吃的。"

★

我们出去的时候，那个男孩正凝望着前面的大海，吉他搁在大腿上。我放下茶托。"我也不知道你的口味，放了一块糖。"我说着坐了下来。弗洛拉倚在台阶旁的柱子上看着我们。

"谢谢。"他说。他把吉他靠在门廊的栏杆上，端起茶杯的手微微颤抖着。我端起一盘饼干放在他面前，他拿起一块，三两下就咽下了肚。

"我不知道吉尔什么时候回来，"我说，"大概今天晚些时候吧。"当然了，你究竟什么时候回来我毫无头绪。

"只要你不介意我坐在这里，我等多久都愿意。"他盯着那盘饼干，弗洛拉伸出一根手指，把盘子往他跟前推了推，然后迅速缩回了手，仿佛害怕他突然发难抓住她似的。男孩又拿了一块饼干，很快吃完了。

"你从哪儿来，远吗？"我问。

"牛津。"他咀嚼着饼干，腮帮子一鼓一鼓的。

弗洛拉往前走了一步，依旧目不转睛地看着男孩。

"就为了一个签名跑这么远的路。"我说。他已经把你的书放下了，我伸出手按在封面上，遮住画得有些露骨的床单。现在，我当然知道封面之下是一整面蓝色，然后是粘贴在左边的环衬页，你这本书的环衬都是浅浅的白色，像晨光里的鸭蛋青，右边是扉页，又变回了之前的蓝色。接下去的第一张白纸上印着书名——《浪荡子》，往后翻一页，依旧是书名，不过底下多了出版社的图标，这一页的背面是版权页。它边上呢？你很清楚它边上是什么，如果不知道，你真应该好好回忆回忆了。

"不，我是……"男孩欲言又止，然后他马上改口说，"对，是有些远。"

"你不觉得你这个年纪看这本书有点为时过早吗？"我拍了拍封面上的枕头说。

"我已经十五岁了。"他反驳道，声音里透着一丝恼怒，不过他脸上泛起的红云出卖了他内心的尴尬。

桌旁的弗洛拉一把从我手里抢过了书。

"弗洛拉，"我厉声说，"请你把书还给这位先生。"她不理我，用大拇指迅速地翻着书页，然后在有折角的一页停了下来。

"这有什么，我知道是爸爸写的书。"

"弗洛拉。"我的语气里满含警告的意味。

"他在空白的地方写了好些字。"她看着男孩说。我朝她摊开手掌。"好吧，好吧。"弗洛拉啪地把书合上，递给男孩，说，"爸爸肯定对你写的东西感兴趣，"她把书放回到男孩面前，"他喜欢人们在书里写的东西，那是他的爱好。"

他又吃了块饼干。

"只是随手写的一些东西——记下我当时的感想，"他说，"我是说看书的时候。"

"你叫什么？"弗洛拉问。

"弗洛拉！"我再次警告她。

男孩笑了，当他嘴唇的弧度改变的时候，五官似乎一下子找到了最合适、最相配的位置，整个人也显得英俊了不少。"既然我知道了你的名字，我也不介意告诉你我叫什么，"他向弗洛拉伸出手说，"加布里埃尔。"

弗洛拉握住那只手，上下摇了摇。"很高兴见到你，加布里埃尔，"她说，"这是我妈妈，英格丽德。"

"我能猜到，她和你长得很像。"他冲她挤了挤眼，弗洛拉大笑起来。

"别人都说我长得像我爸爸，说我笑起来和他一模一样，可是我希望我的笑容是独一无二的。"她在我和加布里埃尔中间的椅子上坐下来。"你也病了吗？所以你今天也没去上学。"

"你别放在心上。"我说，不过他看上去好像并没有因为弗洛拉的问题感到难堪。

"对，和你说的差不多。"他说。

"我姐姐今天就得去学校，不过我因为早上起来头痛所以去不了。"她拿起一块饼干，加布里埃尔也拿起了最后一块。

"我很遗憾，"他微笑着说，"像这样的天气生病在家感觉肯定糟透了，阳光这么灿烂，大海近在咫尺。"

弗洛拉用力点点头。

"我真希望你能带我去海滩上看看，"他继续说，"我住在离这很远的地方，都记不得最后一次看见海浪和沙滩是在什么时候了。"

就在我那句"不好意思……"快脱口而出的当口，弗洛拉一迭声地叫起来："没问题，没问题，我当然可以带你去海滩了。对不对，妈妈？我能去的，是吧？"

"弗洛拉，"我严肃地说，"你不去学校是因为你说你病了。你不能去海滩。"

"也许我们可以一起去？"加布里埃尔建议道，脸上依旧挂着讨人喜欢的微笑。"我想去看看海滩，我们还能游泳，如果你们喜欢游泳的话。"

我犹豫得太久，这件事似乎在得到我的允准前就已经定下来了。弗洛拉冲进屋子，往包里装毛巾、小水桶和小铲子。

"你还得带上泳衣，"我追到她卧室里说，"你不能光着身子游泳。"

"没问题。"她说着便三两下脱掉睡裙，套上了泳衣，然后她跑到走廊里大声问屋外的加布里埃尔："你要不要借我爸爸的泳裤？"

★

我们到海滩的时候，白天成群的游客基本上都已经离开了。出发前，我已在外衣底下穿上了泳衣，弗洛拉本想让加布里埃尔换上你的泳裤，不过他说他穿底裤游泳就行了。我在沙滩上铺了一条毯子，和加布里埃尔并排坐下，弗洛拉早已迫不及待地跳进浪里。我们都没有看对方，不过我眼角的余光已经瞥到了他精瘦的身体，紧实的皮肤，隐约可见的肌肉也正努力朝着成年男子的身形慢慢靠拢。我已经习惯了你的身体：胸口上灰色的胸毛，躺下后脖子上松垮交叠的皮肤，还有那个已经初具规模的肚子，你不知道其实在床上的时候我一直在打量你。我已经习惯爱你身上的一切了，可是不比不知道，相形之下，加布里埃尔简直就像刚从鸡蛋里孵化出来的那么新鲜。

"她喜欢待在水里。"我对男孩说。弗洛拉趴着浮在水面上，先是由着小水浪把自己往海滩上推，然后两只手撑在水底的沙子上跟着漂浮的身体往前挪，渐渐地离我们越来越远。"为了能来这里游泳，我和弗洛拉都会无所不用其极，而她甚至不惜和她妈妈撒谎。"

他笑了起来。"有时候我真不明白上学念书到底有什么意义。再过一个礼拜，我也得回学校了，不过明年我就不准备继续往下读了。"

"那你今后有什么打算？"

"不知道，关于这一点其实我也想了很多。"

"你父母是怎么想的？"话一出口我就后悔了，这话真把自己给问老了。

"他们还不知道。"

我们就这样坐着，看着弗洛拉在海里戏水。然后我说："她和我一样喜欢来这儿，所以我很难生她的气，这是我们两个人唯一合拍的地方。"

"那你会不会为了来海滩游泳跟人撒谎？"他伸长腿，支起胳膊肘，半躺在毯子上。

"有时会。"我感到自己脸红了，于是抬手挡住眼睛，假装是在遮挡阳光。

"对你丈夫撒谎？"他问。

我没有回答，而是扬声叫弗洛拉不要跑太远。她朝我们奔过来，然后一屁股坐在我们中间，当她冰凉的皮肤碰到加布里埃尔时，他"哎哟"叫了一声，边说边笑道："快走开，你身上太冷了！"弗洛拉才不听他的，故意左右甩着脑袋，发梢上的水滴被她摇得四处飞溅。加布里埃尔一边喊着"别闹了！"一边手忙脚乱地往后退，然后一骨碌爬了起来。他在前面跑，弗洛拉在后头追，两个人就这样在几个来海边野餐的观光客、金属探测员和一对坐在折叠椅上的老夫妻之间追逐嬉戏，等他们回来时，都已经累得气喘吁吁了。

"想不想建个沙堡？"加布里埃尔问她，然后又对我说，"你应该下海去游会儿。"

我把手放在弗洛拉头上说："我一会儿就回来。"她几乎都没抬头看我一眼。等游远了，我转过身踩着水望向海滩。我扫了几眼，可他俩不在原地，到了那一刻，也就是我发现我看不到他们的时候，我才忽然意识到自己在做什么：抛下女儿让她和一个陌生人待在一起，他或许像他讲的那样只有十五岁，可毕竟我认识他才不过两个小时。一股强烈的不安涌上心头，我迅速踢着腿开始往回游。然后，我看到了他们仍旧待在原地，是我自己被水流带偏了。就在这时，他们碰巧都站起身朝我这边看过来，然后向我挥手，他们胳膊甩动的幅度很大、很慢，两个人像约好了似的动作整齐划一。我也向他们挥挥手，然后朝着浮标游去。

等我上岸穿好衣服，我们没有走那条小路，而是顺着山坡往上爬。弗洛拉跑在前头，她一根一根揪下沼泽蓟的头状花序，在身后留下了一路紫色的花瓣。

"你还会要孩子吗？"他突然问我。

我笑了。"我觉得这不是你应该问的问题，这也属于挣多少钱、婚姻生活幸不幸福之类的隐私。"

"那你会吗？"他追问道。

我们两个沉默了很长时间。不知过了多久，我开口说："吉尔一直想要六个孩子。"

"而你有了两个就不打算再生了。"

我想跟他说说乔治，还有其他几个孩子，可是连我自己都不太相信他们曾经真的来过。这时，弗洛拉朝我们跑过来。

"能不能给我买些薯条？街口停着卖薯条的小货车。快来！"她拉起加布里埃尔的手，不是我的，男孩由她拖着自己来到街角。

他从牛仔裤后边的口袋里掏出一张皱巴巴的五英镑买了三包装在报纸袋里的薯条。我在想这会不会是他身上仅剩的一点儿钱。我又给你和娜恩买了两包。回到家后，我把它们放进低温炉里保温。虽然一起在海滩消磨了一个下午，或许也正因如此，我还是觉得不便邀请加布里埃尔进屋，所以我们三个人坐在门廊的桌边，握着报纸袋吃起来，我也不在乎吃了薯条等会儿就没胃口吃晚饭，事实上，那顿晚饭我只做了一半。你的书依旧放在我们离开时放的位置上。

吃完薯条后加布里埃尔又拿起了吉他。他在牛仔裤上擦了擦手，弹起了之前弹的那首歌，歌里唱到了月亮、雨还有爱人，他一边弹，一边教弗洛拉歌词。我看着他的手指拨动琴弦，看他闭着双眼边弹边唱。很难想象那一幕就发生在十个月前，感觉当中已经过去了好多年。

是弗洛拉先看到了你。她从椅子上跳起来，嘴里叫着"爸爸！爸爸！"朝你奔过去。我不知道你站在车道上听了多久。

加布里埃尔停止弹奏，我有些心虚地站起来，虽然这心虚的感觉来得莫名其妙。

"你的车怎么了？"我靠在门廊的栏杆上问。

弗洛拉拉着你的袖子上蹿下跳，你脱下了外套，把它甩在肩上。"爸爸，我有薯条，看，薯条！"她从油汪汪的报纸袋里拿出最后一根薯条献宝似的举到你面前。你弯下腰，张大嘴，弗洛拉把薯条放进你嘴里，然后你闭上嘴假装要吃她的手指。

"我需要一些炸鱼条就着我的薯条吃。"你说。弗洛拉被逗得尖声大笑。然后你对我说："那辆该死的车抛锚了，还好碰到马丁，他捎我过来的。"你作势要咬弗洛拉的另一只手。

"家里有客人。"我说。加布里埃尔站起来往台阶走，他手里握着琴颈，看着你蹲在小路上。慢慢地，你把弗洛拉的大拇指从嘴里抽出来，站直了。

"你好。"加布里埃尔说，你脸上的笑容不见了，弗洛拉也不笑了，她转身等着我们的客人。

"这是加布里埃尔。"我说。出于待客之道，我觉得应该出面为你们互相介绍一下。

"我知道他是谁，我只是不明白他为什么会在这儿。"你说。弗洛拉轻轻地把手放进你手里。

加布里埃尔往前一步，握着吉他把手举到胸口的高度，这是投降的手势，感觉你好像正拿枪指着他。

"爸爸。"加布里埃尔这样称呼你。

"出去。"你说，弗洛拉把脸埋进了你的衬衫。

后面的事你都知道了，因为你就在那儿。

★

第二天 凌晨三点一刻，我一个人在床上醒来，房间里有一股难闻的焦煳味。我跟着怪味走进厨房，炉子里那两包给你和娜恩买的薯条原封未动，报纸袋冒着烟，已经被烘焦了。我把它们扔到了屋外的垃圾桶里，然后在门廊上坐下来，把脚尽量裹进毯子里。写作室里没有亮灯。我问你加布里埃尔的生日是什么时候，你说你不知道，你还是说你压根儿就不晓得他是不是你的孩子。可是我记得他的微笑，他笑的时候我就觉得似曾相识。原来那是你的笑容，弗洛拉也有这样的笑容。后来我从乔纳森那儿得知加布里埃尔是在我和你一同度过的第一个夏天里出生的，当时他妈妈曾给你写过信，可是你把信给烧了（记得吗？），并且否认这个男孩是你的骨肉，因为他妈妈不想和你结婚。如果当时我也说不的话，你是否会对我和娜恩做同样的事？原本应该是被弄大肚子的女人求着男人娶她，可是吉尔，你究竟是怎么让这个老掉牙的情节得以反转的？想想真是好笑，可是我却笑不出来。加布里埃尔只比我们的第一个孩子大九个半月。

不过在那个夜里我发现了另一件比得知你有第六个孩子（一个不被你承认的私生子）更可怕的事。加布里埃尔离开的时候没有带走那本《浪荡子》，我看着书的封面，心想也许为了把书读完他会再去买一本。

我把他折起的页脚展平，然后从头翻起——环衬、扉页、书名页、版权页，版权页后面那页纸上写着谨以此书献给谁。整个英国所有书店货架上的《浪荡子》在这一页都印着同样一句话："谨以此书献给露易丝。"

英格丽德

（信夹在詹姆士·希尔顿所著、1934 年出版的《再见，薯条先生》中。）

41

弗洛拉重新坐回到爸爸的床边。他的呼吸声变成了一种类似地铁驶进站时轰隆隆的声响。她看着那张已经脱了相的脸，努力把吉尔想象成一个好色之徒，一个风流成性的流氓，一个当老婆孩子就睡在几码[1]之外，居然还色胆包天地把女人带进写作室里乱搞的风流鬼。然而，弗洛拉想象不出来。如果娜恩所说的一切都是真的，那么她也不得不改变英格丽德留在她心里的印象，记忆中那抹始终缥缈、单薄的影子也许应变得更具体、更丰盈：她的妈妈是一个有思想、有感情，有能力做决定并且知道这个决定可能会带来什么样的后果的女人。如果有机会，弗洛拉真想问问她的父母，同样是给一个人的一生做总结，为什么用在爸爸和妈妈身上的词汇会如此天差地别。

她不坐着的时候就走到窗前，看着如同混凝土般厚重沉闷的

---

1 1码约合 0.9 米。——编者注

天空和天空底下的车道，她希望快点听到莫里斯老爷车的引擎声。

娜恩把碗砸向厨房墙壁后就冲出了屋子，她没有拿车钥匙，可能跑到了街上或是去了海滩。弗洛拉和理查德都没看到她往哪儿去了。

"让她一个人待一会儿，"理查德拦住弗洛拉，"给她一点儿时间。"

弗洛拉想追出去，可她又想到娜恩嘱咐过她不能把爸爸一个人留在屋里，于是她让理查德去海滩找找。他回来后说他蹚水把绝路岬周围找了个遍，最远走到了天体海滩的标志牌附近，看到那儿有人遛狗，有人放风筝，就是没看见娜恩。她又差他去打烊的酒吧拍门，直到把里面的人叫起来，娜恩还是不在那里。弗洛拉没有收拾厨房里的残局，她给自己做了个果酱三明治，勉强咬了几口就放下了；她又烧了一壶茶，一口没喝，由着它慢慢变冷。后来，连理查德也等得不耐烦了，准备开车去街上，然后再到渡口问问有没有人看到过和娜恩的体貌特征相符的人。

一直等到理查德回来后，弗洛拉才想起来应该问一下薇芙，她连忙打去书店，虽然是营业时间，电话却迟迟没有人接听。弗洛拉又让理查德开车去哈德利找，他走后，她从厨房里的电话上抄下了娜恩的号码，抱着客厅里的电话穿过走廊走到屋子前面的卧室里，原本纠结缠绕的芥黄色电话线现在绷得紧紧的，要是发现走不动了，弗洛拉就用力拽一下，电话线碰到了转角处的一堆书，书塔轰然倒下。关于空间和时间的精装本、爱情故事的平装本、写满诗歌的小册子和中短篇小说集一起掉落的时候又碰倒了临近的书塔最上面的几本书，一堆堆书就像多米诺骨牌一样层层倒塌。弗洛拉没去捡。她坐在吉尔身边的椅子里，拨打书店和娜恩的号码，铃响后她就等着，一直等到电话那头变成忙音，然后她再打，还是不通，继续打。她真怕会就此失去姐姐。

忽然，车道上传来汽车驶近的声音，弗洛拉一下子跳起来，飞奔到门口。那是一辆白色的小车，不是理查德的莫里斯老爷车。有人从后排座位上下了车。

"乔纳森！"弗洛拉一边叫着一边冲下门廊的台阶。他张开手臂，两人紧紧拥抱在一起。然后他把她推开一点儿，仔细端详她的脸。

"老天，每次见到你都觉得你越来越像你妈妈了。"

"你能来我真是太高兴了。"她把脸埋在他外套里说。鼻端都是他的味道——烟草味，湿树皮的颜色。她又听见开车门的动静，她往后退了一步，看到了露易丝，只见她涂着蔻丹的手指紧紧抓着车门上方，像是需要门的支撑才能勉强站稳。

"你好，弗洛拉。"弗洛拉还来不及做出任何反应，又有人从驾驶座上走下来。一个熟悉的陌生人。他有点尴尬地伸出手。

"还记得加布里埃尔吗？"乔纳森问，"他说很久以前曾和你见过一面。"

弗洛拉想起来了，她眉头紧蹙，不由自主地张开嘴。

眼前的男人留着胡茬，头发很长，可在弗洛拉的印象里他还是多年前的那个少年。"加布里埃尔，"她说，"我不知道爸爸他……"

"别担心，"他说，"是他叫我来的。"

"你是在等我们吧？"乔纳森说，"我和娜恩说过要来。"

"是的，"弗洛拉说，"可我不知道都有谁……我是说我不知道除了你之外还有其他人。"

"娜恩不在吗？我快渴死了。"

"她出去了，"弗洛拉说着往后退了几步，下意识地堵住了进屋的路，"我也不清楚她什么时候回来。"

"可吉尔不是在里面吗？"乔纳森问。

"他怎么样了？"露易丝问。她甩上车门走过来，弗洛拉又往后退了几步，脚踝已经碰到了台阶最底层的踏板。

"很累，"她说，"他非常累，我想他现在不太适合见客。"

"我们可是远道而来。"露易丝的话像是在说因为他们开了这么远的路，所以弗洛拉没道理不让见。

"见你的鬼，他都是快要死的人了！"弗洛拉话一出口就看到露易丝嫌恶似的皱起了眉头。

"弗洛拉，弗洛拉。"乔纳森环着弗洛拉的肩，把她从露易丝身边拉开。加布里埃尔关上车门，倚着车盖。"我知道这不容易，"乔纳森继续说，"肯定比我想象得还要难。"

"也许我们应该等娜恩回来再说。"露易丝在乔纳森身后说。加布里埃尔走上前，目光逡巡着掠过大屋、写作室、大海和海边的景色。她试着以他的目光重新打量花园，发现花木草地因为乏人修剪长势有点过于自由奔放了。

"要不你先进去告诉他我们已经来了。"乔纳森又抱了她一下。

她拼命思考如果换作姐姐，她会怎么做。把他们请进屋，给他们泡杯茶？也许趁他们喝茶的时候她应该把那条在烤盘里躺了一上午的鲑鱼处理一下。然而，她张嘴说的却是："娜恩有没有告诉你爸爸在哈德利看到了妈妈？"看着他们脸上的表情，弗洛拉突然很想笑：每个人都扬起了眉毛，错愕地张大了嘴。她决定先不告诉他们其他事情，比如吉尔还在镜子里看到了英格丽德。乔纳森握住她的手肘把她拉到一旁，看着她的眼睛说：

"吉尔看到了英格丽德？"

弗洛拉把手插进短裤的口袋里，在里头摸到了那个玩具士兵，她伸出大拇指轻轻地摩挲着它的脑袋。"确切地说，妈妈当时淋着雨站在书店外面。"

"她有没有说什么？后来呢？"乔纳森问。

"我只是说他认为他看到了她，他们没有说话。"

"哦，弗洛拉。"乔纳森的语气像是认定这一切都是弗洛拉杜撰出来的。

"怎么了？"弗洛拉说，"她为什么不能在哈德利？她在任何地方都有可能。"

四个人谁也没看谁，就这样静默地站在花园里。然后，露易丝说："我们可以进去吗？天快要下雨了。"

★

"老天，这里出了什么事？"乔纳森一走进屋子就忍不住叫出了声。沿墙排着一长列倒了一半的书塔，之前那次多米诺骨牌似的"山体滑坡"使得原本就十分逼仄的过道更加无从下脚，地上到处都是书，几乎堵住了通往厨房的路。那根电话线依旧紧绷着从空隙处横穿而过，像是随时准备给粗心的访客使绊子。

弗洛拉把他们带到了卧室。雨点打在面向大海的玻璃窗上，铁皮屋顶也传来了密集的滴答声。屋里的空气混浊、滞闷。吉尔睁开眼睛。弗洛拉学着娜恩的样子帮爸爸拍松了枕头，动作麻利得像个护士。爸爸的睡衣上有股类似烂柿子的气味，她想是不是应该帮他擦洗一下。吉尔缓缓抬起眼皮，即便是这么轻微的动作都费了他不少力气。他的目光最先落在加布里埃尔身上，然后他认出了他。弗洛拉看到了他们一模一样的颏裂，一模一样的方下巴，只是一个健康、英俊，另一个却是日渐衰朽的镜像。加布里埃尔和乔纳森并排站在床尾，他们的表情仿佛是在告诉弗洛拉，他们看到的不是一个活生生的人，而是一具干枯的尸体，在他们眼里，吉尔已经变成了一个顶着骷髅脑袋的火柴人。只有露易丝不动声色，看不出她心里到底有多震惊。

"爸爸，想喝什么吗？"弗洛拉问，"我可以给你泡杯茶。"

吉尔的眼球滚动了一下，朝着床头柜上的那杯橙汁看过去，弗洛拉把杯子端到他嘴边，好让他含着吸管喝两口。

"吉尔，"露易丝往前一步，把手放在他手上，说，"见到你真是太好了。"

他转过头。"你好，露易丝，见到你很高兴。"他说话的时候舌头在嘴里发出一种黏黏糊糊的吧嗒声。而后，他的注意力重新回到了加布里埃尔身上。

"我说，"乔纳森填补了沉默带来的空旷感，"这是怎么了？你还好吗？"

"糟透了，"吉尔把每个字都咬得拖拖拉拉的，"原来走向死亡并不像人们鼓吹得那么美好。"吉尔忽然笑了，他咧开薄薄的嘴唇，露出了太多的牙齿。乔纳森从口袋里掏出一包烟和一盒火柴。露易丝朝他使了个眼色，摇了摇头，他不情不愿地把烟和火柴都放了回去。"这里实在太热了。"他说着脱掉外套，放在床上。"我能不能开下窗？"他没有等人答复便走到对着门廊的窗前，他想扳动把手推开窗，可是窗把手却纹丝不动。这时，弗洛拉跟了过来。

"你不记得了，开这里的窗有个诀窍，"她说，"框架都已经变形了，所以你得先往外拉一下才能转动把手。"窗终于开了，一个对折的破啤酒杯垫掉了下来，紧接着一股湿泥土的气味涌入房间，是棕色的。

"嘘——"吉尔竖起脑袋说。大家都静下来。"你们听到了吗？"

屋里只有雨点落在屋顶上的声音。"是木匠在刨木头，"他说，"他正在窗外打一口棺材。"吉尔的肩膀轻轻抖动着，嘴里发出"嚯、嚯、嚯"的声音。弗洛拉过了一会儿才弄明白原来他是在笑。"他着什么急！"

吉尔闭上眼睛，其他人站在原地等着、看着，弗洛拉听他的呼吸声隆隆地响起来，又或许是有车驶近了。

"要不我去烧些茶。"她虽然这么说，但脚下却没有动。

"我觉得我们应该开一场派对，"吉尔断断续续地说着，一边努力吸着气，他头没有动，眼珠朝上看着他们，"为了往日时光，为了英格丽德。她一直喜欢开派对，是不是，乔纳森？"

客人们面面相觑。

"是吗？"他问，不过很快他就意识到自己说错话了，旋即改口道，"没错，她喜欢派对。"

"跳舞，威士忌。"他说。

"爸爸，"弗洛拉说，"我想娜恩不会——"

吉尔的手垂在被面上，他抬了抬手指阻止她往下说。"她不在这儿……我说了算。"

"吉尔——"露易丝开口想说什么。

"威士忌，"他对弗洛拉说，"你知道放在哪儿。"

弗洛拉犹豫着没动，她还在考虑是不是应该先烧壶水。吉尔不作声了，他在等待身上恢复些力气，然后把心愿进行到底。"觉不觉得你们像是在守灵，只是尸体还坐在床上说着话。"

"算我一个，"乔纳森说，"来杯威士忌。"

"开派对怎么能没有音乐呢，你说是不是，加布里埃尔？"吉尔说。加布里埃尔两手握着一根床柱，手心里是那条张着嘴的小鱼。

"我没带吉他来。"

"太可惜了，"吉尔的眼睛一直没有离开加布里埃尔，"去把客厅里的唱机搬过来。待会儿你就知道怎么开了。乔纳森，你去帮把手。"吉尔不再说话，他开始闭目养神，可是其他人谁都没有动。"快去搬。"然后，他勾着食指把露易丝叫到身边。

★

　　就像在游乐宫里玩翘板游戏一样，弗洛拉小心翼翼地穿过落了一地书的走廊。她从厨房的水槽下拿出一瓶威士忌，只找出了三个玻璃杯。她知道家里还有玻璃杯，却找不着。娜恩才走了几个小时，弗洛拉就觉得家里缺东少西了。她只好洗了几个茶杯。

　　露易丝站在厨房门口，手里提着高跟鞋，她肯定是为了跨过那些书才把鞋脱掉的。"他要你妈妈的裙子。"她说。

　　"别进来。"弗洛拉挥着手不让她进厨房。

　　"他说你知道他的意思。"

　　"碎玻璃。"弗洛拉冲地板努了努嘴。

　　"娜恩到底在哪儿？"露易丝四下看了看。墙上泼洒着几道白色的痕迹，尾端是一长串水滴状的圆点，它们滴落的速度逐渐缓下来，最后凝固成了小小的一团。鲑鱼朝上翻着眼睛，依旧躺在烤盘里。一个吃了一半的三明治没有放在盘子里，而是直接搁在案台上，边上还有几把没洗过的餐刀，杯子里盛满茶水，茶色暧昧不明。

　　"他为什么要裙子？"弗洛拉问。

　　"他说那条裙子代表他承认自己做错了，我不太明白他的意思，他好像还说他本来应该更郑重地道歉，应该做得更好之类的。反正不管什么意思，他让我一定把裙子带给他。"

　　弗洛拉把玻璃杯递给露易丝，自己拿上茶杯和威士忌走进她和娜恩的房间。裙子堆在地板上，上次她穿过后就一直留在那儿。

乔纳森已经把贴墙放的唱机往外挪了挪，现在正在清理地上的书，便于他们等会儿把唱机搬进卧室去。加布里埃尔手里拿着一张唱片，封面上有个男人坐在餐桌上——汤尼·冯·查德。

弗洛拉出去后，吉尔就躺了下来，他闭着眼睛，头下枕着叠放得高高的枕头。露易丝一边找落脚的地方一边慢慢往前走，弗洛拉跟在她身后。"别担心，我还没死，"吉尔听到她们进屋后说，"裙子拿来了吗？要是没有裙子我们就开不了派对了。"

"我想他以为英格丽德也在这里，"露易丝对弗洛拉小声嘀咕，然后提高音量说道，"吉尔，裙子是要拿给英格丽德穿的吧？"

"见鬼，当然不是给英格丽德的，"吉尔的眼睛睁开了，"是给我自己穿的。这是她最后穿在身上的衣服。"他笨拙地摸索着睡衣最上面的扣子。

"哦，这可不太好办，吉尔。"露易丝说着转过头无措地看着弗洛拉。弗洛拉忽然想到要是换作当年的姐姐，哪怕是在她心情最灿烂的时候，只要一提起露易丝说过什么，她肯定会把脸一沉然后大唱反调。

"当然有办法了。"弗洛拉说着绕到床边，跪到床上，帮他把吊在手臂上的绷带取下来。吉尔的手落在被子上，弗洛拉解开他睡衣的扣子。

"我们为什么不直接把裙子套上去？"露易丝说。

"你会把裙子穿在睡衣外面吗？"弗洛拉反问道，"不，我想不会。"

爸爸的胸口下方能看到嶙峋的肋骨轮廓，胸腔和腹腔上的皮肤松松地往下陷，有骨头的地方皮肤就绷着贴在表面。他的心脏在那层薄膜般的皮肤下一跳一跳的。弗洛拉不忍直视，移开了目光。她把睡衣的领子拉到他的右边肩膀，帮他弯了弯肘部，好让胳膊从袖管里移出来。

乔纳森和加布里埃尔抬着音响和唱机走进卧室，插上插头。木吉他的声音响起，然后传来了男人的歌声。

"响点。"吉尔喃喃地说。

"往上转。"弗洛拉说。加布里埃尔调高了音量，这时弗洛拉记起了这支歌，原来她第一次听到这段旋律并不是在回家的那个晚上，而是许多年前，一个和娜恩差不多大的男孩曾坐在门廊上教过她这支歌的歌词。

吉尔的皮肤上布满了老人斑，手臂内侧一片瘀青。她从他肩膀后头褪下了睡衣的上半截，然后一点儿一点儿帮他把另一条胳膊从袖管里挪出来，尽量不碰到仍旧缠着绷带的手腕。他紧闭着双眼，下巴抽搐着。

露易丝拿起弗洛拉挂在椅背上的裙子，弗洛拉抬眼看到加布里埃尔和乔纳森都在看着他们，于是说："你们怎么还不倒酒？"

"不够。"吉尔说。

"威士忌？"弗洛拉看着他的眼睛轻声问，他也抬起头看着她的眼睛。

"我是说音乐，再响些。"他说。弗洛拉把粉红色的裙子从爸爸头上套进去，帮他穿好，拉平。

加布里埃尔把音量又调高了些，乐声淹没了他们，淹没了整个房间，窗外的雨声消失了，同时消失的还有吉尔粗重艰难的呼吸声，那声音就像砸落在地上的马鲛鱼最后的喘息。乔纳森把玻璃杯和两个茶杯递给众人，吉尔紧紧握着玻璃杯，哆哆嗦嗦地举起手臂，——和露易丝、乔纳森、加布里埃尔，最后和弗洛拉碰了杯，喝干了酒。

42

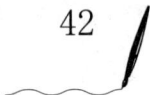

游泳更衣室，1992 年 7 月 1 日，凌晨 5:00

吉尔：

　　昨天晚上我和乔纳森成了阿尔卑斯旅馆酒廊里最后走的客人。乔纳森要了一整瓶威士忌。招呼他的女招待身上裹着一条紧身连衣裙，腰上系了一条围兜，由于上身箍得太紧，她大半个胸脯被挤了出来，就像烤炉里蓬起的两个玛芬蛋糕，酒廊的经理一定觉得这身行头是瑞士姑娘的招牌打扮。她把头发编成辫子盘在头上，我怀疑他们只招金色长发的女招待，心里暗忖这么做是不是合法。我要了一杯白葡萄酒，可是乔纳森买下了一整瓶。我们面对面坐在硌人的木头椅子上，椅背上刻着一颗外突的心。

　　"再说一次，生日快乐。"乔纳森端起酒和我碰了碰杯。

　　吃过晚饭后，我们聊起了为什么他至今还是单身，写作是否顺利，他明早六点怎么爬得起来去赶亚的斯亚贝巴的班机。我告诉他安妮死了，我和孩子们把她埋了，于是我们又为纪念安妮碰了杯。现在，只剩下一个话题了。

"该是做决定的时候了，"他说，"要么带他回家，要么离婚搬出去。那栋房子对我来说就像吉尔一样重要，里面塞满了他母亲留下的旧家具，还有那些书。真没想到他居然还能腾出地方给你和孩子们住。"

"那是因为你自己块头太大，所以看什么地方都觉得挤，想想看，只要你一躺下，沙发上就没有一点儿空隙了。"我们喝着酒。我忽然怀念起怀着娜恩的那段日子。"就算搬，也不会去伦敦。"我说。彼时彼刻，你是不是正和露易丝在一起，在同一个城市，躺在她的床上，逗留在她的身体里？我摇摇头，把那些画面赶出脑海。"孩子们肯定也不想搬家，娜恩想念护理学校，所以就算搬也要等她考完试。还有弗洛拉，这孩子总是跟我闹别扭，每次我指东，她就偏往西。知道今晚我为什么能出来吗？那是因为我出了比市价更高的价钱，娜恩才同意帮忙照顾弗洛拉的。"我又喝了一口酒。

"你可以搬来和我一起住。"

我呛了一下，喉咙里的酒差点喷出来。"可是乔纳森，你连住的地方都没有，你这辈子就没有睡过自己的床，都是在朋友家的沙发上过的夜。"

"我有，英格丽德。"

"你说什么？"

"我也不知道我在说什么。"他放下杯子，两手抓挠着脑袋，头发都一根根竖了起来。"我就是想为你做些什么，你应该过上更好的日子。"

"你一直都这么说，可你要明白我今天落到这个下场跟你没有一点儿关系，不是你的错。自己选的路就得自己往下走，看看我，你就明白什么叫自作自受了。"

"别这么说，你很清楚不是这么回事，是吉尔出轨了。"乔纳森说。我瞥了他一眼，然后看向别处。"不止一次，"他补充道，"是他自己要把那条献词放进书里的，是他写的那本书。吉尔，这家伙就喜欢玩火。"

我盯着自己的酒杯，不敢看他的眼睛。"当初决定跟他在一起时，我就知道他是什么样的人，"我说，"记得吗？在他家举办派对的那晚，也就是我们第一次见面的时候你就警告过我。"

"我有吗？"乔纳森冲吧台后面的女人摇了摇手里的空酒杯。她伸手往上拉了拉紧身胸衣，可是领口的高度看起来没什么变化。她端着一个银色的托盘送来另一瓶威士忌。

"要是你觉得没法怪吉尔，"乔纳森说，"那就怪我吧。"

"什么意思？"

"说起来还是我给吉尔和露易丝牵线搭桥的。有一次他请我参加一个派对，我把露易丝也带去了。以前他们两个不是死对头吗？上帝，想想你结婚那天！我怎么也想不到他们两个会搞在一起。他就是个傻子。对不起。"

"我不想再听到这两个人的事了，也不想知道他们在做什么，现在正在哪里鬼混。"我轻轻摇晃着酒杯，"就算事情已经过去了好几个月，只要一想到他们，我还是受不了。"

"可是，英格丽德，"他说着握住我的手，我停下手上的动作，不再晃动杯子，"我想你已经听说他和她分开了，他们不在一起了。"我从乔纳森诧异的表情中看出当时我脸上一定写满了震惊。"那天我们大吵一架后我就再也没见过他，可是我和露易丝谈过。她几个礼拜前就和他分手了，她还告诉我她准备给你打电话。"

知道听到这些之后我是什么感觉吗？如释重负？然后是无力感、愤怒，当然，还有幸灾乐祸。我想起来弗洛拉不肯让我接听的那个电话。自从你离开后，露易丝就再也没有和我通过电话。我有多恨你，就有多恨她。可是对我而言，她的背叛和你的不同，她给我的伤害只有更大。露易丝一直是理性的代言者，即便不是这样，她也代表着一种不同的意见。她是一个经常对我的决定提出质疑和异议的朋友，总是让我条件反射般地想为自己辩解。不，我恨她不单单是因为她和你上了床，成为我婚姻中的第三者，也不只是因为她爱上了你（管它是不是爱），我恨她，更多的是因为她原来是站在我这一边的，而她现在却弃我于不顾，和你成了一伙。

"来，说说你的那个家。"我说。

"我一直在考虑把住在我妈妈老房子里的租客赶走，把那栋老房子重新装修一下。我想回爱尔兰安定下来，没准会在学校或其他什么地方教书。"

"人迟早都要安定下来的。你多大了？五十三岁？"

"五十二岁，该死的，我怎么就五十二岁了呢？我已经厌倦了旅行。你会喜欢那栋屋子的，房子很大，足够孩子们住。"

"她们一个十五岁，一个九岁，她们关心的已经不再是房间够不够大之类的事了，姑娘们都已长大，巴不得快点离开妈妈呢。"我笑了起来。

"那又怎样，有你在不就行了。"他给我倒满酒，"不下雨的时候，班特里湾美得让人着迷。房子只有几个地方需要修缮一下，再刷刷墙就搞定了。"

"你会给自己找到一个好妻子的。"我们都笑了。

"英格兰没有你和孩子们留恋的东西了，考虑一下，和我一起走，你可以收拾花园，我写作。"

听上去和目前的生活惊人地相似。

"你曾经在我打算离开的时候劝我留下来。"

乔纳森神情凄然。"你看，这就是为什么说你永远不能听我的话，我怎么会明白你的婚姻生活里究竟发生了什么？"

"有时候我觉得你比我和吉尔更了解婚姻，至少你的想法更加客观。"我往前靠，双手捧着他的脸。他闭上眼，面颊紧紧地贴着我的掌心，我们就这样一直保持着这个姿势，直到他突然睁开眼睛，猛地往后一退。

"该死的吉尔。"他骂了一句，然后举起杯子，我们又碰了杯。

"就去爱尔兰，"我说，"我会整理好屋子，给女孩子们收拾好行李，然后搬出去。"当然，这些只不过是在酒桌上才会说出口的醉话。

乔纳森又朝吧台后面摇了摇杯子，然后给我添了点白葡萄酒。

"谢谢你请我喝酒，"我说，尽量把话说得清楚些，感觉所有的词像是要一股脑往外蹦似的，"真的很感谢，不过你能再帮我个忙吗？"

乔纳森趴在桌上，把我的双手握在他手里，说："尽管开口。"

"如果发生了什么事——我是指我自己——请你答应我，帮我照看好娜恩和弗洛拉。"

"什么意思？你会出什么事？"

我凝视他，直到他说："好的，我答应你。"

我们起身离开的时候我连路都已经走不稳了，我扶着桌子勉强站直身子。那个女招待坐在高脚凳上，等我们离开后好打烊。我看到两条金发长辫盘成的发髻放在她身边的吧台上。

"你是不是喝醉了？"乔纳森问。

"对，已经醉得一塌糊涂了，"我说，"你给我喝了一整瓶白葡萄酒，还有晚饭时喝的那些。"

"你最好喝点咖啡，"他说，"走，上楼去。"

乔纳森把我带回我的房间，扶着我在墙角的椅子上坐下，那把椅子的椅背上同样刻着一颗心。他跪在地上帮我脱去鞋子，我弯下腰想要吻他的额头，可他却像被针刺到了一样跳了起来。"咖啡。"他说着从床对面矮柜上的托盘里拿起水壶摇了摇，然后走进浴室。我站起来，稳了稳脚步，跟在他后面。巴掌大的浴室里贴满了瓷砖，上面画着打着旋、相互交织在一起的火绒草和心形图案。我伸出手臂从背后环住他的胸膛，他吓了一跳，我越过他的肩膀看着对面的镜子，我们的目光在那里交汇了。"我不能这么做，英格丽德。"他说。要不是他捅破了这层纸，我都没有意识到我在做什么。

"为什么不？你不想吗？"

他把水壶放在台盆里，转过身，手放在我的肩上。

"这么做是错的。"他的声音听上去异常冷静。

"可刚才在楼下你不是还说要和我一起生活，在爱尔兰。"

"但不是现在，你还是有夫之妇。"

"所以连你也不要我。"我回到卧室。

乔纳森在浴室门口说："好了，英格丽德，你可不能拿我来填补你情感上的空虚。刚才你喝的不过就是白葡萄酒，又不是杜松子酒。"他笑了起来，"等着，我去给你煮点咖啡。"

他坐在床边，喝着迷你瓶装的威士忌。我坐在椅子里，把茶碟和茶杯放在腿上。

"喝光它，"他说，"喝完还能再来一杯。"

"哦，别再让我喝了，要不我整晚都得不停地上厕所。看，"我把杯子倒过来悬在茶碟上方，几滴咖啡流了出来，"都喝完了。"我双膝着地，离开了那把椅子，把杯子、茶碟放在边上，在地毯上慢慢往前跪行了几步。

吉尔，我知道你不想读下去，可是你必须往下看，每个字都要看，不要敷衍了事地扫几眼或避重就轻地跳着读。我的爱就是对你的惩罚。我没有其他要求，只希望之后你能废除你立下的那条愚蠢的规矩，把所有的信从书里取出来，销毁掉。（我们的孩子又多了一样不许看的东西。）

这就是接下来发生的事情，是真相，也是事实。我从来都觉得真实比想象更可靠，这么多年来，我脑子里想象了太多事情：你的女人，你在哪里，在做什么。

乔纳森并膝坐在床边，我把他的双膝轻轻打开，然后跪在他的两腿之间。我拿走了他手中的威士忌，把它放在身后的地板上，然后，我吻了他。他的唇上有酒精的味道，还带着一丝甜香，那是餐后甜点上的火焰熄灭后放入嘴里的第一勺圣诞布丁遗留的甜香。十六年了，我没有吻过除你之外的其他任何一个男人。

他想把我推开，可是我轻轻咬住了他的下唇。我从头顶脱去了裙子，解开文胸，站起来褪下内裤。我站在他面前，浑身赤裸，静静地等着。而后，他握住我的臀部，把我拉向他，低下头埋进我腿间，一下一下深深地吸着气，仿佛要把我整个人吸入他口中。然后，我夺回了主导权，挣扎着把他的衬衫从牛仔裤里抽出来，拉下裤子的拉链。我们极其缓慢地进行着每一个步骤：亲吻、褪去衣衫、爱抚，慢得就像在提醒自己只要改变主意我们随时都可以停手。可我们谁也没有停下来。后来我跨坐在他的腿上，他的手放在我的胸膛，然后他进入了我的身体。我从一个近乎完美的角度看着眼前即将老去的熟悉的脸庞，那一刻，我没有想起你。

★

第二天早上，我在关门的声响中醒来，身边的空位还留着余温。乔纳森在枕头上留了一张字条：

我说过我不能这么做。现在我就去找吉尔，让他回游泳更衣室见你。回去吧，回到你的丈夫身边。

乔纳森

附言：对不起，请忘了爱尔兰。

对于乔纳森，我一直心存感激，因为他觉得你和我、我们的婚姻、我们的家庭远比他飞往亚的斯亚贝巴的航班、比他和我在一起来得重要。可是，我不值得他这么做，我不值得他为我做任何事。我从来没有想过和他一起去爱尔兰。

明天，还有一封信。

英格丽德

（信夹在约翰·大卫·怀斯所著、1812 年出版的《瑞士人罗宾逊一家》中。）

43

吉尔睡下了，身上依旧穿着那件粉红色的裙子，身边放着一只空的玻璃杯。加布里埃尔调低了音乐，关上窗，乔纳森把那瓶差不多快要喝干的威士忌酒瓶拿到了门廊上。雨停了，屋檐滴着水，先是打在栏杆上，随后又溅落在草坪里。

乔纳森从衬衣口袋里掏出一根粗粗的手卷香烟，把它递给弗洛拉。

"给吉尔带来的，不过没准威士忌已经起到了相同的作用。你拿着。"

她接过香烟，在手指间滚了滚，放到鼻端闻了一下：有一股淡淡的烟草味，其中还夹带着若有若无的大麻的味道，那是层层叠叠、飘忽不定的橙色。

"现在抽，还是和加布里埃尔一起带去海滩抽？"

弗洛拉看了看加布里埃尔，后者可有可无地耸耸肩。她又把目光转向卧室的窗子里。

"去吧，"乔纳森说，"他睡着了，不会有事的，再说娜恩马上就要回来了。"

理查德刚才打来电话，说他在哈德利的海滨人行道上找到了淋得像落汤鸡似的娜恩。她先是上了一辆路过的小货车，半途下车后徒步穿过原野一直走到渡口。她原本是想去找薇芙的，可到了书店却发现大门上钉着一张字条，说是由于员工身体不适暂时歇业了。娜恩不知道薇芙住在哪里。理查德说他先带娜恩去喝点东西暖暖身子，然后再送她回家。

弗洛拉站起来，有些犹豫不决。她想要告诉乔纳森什么事，娜恩曾经叮嘱过她，可是她想不起来究竟是什么了。

"想不想故地重游？"她对加布里埃尔说，"就是我们之前去过的那片海滩。"

★

他们坐在山脚下的岩石上，看着眼前的大海。海面上风很大，海水晦暗阴沉，波涛汹涌。几个男孩正在往水里扔石头。天气很冷，潮水上涨，水边只看得到一些大卵石和海草。

"你妈妈的事我很遗憾，"加布里埃尔突然开口说道，"我是说她失踪的事，"他环抱着肩膀，脸又红了，"我还记得和你们一起度过的那个下午，我原本应该和你们保持联系的，可是我不知道我的出现会不会打扰到你们。"

他们看着男孩们用树枝挑起海草，要是看到水下有什么东西，不管是什么，他们都会弯着腰拿树枝去戳。

"要不要抽这个？"弗洛拉举着烟问。

"好啊，"加布里埃尔说，"带火柴了吗？"

"见鬼！"弗洛拉说，"这么说你也没带？乔纳森给了烟不给火柴是什么意思？你觉得那些男孩会不会带着打火机什么的？"其中一个男孩用两只手指夹起了什么东西，又是兴奋又是嫌恶地叫着把东西扔向他的同伴们。

"给我。"加布里埃尔从弗洛拉手里取过香烟，放进嘴里。在打结的香烟尾端他把一只手握成空心拳，伸出大拇指抵住烟身，他深深地吸了一口，闭上眼睛，过了片刻，他伸长腿，脚跟伸进了卵石堆里，然后把烟卷从嘴里拿了出来。他憋着气说："味道够冲。"弗洛拉笑了，他把烟递给她。弗洛拉接过这根没点着的烟卷放进双唇间吸了一口。

"晚上和娜恩躺在床上的时候我经常提起你，"她的手指夹着烟卷，弯腰捡起一块暗棕色的鹅卵石，"比方说你的样子，你当时在做什么，都是些很幼稚的话题，我说你可能是乐队里的吉他手，我们有一个当歌星的哥哥。她嫉妒得要命，因为她知道自己可能再也没机会见到你了。"

"我现在就很期待见到她。"他拿过烟卷叼在嘴边。

"我有时候会假装你又来看我们了，然后在门廊上弹吉他给我们听。"弗洛拉舔了舔那块鹅卵石，用大拇指抹了一下，原本暗淡无光的表面突然绽放出了蓬勃的生机，明快丰腴的棕色中隐含着一丝丝鲜红色的脉络。"从来没有人告诉我们到底发生了什么，"

弗洛拉突然觉得有些尴尬，"也不知道爸爸为什么会这么做。"

"故事很简单，"加布里埃尔从嘴里取出烟卷，"他和我妈妈约会，几个礼拜后她怀孕了。很显然，一开始他很开心，也很投入，把能弄到手的孕期保健书看了个遍。他想结婚，可是我妈妈不愿意，她对他所描述的那种按部就班的生活毫无兴趣。所以，他就不承认她肚子里的孩子——也就是我——是他的孩子，还说我妈肯定是跟别人上了床才有的我。然后，他就走了。

"她当然没有上别人的床。不过，妈妈觉得就算他不认我也没什么大不了的，我们生活得很幸福，就我们两个。开头好几年她都没有告诉我父亲是谁，不过经不住我的软磨硬泡，最后还是说出了实情。《浪荡子》出版后她要我保证不去找他，可是我没听她的。不过现在看来，见一次也就够了。"

"我很抱歉，"弗洛拉说，"给我。"她从他手里拿过烟。

"你没有必要道歉。"

他们谁都没说话，男孩子们从他们身边跑过去爬上了山坡。

"大概一个礼拜前，天空上下起了鱼雨，"弗洛拉说，"当时我正从渡口往家开，那晚风大雨急，好多小马鲛鱼从天而降，掉到了我的车上，接着又落在地上。"

"鱼？"加布里埃尔说，然后沉默了一会儿，"也许这是一种预兆，告诉你有什么事情即将发生了——又或者，"他摸了摸手臂，"是在告诉你有什么事情已经发生了——你妈妈回来了。"

"我也说不好，"她说，并用肩膀轻轻推了推他，然后笑了，"不过我开始觉得有个哥哥的感觉还真不赖。"

加布里埃尔也笑了，他拿过烟卷说："那就说明这玩意儿起作用了。"

"说得没错，"弗洛拉说，"我几乎都能闻到它的味道了，而且，我还能听到音乐。"她静静地坐着，静静地听着，风带来了远方的歌声。

"我也听到了。"加布里埃尔说。

这时，弗洛拉转过头，望向山坡边倾斜的堤岸，如果仔细看就能看到妈妈留下的那条羊肠小道的影子。他们家的房子离街道太近，所以从海平面的高度往上看是看不到的，同样的，写作室也在视野之外。她只能看到山坡顶上的荨麻丛，在它之后有一团浓密的深灰色的雾霭腾空而起，翻涌着升向铅灰色的天空。烟雾。

44

天体海滩，1992 年 7 月 2 日，下午 2:17

吉尔：

我现在正坐在海滩上。因为我一直在想之前夹进书里的那些信，所以迟迟没有动笔写这最后一封。

还记得你给我们上的第一堂课吗？你带着果酱瓶和水仙花，让我们挖掘藏在内心深处最黑暗、也是最私密的真相。在这里，就在所有这些文字中，我终于找到了关于我的真相。

当你看过这封信以及其他信后，不要忘了销毁它们，把它们撕碎，扔掉，烧成灰烬。千万不要让娜恩和弗洛拉看到它们。

我知道你正在回家的路上，乔纳森已经打电话告诉我了。我很抱歉，等你到家的时候我已经不在了。

今天早上，娜恩答应我她会亲眼看着妹妹坐上校车去学校，弗洛拉带上了她的午餐盒（两片边边角角都抹上黄油的面包，一片莱斯特干酪，你以后给她准备午餐时，记得不要把干酪夹进面包里，那样的话她连碰都不会碰那份午餐）。你要替我好好看着她，她是个勇敢的孩子，这一点让我很欣慰。我想她会好好的——弗洛拉有你，而你也有弗洛拉。娜恩也不会有事的，我保证，就是不要让她变成一个保姆，一个看护，一个小妈妈，我知道她很容易就会不由自主地扮演这样的角色。不要把她困在家里，给她自由。

请偶尔帮我修剪一下园子里的花草，隔上一段时间修一修草坪。也请你不要忘了其他几个孩子：加布里埃尔和乔治，还有两个没有名字、素未谋面的孩子。一共六个。在某种意义上，你没有说错。

好了，这是我最后一次下海游泳了，我会游到那个浮标处，或许更远一些。

英

（信夹在芭芭拉·科明斯所著、1954 年出版的《谁变了，谁死了》中。）

45

弗洛拉记得刚爬上山坡的时候她还跑在加布里埃尔前面，可没过多久她便落在了后头，眼前只能看到他全速奔跑时上下摆动的手臂。原本隐隐约约的乐声越来越响，等她跑进车道时，音量几乎已经到了破音的程度，已全然听不清歌手在唱什么了。不过噪声之外，弗洛拉还听到了水花溅在柏油路上的声响，起先她以为没出什么事，因为天又下雨了。可那不是雨声，而是火苗吞噬木头时发出的细碎的噼啪声。

加布里埃尔已经奔到了游泳更衣室的门口，屋前卧室的窗子里一片通红，天花板下不时吐出一条条火舌。

弗洛拉站在最下面一级台阶上。"爸爸！"她叫道，"乔纳森！"玻璃杯和茶杯仍旧放在桌上，一旁的威士忌酒瓶已经空了。一把椅子翘起了腿，斜靠在栏杆上，桌子底下有些沙粒，她知道娜恩在的话一定会让她扫干净。突然，随着一声尖厉刺耳的爆裂声，前门窗格上的玻璃碎成了一地渣子。一团火焰从窗框里喷出来，加布里埃尔连忙抱头俯下身子。弗洛拉听到乐声更响了，汤尼·冯·查德正在唱一首关于雨和玫瑰的歌，而后，音乐停了。"爸爸！"她尖叫。

"别上来！往后退！"加布里埃尔猫着腰冲下门廊，"快给消防队打电话。"他冲弗洛拉叫道。黑色的浓烟从门里、铁皮屋顶的接缝处喷涌而出，随风冲向半空，在斯帕尼什格林的上空渐渐弥漫开来，而后朝着大海的方向飘去。客厅里的窗子闪着微光。弗洛拉拍了拍短裤的口袋，可是没有电话，只有那个玩具士兵和那根烟卷。

"我没带电话。"她跟在加布里埃尔身后大声叫着，他正围着屋子奔跑，当经过卧室的时候，玻璃窗突然炸裂了，玻璃碴纷纷掉落下来，仿佛有个狙击手正在他身后追着朝他开火。

"拿我的！"他喊道，"就在车里，手机在车里。"他举起胳膊挡着脸靠近弗洛拉卧室的窗子。弗洛拉跑到车旁，想拉开门，可是车门锁住了。她转身看着屋子，火焰疯狂地噬咬着一切，它像液体一样随着爆开的玻璃窗一起倾泻而出。重力仿佛不存在了，整个世界上下颠倒。她听到屋里传来爆炸声，明黄色的大火一下子蹿出了屋顶。弗洛拉往后猛退两步避开热浪，这时加布里埃尔也跑了回来。

"加布里埃尔，钥匙，"她大叫，"钥匙在哪儿？"

"见鬼！"他从口袋里掏出钥匙，对准车子按了又按，直到车子发出哔哔哔的警报声。

就在这时，乔纳森和露易丝从车道那边跑了过来。

"哦，感谢上帝，"弗洛拉说，"你们都没事，"她一把抓住乔纳森，"你们都没事，我还以为爸爸在屋里。"她几乎快笑了。

"该死！"乔纳森大吼一声，把弗洛拉往露易丝怀里一推，转身朝屋子奔去，他跑得磕磕绊绊，不时得弯下腰避开炸裂飞溅的碎片和滚滚涌出的热浪。"见鬼！"房子的前半部分已经变成了一片翻腾不息的火海，一丛丛橙色的火苗在门廊的每根柱子和木梁上跳舞，噼啪作响。

"爸爸在哪儿？"弗洛拉问，"爸爸肯定和你们在一起。"露易丝把电话放进口袋。弗洛拉扯着她的外套，对着她的脸大叫道："爸爸在哪儿？"

"已经给消防队打过电话了，"露易丝说，"他们马上就到，我保证，弗洛拉，用不了多久，他们肯定就能到。"她把弗洛拉拥进怀里。"我们在酒吧，"露易丝说，"想去吃点三明治填饱肚子，就待了十分钟，顶多二十分钟。"

门廊后面有什么东西坍塌了，油漆表面被烫出了一溜泡，木头不是被熏黑了就是被烧焦了，铁皮屋顶像是无法忍受火焰的炙烤，尖叫着卷曲变形。弗洛拉跪倒在地上。"爸爸！"她叫道。车道尽头已经聚集了不少人，女人们三三两两站着观望，男人们从弗洛拉和露易丝身边经过，跑到屋前看看有什么能帮上忙的。滚烫的热浪逼得他们无法靠近，纷纷往后退去。等消防车一到，他们马上靠边站，看着消防队员展开水管，连接水箱，不忍再看燃烧的房屋和冲天的火光。

一个戴着黄色头盔、身穿消防制服的人在和乔纳森说话，另外两个消防队员在喷水枪的掩护下背着呼吸器冲进屋子。露易丝想把弗洛拉带到街上，那儿停着一辆救护车，弗洛拉一把甩开她，和加布里埃尔一起站到离屋子远一些的地方呆呆地看着。

经过水柱喷射后，原先黑色的浓烟转成了滚滚白雾，房子的残骸也慢慢露了出来。而后，白雾变成了一缕缕青烟，明火也变成了暗火。"说不定远在怀特岛的人都能看到。"弗洛拉听到有人说。然后另一个邻居应道："屋子里肯定有什么易燃物，不然不会烧成这样。"她想起了成千上万本书，它们的书页在火中蜷曲起来，所有的文字以及人们在书里留下的印记都被烧成了一堆堆焦灰。这时，理查德回来了，娜恩跟在他身后，身上披着他的外套，披头散发地推开人群，她抓着消防队员，大声吼叫着让他们快去把爸爸找出来。理查德一边咒骂一边往前跑，弗洛拉之前从来没有听他说过任何脏话。他不停地跟大家说，当他告诉吉尔自己不能帮忙烧书的时候，吉尔看上去没有丝毫异样，神情平和而安详。

"我真的不知道，"理查德说，一遍又一遍，"我不知道吉尔会自己动手。"

★

弗洛拉把自己裹在毯子里，走进花园里，面朝大海。草地上湿漉漉的，草已经长得很高了。早晨有些冷，不过空气中似乎浮动着某种信号，天马上就要热起来了。她坐在花园的一把椅子上，这套桌椅是住在路边大房子里的女人给她的，多么奇怪，它们曾经摆放在她祖父母一度拥有的那个露台上，也许原本就是属于他们的旧物。身上的毯子是着火那天一个好心人给她披上的，她不知道是谁的东西，所以也无从归还。

"你也睡不着吗，爸爸？"她说，"看上去今天会很热。"她趴在桌子上。远处冉冉升起的太阳恍若一个白色的球体正在地平线上慢慢生长。

她醒来的时候，木头桌子上的纹路印在了她的脸颊上。身边的椅子是空的，弗洛拉哭了。

大火扑灭后，理查德陪她在写作室里住了一个礼拜。他百般劝说，希望她能跟他回去，可后来他明白自己不可能说动她，于是他订了一个移动厕所，修好了屋外的水管。皇家橡树的老板，也就是从马丁手里买下酒馆的那个人——弗洛拉没记住他的名字——给乔纳森、加布里埃尔、露易丝和娜恩找来几张床。之后的几天里，他们便一个接着一个离开了斯帕尼什格林，临走前，每个人都把弗洛拉拉到一边苦口婆心地劝她和他们一起走。

两周后，他们回来了，准备把吉尔的骨灰撒入大海。当娜恩决定把吉尔的遗体火化时，弗洛拉忍不住大笑起来，"都和书、信、床单烧在一块了"。娜恩差点没和她吵起来。不过在那个太阳初升的清晨，弗洛拉、加布里埃尔、露易丝、理查德和乔纳森一起站在了一条随波起伏的渔船上，看着娜恩把骨灰撒向大海，灰白色的骨灰在灰绿色的水面上漂浮了一两分钟，然后沉入了海底。

一周后，验尸官签发了一份死因不明的裁断书。弗洛拉心中又多了一个未解之谜。

★

吃过午饭后，她弯腰穿过了围在游泳更衣室周围的警戒线，火扑灭后，这些隔离用的带子就留在了现场。屋子里的大部分东西还有内部结构都已经付之一炬，尤其是右手边火势最猛的地方几乎被烧成了灰烬。她走进这个焦黑色的框架中，就像站在一头巨型猛兽，比如鲸鱼或恐龙的骨架里，阳光照进来，把光带和阴影统统打在了地上。空气中依旧弥漫着焦味，只有这种味道是纯黑色的。在屋前卧室原先放置大床的位置，她用脚拨了拨地上的灰烬，捡起里面的残片拿到眼前仔细辨认。她想，如果能找到大床的碎片就好了，比如菠萝顶饰或是那条张着嘴的小鱼，可是她最希望找到的却不是这些，而是一小块胫骨，一小片桡骨，或是一颗臼齿。她想象着找到后把它们放进一个玻璃圆顶罐子里，密封好，贴上标签，上面用钢笔写上：作家的遗骨。她伸出黑乎乎的手腕把头发别到耳后，继续在废墟中一寸一寸地搜寻着。

"弗洛拉！"是娜恩的声音，弗洛拉站直后看到她姐姐站在警戒线前方，车子停在身后的车道上。"你在做什么？这里不安全。"

"我没听到你的车响。"弗洛拉小心翼翼地跨过掉下来的横梁残骸，走过前门被烧毁后留下的缺口，然后从警戒线下钻了出去。"我需要些炭粉，"她说，"我想我可以重新开始画画。"

"画画对你有好处，"娜恩说，"不过我有一样让你更高兴的东西。"她走到车子的后备箱，弗洛拉跟了过去。

"是什么？"

"就在里面，先别看。"娜恩递给她一个袋子，从里面取出一个和小箱子差不多大小的沉甸甸的盒子。

"你到底带什么来了？"弗洛拉问。

"等等，你马上就知道了。"娜恩像孩子一样兴奋。她抱着盒子穿过草地，把它放在桌子上，解下边上的搭扣，打开盖子。"是一台手摇式唱机，"她颇为得意地说，看到弗洛拉脸上惊喜的表情她就更开心了，"我想办法给你搞到了一张唱片，我觉得你肯定会喜欢。转过身去。"

"不能马上看？"

"对，快转过去。"

弗洛拉转过身，听到娜恩从袋子里拿出了什么东西，按下按钮，摇动唱机的手柄，又听到唱针放在唱片上发出的咔嗒声。片刻之后，《露比吾爱》的前奏和弦悠然响起，熟悉的旋律回荡在凌乱芜杂的花园里。弗洛拉跳着转了一圈，大笑起来，娜恩举起手打了个响指。"是希腊语，不是西班牙语。"弗洛拉微笑着说。

"管他呢。"娜恩说着开始轻轻摆动臀部跳起舞来。她跳到草地上比较平整的地方打着转，弗洛拉跟着她一起左摇右摆。她们发现自己完全停不下来，控制不住地想笑。她们围着桌子跳，阳光照在山下的海面上，像是撒了一把揉碎的金子。她们跟着乐声哼唱，不管听不听得懂，自顾自地胡乱编着歌词，手拉着手笑个不停，直到一曲唱毕，娜恩才喘着粗气躺倒在草地上。弗洛拉在姐姐身边躺下，目不转睛地看着头上的蓝天，小草轻刺着她光裸的腿。

"我应该告诉他们的。"弗洛拉说。

"谁？"娜恩的气息依旧有些急促。

"乔纳森和露易丝。"

"告诉他们什么？"娜恩往弗洛拉那边靠过去，支起胳膊托着腮问。

"告诉他们你经常对我说的那句话，"弗洛拉用手挡住眼睛，"不能把爸爸一个人留在家里。"她感到血涌上了耳朵，就像直升机螺旋桨的轰鸣声由远及近。"对不起。"她拼命克制着自己。

"哦，弗洛拉，这不是你的错。"她把妹妹散落在脸上的头发别到耳后。

"你不知道，"弗洛拉闭上眼睛，努力把眼泪憋回去，"都是我的错。"

"我不明白。"

"妈妈失踪那天我看见她了，"娜恩沉默着，听她往下讲，"我没去上学，我躲进金雀花丛里，看着她离开屋子。"又一次，弗洛拉看到身穿粉红色雪纺长裙的英格丽德在阳光下转过身来。"我没有阻止她。"

"可你又怎么会知道之后会发生什么呢？我们所有人都不知道她会一去不返。况且，你当时还是个孩子，阻止她不是你的责任。"

弗洛拉弯着胳膊遮住眼睛，她的胸膛剧烈地起伏着，娜恩把她拉进怀里。她们并排躺着，姐姐和妹妹环抱着彼此，躺在阳光里，直到唱片放完。

★

那天下午，在娜恩离开后弗洛拉拉开了写作室床底下的一个
抽屉，把它连同一杯茶一起放到了屋外的桌子上。抽屉里塞满了纸：
故事摘录、描写风景和鸟鸣声的段落，还有几页性描写。爸爸在
上面潦草地涂改着，不是这句被画掉，就是那句被删去，空白处
还有好些注释。"狗屎""移到此处""垃圾"这样的词汇让弗洛拉
忍不住想笑，她有些弄不明白，为什么爸爸不在了，而这些文字
却依然在世。

★

第二天早晨，弗洛拉走进村里的小店。她选了一条切片面包，
然后站在立式冷藏柜前，门半开着，一股冷得让人有些刺痛的空
气扑面而来。现在的店主是小班克斯太太，她比上一任店主年轻、
苗条许多，弗洛拉听到她咳嗽了一声，马上从冷藏柜里拿出一袋
培根，而后又挑了一盒半打装的鸡蛋。当她打开盒子想检查一下
鸡蛋是否都完好无损时，眼前那些一碰就碎的浅褐色蛋壳突如其
来地击中了她心底深处某个最柔软的角落，她不得不紧紧抓住货
架支撑着自己别倒下，眼泪扑簌扑簌地掉落在盒子上，渗进了硬
纸板里。付钱的时候，小班克斯太太多找了她一些零钱，弗洛拉
知道她是一片好意。她走出小店，门口放着一个手捧募捐箱的塑

料女孩模型，弗洛拉把那枚多找给她的五十便士放了进去。

★

回到写作室，她把平底锅小心地放在炉子上，准备煎个蛋。这时，她听到了莫里斯老爷车独有的轰鸣声。她靠坐在两截门的下半部分，一边吃着手里的培根，一边等理查德。

"嗨。"她和他打招呼。

他吻了吻她的唇，问："你过得怎么样？"

"要不要来份早餐？我可以给你煎个蛋。"

"一杯咖啡就行了。你应该在桌子上吃饭，坐下来好好吃。"理查德说。

她给他拿来杯子，倒了咖啡，两人一起走到桌旁。抽屉还摆在那里，纸堆上压着块石头。

"娜恩给我带来了一台唱机。"弗洛拉说，可是理查德的注意力全在那堆纸上，他一边翻一边看。

"这些是什么？"

"爸爸随手写的一些东西。"

他认真地看着。"有没有可以出版的东西？"

她看得出理查德有点兴奋。"理查德。"

他抬头看了她一眼。"抱歉，我是来看你的。我带了些吃的，我想我们可以去散会儿步，就去海边吧，你想不想游泳？"

鼻端突然涌上一阵酸楚，她马上转过脸去。

"对不起,"理查德说,"确实太早了些,我们下次再去,等你准备好了再说。"

"不,"她抹去脸颊上的泪水,在短裤上抹了几下,"不用,我没事,不是因为这个。我只是忽然想起来没有泳裤好借给你了,我自己也没有泳衣。是不是很傻?这又有什么关系呢?它们不过都是些身外之物罢了。"

★

他们带着食物还有酒吧老板送给他们的毯子和毛巾走到天体海滩。他们把毯子铺在一座沙丘的背风处,眺望着眼前的大海。热浪模糊了地平线,近一些的地方有四艘抛锚停泊的游艇随着海浪起伏摇摆,船上的升降索不时敲击着金属桅杆,叮叮叮的声响从海上传到了岸边。

"你妈妈当时就坐在这里吗?"理查德问。

"你是说她最后一次游泳前?我也不知道,也许是吧。这是个好地方。"弗洛拉笑了,说,"要不要下去?"她拉了拉他的衬衫袖子。

理查德朝海滩两边看了看,最近的裸体游客离他们大概有五十码远,那些毛巾上躺着粉红色或棕色的身体。"我好像还从没在公共场所脱过衣服。"一群途经斯帕尼什格林的徒步旅行者沿着海滩由远及近,他们一个个都像戴着隐形眼罩似的,目不斜视地从那些赤身裸体的游客身边走过。

"谁管我们呢,放心吧,没有人会看的。"她坐着踢掉了鞋子,从头上脱去衬衫，手扭到后面解开了文胸，然后，她张开双臂放声大笑道："自由了。"接着，她开始脱短裤。理查德解开衬衫上的纽扣，从裤腰处抽出衬衫的下摆。"快点，还有裤子没脱。"她说。他脱掉鞋子，倒干净里面的沙砾，将两只鞋并排放好，又把袜子塞进鞋里，抬起屁股，脱去长裤，叠好后放在鞋子上面，最后他摘下眼镜，搁在裤子上。"准备好了？"她说。他们同时起立，脱掉了内裤。弗洛拉拉起理查德的手说："最糟又能糟到哪儿去呢？"

走进水里的感觉就像在艳阳高照的正午蹚进了一片郁郁葱葱的树荫底下。他们一步步往前走，每次浪头打过来，他们都忍不住踮起脚尖。当海水开始漫过大腿中部时，理查德忽然开口说："我有件事要告诉你。"他的语气严肃得有些吓人，弗洛拉的胃里一阵抽搐，还没等到他开口说是什么事恐惧已经先行一步。"我不知道该怎么做，"她呆呆地瞪着他。"我是说，我不会游泳。"

★

她知道她游泳的时候他一直站在阴影处看她，可是她没有回头。她游得很快、很猛，等她游到和浮标一样远的地方时，她的腿和手臂的肌肉已经开始酸痛。她游回到岸边，理查德正坐在毯子上。他已经戴好了眼镜，套上了长裤。弗洛拉把腿伸进裤管里，穿上短裤，在他身旁坐下来。

理查德神色寥落地看着她，她也直直地回视他。然后，她俯身吻了他，与此同时，她把手伸进口袋掏出了那个玩具士兵。

"你觉得能走下去吗？"理查德问，"我是说我和你。"

她趁他没注意，把士兵小人深深地推进了身边的沙地里。入土为安。她妈妈没有埋入土中，以后也不会了。她在心中默念："愿海水冲刷你的遗骨，愿你的灵魂归于沙土。对你的爱将永远伴随我们。"然后，她对理查德说："我希望我们可以。"

尾声

　　一阵海风吹过哈德利，沿着大街走向海滩的购物者和行人微微往前倾着身子，风像一把雕刻刀，抹去了他们脸上的棱角。涨潮了，浪花拍打着沙滩和卵石，再往远一些，海水揉着阳光起伏翻涌，浪尖泛着雪白的泡沫。海滨人行道上，一个十几岁的少年往空中抛了一把薯条，成群的海鸥把他围在了中间，那些灰白色的翅膀如同被风吹起的报纸，在半空中飘扬飞舞。

　　六个礼拜前被霸王龙抓住的那个塑料袋现在鼓满了空气，风帮它摆脱了那只玻璃纤维制成的爪子，它一路往上飘，越过铁丝网来到停车场，而后慢慢往下降，和出口标识纠缠玩闹了一会儿，直到它鼓足了气，被一阵狂风吹到了空中，就像一只被高高抛起的气球。塑料袋飞过成排的汽车、几座花园、连栋房屋，还有书店，飞得比烟囱的顶帽还要高。这只白色的气球就这样一路往北，直到房屋渐渐消失，取而代之的是一道道矮树篱和辽阔的原野。

后来，它被铁丝网上的尖刺勾住了，它无奈地垂下了头，发出沙沙的声响，恳求铁丝网放了它。好在没过多久它又充足了气，在风的帮助下重获自由。它飞过了丘陵，和"老烟鬼"擦身而过，掠过山毛榉树林里高高的树冠还有米尔客伍德马厩的木头屋顶。接着，一阵准备离岸的微风把袋子吹向了长满石楠的荒野，带着它飞过了满是沙子的小路、沼泽地带，还有低矮的树木。当地势开始攀升至艾格尔岩石时，这只白色的塑料袋被一簇多刺的金雀花丛逮住了，风再次出手相救，拉着它猛地一拽，这一次塑料袋被撕破了，它只好留在原地，再也挪动不了半步。风继续吹，它围着岩石转圈，吹起了沙砾、尘埃，带着它们擦过石灰岩，把"拳击手"的鼻子打磨得越来越平，擦去了岁月留在它脸上的涂鸦。

一个女人来到艾格尔岩石附近。她迎着风站在那里，风吹乱了她浅黄色的头发，她抬起手，用手腕的外侧拨开了遮住眼睛的发丝，而后把它们握在手中，仿佛不想让任何东西阻挡住视线。她的眼前绵延着一片旷荡的荒野，紫色的石楠和黄色的金雀花交织绸缪，如同一幅斑斓的巨毯朝着波光粼粼的大海铺展而下。女人举目远眺，斯帕尼什格林静静地出现在视野尽头，那些高低错落的屋顶正与她遥遥相望。